雞雞很大還很有錢，
淟淟專屬的溫柔紳士
「鬼」「先」「生」
183cm
「如果我們在一起是個錯誤……
那就錯到底。」

看得到鬼，容易陷入愛情
個性開朗的容陷愛
因為鬼先生太大了
又有錢而無法拒絕祂。
「彭」「毅」「洟」
172cm
「鬼先生哪裡好？嗯……器大活好。」

可是祂又大又有錢耶

Author 淇夏

Illustrator Sashimi

CONTENTS

可是祂
又大又有錢耶

Chapter 01

彭毅洪的故事

我的租屋處有鬼。

這是我和房東簽約前就知道的事情，因為我本來就看得到。

比起在外面流浪遭受風吹雨打與曝晒，還是找個便宜的住所比較划算吧？而且我租下的地方還是高級社區裡的公寓小套房！以超級便宜的價錢！

雖然這間真的是陰氣超重的凶宅，這層樓的住戶幾乎都搬走了，但畢竟是高級住宅區，樓上樓下的房間依然供不應求，真好啊，房東直接躺著賺我一個月的薪水，就算有一層樓租不出去也沒有關係，我看我這繳出去的房租大概只夠房東吃一餐。

沒有啦，我沒有仇富，只是很羨慕，同時又有點幸災樂禍。

謝謝你，鬼先生，我的壓房價超人。

住在這裡超爽的，我竟然還能擁有一廳一房一衛，月租包含水電和管理費耶，這房東太佛了吧，搭配高級的裝潢設備與公設，我一看到這裡就下定決心，即使是厲鬼也無法阻止我。

據說這間房的上個房客不信邪，最後被逼到於身心科報到，甚至還住院了。我問過詳細狀況，說是半夜會有腳步聲、開門聲，廚房還會有切菜與煮東西的聲音，但每一次都沒有發現人影，這已經造成房客的睡眠困擾，有時候洗澡還會看到玻璃上的血手印，時不時能感受到駭人的視線，甚至牆上會突然冒出「滾」字，那暗紅的血液緩緩滑下，造成舊房客心裡揮之不去的陰影。

聽起來確實很可怕。

但從小就看得到的我已經免疫，也有自己的對付招數。

那就是睡前看GV來一發。

隔天醒來神清氣爽。

我是不知道鬼是不是也恐同啦，還是不喜歡色色的事情，總之我每次這麼做都很有效果，好笑的是也有招來色鬼的經驗，那該怎麼辦？

再來一發。

對的我也覺得很奇妙，我能透過與鬼做愛淨化戾氣送走祂們，男女不拘，小孩老人例外，只要我想，他們和我接觸就能以人的原貌和我度過美好的一晚，不過我很挑，沒達到我標準的我絕對不會理祂，畢竟什麼鬼都無法贏過我阿嬤給我的驅鬼符咒，祂們傷不了我。

偶爾真的缺錢的時候，也會靠身體接一些驅鬼的委託，請不要說是賣身體這種傷人的話，我是犧牲自己讓鬼去投胎的好人耶。

……也是犧牲自己滿足鬼先生性慾的好人。

嗯，鬼先生是我給祂的稱呼，祂其實挺無害的，沒有上一個房客說得那麼凶殘啊？就是精力旺盛了一點。祂總是西裝筆挺地出現，第一次和祂打招呼時，祂一愣，接著向我展開笑顏，祂的目光黏在我的身上，彷彿是在觀察我，而我也在觀察祂，除了濃黑渾沌的雙眼有點可怕之外，鬼先生和一般人差不了多少，半夜我也好聲好氣地要求祂能不能安靜點，我明天還有早班——

鬼先生微微一笑，瘋狂地製造噪音。

好。

我不忍了。

打開GV，旁若無人地開始自慰。

然後就被鬼先生操得乒乒乓乓。

……？

我也不知道發生了什麼事情，事後鬼先生滿足地拉上拉鍊扣好褲頭，留我全身赤裸地趴在床上喘息，奇怪，做過了鬼先生怎麼還在？這是不是很不妙？應該要打電話回家詢問阿嬤的、可是、可是……

鬼先生真的太大了。

又粗又長體力又好還很會頂。

喜歡……！

於是我就這麼和鬼先生展開了甜蜜的同居生活，甜蜜是我自己加的，嗯。

感覺鬼先生也很滿意我，不如說，好像超級喜歡我的？怎麼說呢？我們同居兩個禮拜後，鬼先生漸漸地會開始限制我的……人身自由？超不妙的欸，只要我打算出門，祂就會要我留下來，說什麼「不去工作也沒關係，我養你」這種話。

不不不！我才沒那麼容易上當！男人的嘴，騙人的鬼！

想這樣譴責祂的，嘴裡卻只能發出啊啊嗯啊的呻吟。

我知道、我知道，未免太沒有骨氣了，可是真的很大啊，又很舒服，剛好我也抵擋不了舒服的事情，不然怎麼會喪心病狂地和鬼做愛？鬼先生真的很猛，可以把我壓在門邊插，也可以抱著我肏，有種二十四小時都在做愛的錯覺，意識都迷糊了，張著嘴含雞雞、翹著屁股吞雞雞、真的快要不行的時候，鬼先生就抱著我幫我處理三餐，餐餐餵我，餐餐幹我。

祂說，因為我很強，讓祂能碰到人間的事物，所以二十四小時照顧我都沒有問題。

真的、太不妙了吧？

我沉溺在鬼先生的溫柔與粗暴之間的魅力。

不行、不行的，我還要上班，不然沒錢付房租，到時候也要跟鬼先生道別啊？

「不用的。」

「事情差不多處理好了，馬上就會來。」

「我說過，我早就看上你了，洪洪。」

啊？

什麼？

可不可以不要在人家高潮的時候說好像很重要的話？

彷彿一切都在鬼先生的計畫之下。

模糊間我聽到門鈴聲，鬼先生很壞，硬是把我按在門上從後面頂入，第一聲門鈴被臀胯相拍的聲音蓋過，第二聲門鈴鬼先生扯著我的胳膊凶狠地抽插，第三聲門鈴鬼先生突然抽出來，我差一點點就能高潮，太過分了，鬼先生卻笑著要我開門。

欸不是。

我就穿著上衣、然後一臉慾求不滿的樣子。

「敢誘惑對方，肏死你。」

有種來啊。

……沒啦。

我還是在鬼先生的淫威之下穿好衣服洗把臉，將在外面等待的人請進來。

我不認識他，但他劈頭就請我簽字還是怎樣的，我搞不清楚，經過一番費力的解釋後，我愣住了，轉頭看向優雅地坐在沙發上的鬼先生，祂向我微笑。

我不敢置信地再次向那名似乎是律師的人確認：「你說、這棟樓的房東早就死了，然後照片上的這個人就是房東，前些日子才發現到遺體，遺囑還說要把這棟房子給我……？」

「是的，確認過就是您，彭毅澳先生，以後這棟房子的所有權就是您的了。」

我的媽啊。

鬼先生——！

原來你就是我的房東嗎！救命啊我跟你簽約的時候你早就是靈體了嗎！這是多厲害的靈體啊連我都沒有發現，表示真的超不妙啊可能連我阿嬤也無法超渡鬼先生耶！

可是鬼先生又大又有錢！

還對我很好！說要養我不是說假的！鬼先生不是騙人的鬼！

而且真的很大！

……

好！

今晚要好好犒賞鬼先生！乒乒乓乓到天亮！

不過說實在的，我其實是很容易陷進去的那種人。

就是人們說的「容陷愛」，容易陷入愛情的人，還是個及時行樂主義者。

我很難抵抗對我很好的人，每一次都是速速告白速速被拒絕，久而久之我也學乖了，現在是個成熟的大人，能夠好好地抑制住衝動——才怪。

每天乒乒乓乓的爽到不行又被鬼先生當成公主一樣寵，救命啊轉瞬間才同居一個月人家就好像真的喜歡上鬼先生了怎麼辦！好想跟祂結婚！冥婚！

那濃黑的眼眸怎麼那麼有魅力？蓋住後頸的頭髮也好性感！看久了也覺得蒼白的膚色

好適合鬼先生，明明是鬼那薄唇怎麼那麼鮮紅好看？每天都西裝筆挺的帥氣模樣讓我好想幫祂生小孩，然後在家顧孩子送祂出門上班——打住。

阿嬤知道了一定會氣死。

我答應過阿嬤絕對不會鬧出人命，也不會隨便帶渣男回家。

可是我是男孩子啊，男孩子剛剛好，不會懷孕、不會有人命問題，讚。

鬼先生也不算是渣男，祂包吃包住包養我欸，每天都好好地滿足了我上面和下面的嘴，火車便當還超猛超豐盛，每次都吃得不要不要我還要。

而且我能感覺到鬼先生超愛我的，欸嘿。

祂什麼都給我了，連死前的一切。

經過律師的說明，我才知道鬼先生給我的不止這棟房，還有祂名下的所有財產，意思是接下來除了收取這棟樓的租金之外，我還有額外一筆錢可以用，仔細算一算我接下來也不用工作了，每天和鬼先生待在家也行。

鬼先生真的很好很好。

祂還包辦了所有家事，在祂把我幹得不要不要之後，會趁我睡覺休息的時候處理一切，我醒來就會看到乾淨的房間和香噴噴的食物，祂把我當成公主照顧，會幫我洗澡、刷牙……我有說不用，只是鬼先生會用祂的大雞雞逼我改變心意。

我再說一次，這不能怪我。

真的是太大了。

我還年輕，絕對撐得住，麻煩再來。我也有想過鬼先生為什麼對我那麼好，卻每次都問不出口，要是鬼先生不是真心愛我，只是需要我身上的什麼東西，我會很難過很難過。

因為我遇到的鬼和人都是這樣啊。

想要解脫的鬼，會找我。

想要驅鬼的人，也會找我。

明明不相信，但還是來找我了。

那麼鬼先生，你為什麼會找我呢？

「洟洟、為什麼哭了？不喜歡這個姿勢嗎？」

我邊哭邊騎在鬼先生的身上，與祂十指緊扣說：「喜歡……」

「那哭什麼？」鬼先生似乎笑了，祂從床上爬起來抱住我，舔去我的淚水，陰鬱的眼神藏在暗處，祂又問：「是誰害我們的洟洟哭了啊？」

「唔、嗯……鬼先生……」

「原來是我。我做錯了什麼嗎？」

我一哭就停不下來，巨大的肉棒還插在裡面，話當然也說得亂七八糟。

「鬼先生、為什麼……不要我……」

等等不是啦我是想問鬼先生為什麼對我那麼好？打從心底喜歡我嗎愛我嗎？是的話我

們就結婚吧我也好喜歡鬼先生，快點娶我但婚禮我可能沒辦法邀請我阿嬤。

鬼先生很明顯被我省略許多的問句嚇到了。

祂一愣，就這麼突然地壓倒我。

我頭一次看到鬼先生笑得那麼開心，蒼白的膚色彷彿因此染上血色，看起來莫名驚悚。

「哈哈、哈！澳澳想要和我結婚嗎？你願意嗎？這麼問就是願意了，不接受後悔，我的澳澳、澳澳——」

話語戛然而止。

鬼先生猛地往右看，一臉凶狠，並且迅速地拿起被子蓋在我們交疊的身上，感覺到祂身上散發著一股不祥的氣息，似乎是在驅趕著誰，我困惑地跟著往右瞧，然後就僵住了。

「澳澳，我不是說了嗎，不准再和鬼搞在一起！」

「吼夭壽喔這厲鬼餒，澳澳你真的是讓我氣氣氣氣氣——」

等等、等等。

我才要喊夭壽喔。

這情況我跟不上。

我不知道我該震驚的是阿嬤突然出現還是讓阿嬤看到我和男人在做愛的場景。

祂還插在裡面欸！阿嬤不要！

總而言之，鬼先生是先退出來了。我躲在鬼先生的懷裡盡量不出聲，要是因為抽出的感覺而發出嚶嚀讓阿嬤聽到的話，我真的是要前往波蘭。

不。

我已經打算要前往了。

是的，各位，來為大家再複習一次，我叫彭毅澳，現在因為被親生阿嬤撞見與男人為愛鼓掌的場面，正一邊聽著阿嬤的碎念一邊尋找飛往波蘭的機票，打算重新展開我的生活，再見了，鬼先生，再見了，阿嬤……道別的話還沒想好，手裡的手機忽然被鬼先生抽走，祂看著我微笑，無聲無息地捏碎了我的手機，我也發出無聲的尖叫。

「為什麼在看機票？」

「……我正在看我們蜜月旅行要去哪。」

「這樣啊。」鬼先生身上的戾氣馬上收回去，祂的笑容變得溫柔，「我以為澳澳想要悔婚，手機抱歉，再去買一隻新的吧。」

「那我要 iPhone 最新款……還有那個最近很紅的折疊機……」

「澳澳要什麼都可以，但暫時不要出門了，我請我的小鬼幫你買。」

「嗚呼好耶，沒有問題，謝謝鬼先生！」我刻意在阿嬤的面前要求，然後裝作什麼事都沒發生，自然地向阿嬤搭話炫耀：「阿嬤你看，鬼先生對我很——唔。」

有什麼東西準確地砸到了我的眉心。

「好你個大頭！為什麼都不聽阿嬤的話！阿嬤才不管你要跟男的還女的交往，但至少要是個人！就算現在祂對你很好又怎樣，人鬼殊途，對你終究只會有壞處！」

「您怎麼能那麼肯定？」鬼先生揉揉我的眉心，停頓一下，以好聽的嗓音呼喚：「阿嬤。」

如果阿嬤心中的火山能夠形象化，現在火山應該開始活躍了。

「不准你叫我阿嬤！速速退散！」

「阿嬤。」鬼先生面無表情地揮開阿嬤扔過來的符咒，它們停在空中自我燃燒，「這種符咒對我沒有效用。」

「原來就是你把我給澂澂的符咒全部……！」

「抱歉，我無意損毀，只是靠近就會燒起來，而且有我在的話，澂澂不用怕其他小鬼靠近。」鬼先生摟住我的肩膀，臉上依然是那抹招牌微笑：「您也知道，澂澂總會沾染上不好的東西。」

「不就你嗎！」

「我是好東西。」

「澂澂。」阿嬤看著我，語帶威脅地問：「哪裡好，說說看。」

我下意識地答：「……器大活好？」

然後阿嬤的火山爆發了。

她像八點檔裡面的婆婆捏住後頸，受不了似的說：「林祖罵真的要被你氣到高血壓。」

「阿嬤妳不用擔心啦……鬼先生——」我披著被子走下床，想好好地和阿嬤說，走到一半卻發現被矮桌遮住的阿嬤沒有腳，我大聲驚呼：「阿嬤妳怎麼沒有腳！阿嬤妳怎麼沒感覺！阿嬤——」

「阿嬤是靈魂出竅的狀態。」

鬼先生替阿嬤答，我更慌張了，淚眼汪汪地不知道該如何是好。

「怎怎怎怎麼會這樣——阿嬤妳是來交代後事的嗎？不要我不聽，阿嬤——里金罵底都——[1]」

「溡溡，如果你不想讓我的本體來找你，就給我正經點。」

阿嬤的樣子看起來很冷靜。

我閉上嘴，一把眼淚一把鼻涕地再次確認阿嬤沒有腳，可憐兮兮地問：「……阿嬤妳真的沒事吧？」

「沒事，阿嬤道行高你又不是不知道。」阿嬤嘆口氣，為我這個傻孫解釋：「我為你點的燈最近總飄忽不定，怕你又和鬼纏上，所以透過這種方式來看看你的狀況。」

「阿嬤妳打電話來就好了啊，讓阿嬤看到那種狀況我很尷尬欸。」

「尷尬什麼？阿嬤也是打過砲才有你媽。」

1 臺語，意為「你現在在哪裡——」

「阿嬤！」

「阿嬤打過的砲都比你多。」

「阿嬤……！」

可能是看我快受不了，阿嬤沒繼續那個話題，反而語重心長地說：「澌澌，我年輕的時候和你做過一樣的事，現在後悔了，正和神明懺悔挽回我的錯誤，我不希望我的乖孫走上我的後路。」

「不一樣。」鬼先生又突然插話，說著我完全聽不懂的話：「澌澌和您的狀況不一樣，如果我不吸走澌澌的陽氣，除了鬼怪之外連您的神明大人也會來找澌澌，神明大人最喜歡力量強大的僕役了……我沒說錯吧，阿嬤？」

……

什麼什麼？

為什麼突然沉默了？

鬼先生到底……知道些什麼？等等、無知的人是我嗎？

「澌澌，手心給我。」

我愣愣地看著阿嬤，乖乖地把手給她。

「是不是本來一團亂，現在好多了。」

「厲鬼的話不可信。」阿嬤惡狠狠地瞪著鬼先生，「尤其是你這種……小白臉。」

我不禁插道想加入話題：「沒有欸認真說我才是小白臉……」

「淟淟閉嘴。」

……阿嬤好凶。

「這樣好了，讓我為淟淟積功德吧。」鬼先生面帶微笑地比著三，「三件大功怎麼樣？我能處理阿嬤您無法解決的鬼，這也會算在淟淟的身上。首先，先處理您身上的厲鬼吧？」

「欸？」

我倏地看向阿嬤，發現阿嬤的臉色很難看，鬼先生接著又補充：「是你的母親，淟淟。」

「……媽咪？」

當我喊出媽咪的時候，阿嬤的背後忽然傳出噫一聲，有道身影閃現而過、落荒而逃，我怔了片刻，意識到一件事——

所以媽咪也看到了我和男人做愛的場景嗎？

哈哈。

波蘭我來了——！

「淟淟，帶祂回家。」

「咦、等等……阿嬤？」

阿嬤這麼說完後就消失了，有夠任性，留我和鬼先生面面相覷，我有好多問題想問鬼先生，但又不知道從何問起，問了，鬼先生會願意告訴我嗎？

「洪洪。」

「嗯？」

鬼先生依然是那個微笑，祂說：「你阿嬤很酷。」

我真的有很多話想說，但在那之前，忍不住炫耀似的比著讚回應：「酷齁。」

酷到我已經不在乎被阿嬤看到和鬼先生做愛的場面了。

也只能這樣。

不然還能怎麼辦……！

人的生老病死和打砲都是正常的嘛！比起在意這些，我更要在乎阿嬤和鬼先生談論的事情吧？而我的老家在鄉下，一天只有一班火車會到，所以隔天起了個大早，和鬼先生一起出發，中間其實還有時間可以問鬼先生，可我又拖拖拉拉的，直到搭上火車腦裡也還在想其他事情。

我開始回憶起過去的日子，怎麼會對媽咪沒有走這件事渾然不知？是因為自從上大學後我就離開家裡的緣故嗎？不過在學期間只要有空就會回家，畢竟我可是世界級乖孫，其實畢業後可以回來住，但我不好意思當嬤寶，也想讓阿嬤享福，帶著很大的抱負搬到大都市，期許自己哪天能賺大錢……太天真了，當全職作家真的會餓死，所以我才兼職接些驅鬼的委託，不是我在吹，我把那些經驗寫成一系列的靈異小說，大受好評，好啦，不到餓死，就是不寬裕，不過現在想一想，我做到了啊？釣到了金龜婿！

雖然阿嬤不太喜歡，但都叫我帶回家了，總有一天會同意吧？

哈哈。

……現在好像不是想這些的時候。

我戴上耳機，假裝自己在講電話，深吸口氣給自己做心理準備，陷在靠窗的座位裡小聲地開口：「鬼先生，我能問你一些問題嗎？」

鬼先生坐在我的旁邊，當然，我有幫祂買票，祂闔起在看的書，向我微笑說：「正在等你問。」

「所以鬼先生沒有很認真地在看我的小說囉？」

「我正在看你和一名英年早逝的帥哥做愛的段落，嫉妒到看不下去。」

鬼先生笑著這麼說的時候，周邊都是不祥之氣，我心虛地撇過頭，趕緊轉移話題：「咳咳，不說那個了，我、嗯……雖然想問，但不知道從何問起。」

鬼先生直直地盯著我，濃黑的眼眸依舊令人毛骨悚然，但早已習慣的我只覺得好帥，鬼先生吃醋的模樣好性感好雄喔，嘿嘿，喜歡。

「看在你現在喜歡我的份上，先放過你。」鬼先生收起不祥之氣，溫和地引導我：「那麼，先說說你的母親？」

「媽咪是在我升大學前出車禍死的，應該有七年了吧？但、那真的是我媽咪嗎？阿嬤怎麼可能讓媽咪變成厲鬼……」

「淟淟，那是你母親之外，也是你阿嬤的女兒。」

我一愣，突然覺得有點難過，阿嬤是以什麼心情讓媽咪留著呢？

「有記憶以來，阿嬤在這方面一直都是嚴格遵守，留在世的往生者不論是小孩老人或者冤魂，阿嬤一律都是超渡，不問緣由……我不太喜歡這樣的做法，聽說強制驅逐會讓留在祂們身上的執念撕碎祂們的身體，那一定很痛。」

「所以，淟淟靠做愛超渡就可以讓祂們爽上天了嗎？」

……至少是爽的嘛。

我默默地在心裡說，鬼先生還真是一言不合就提我的黑歷史，希望總有一天能挽回。

「那、那不是重點！話又說回來，鬼先生說會有神明大人來找我是什麼意思？」

「這方面由你阿嬤來說比較好，畢竟我還算個外人，不，外鬼……？」

看著笑咪咪這麼說的鬼先生，好想抱抱祂，但在這裡做出空抱一個人的動作會很奇怪，只好牽起鬼先生的手，說：「不要這樣說，感覺有點寂寞。」

我過去可能有點奇怪，但鬼先生過來就不會了。祂起身走到我的面前以祂的長臂壁咚，漆黑的雙眼將我吸進去，鬼先生在吻我，輕啄我的嘴唇，以溫柔的嗓音道：「你真是善良又可愛，真想碰碰你……我可以在這邊操你，沒有人會知道，想玩嗎？我隔著褲子也能插進去，衣服這種有形物對我來說不算什麼……」

喔我的天聽起來也太刺激了吧？沒有人知道的戶外 Play？

鬼先生怎麼可以邊說邊用膝蓋蹭人家的褲檔，好色……我想再和鬼先生接吻，這時才發現鬼先生的視線不在我的身上，我循著祂的目光正要轉頭時，鬼先生忽然又牽制住我的下顎吻上來。

「但我不想再讓其他人看到淟淟舒服的樣子。」

鬼先生退回自己的座位上，留下被吻到流出唾液的我。

不是，不幹何撩！

「淟淟還有什麼想問的嗎？」

我不滿地望向鬼先生，如果說這是放置 Play 的話鬼先生成功了，雖然有點生氣，但也不想錯過這次的機會。

「鬼先生早就認識我了嗎？但我們初次見面的時候鬼先生明明沒什麼特別的反應……」

「目前只能說我們以前見過。」

鬼先生給了一個含糊的答案。

「但那個時候，我不是鬼先生，你也不是淟淟。」

這題我知道！我看很多！

「我們難道是前世今生的那種關係？太浪漫了吧！」

「可以這麼說，我想，我們之間的緣分尚未到盡頭。」鬼先生笑得很溫柔，輕撫著我的耳朵的手也很溫柔，像在觸碰什麼珍貴之物，「因為渙渙是個善良的迷糊笨蛋，我總是放不下你，如果我們在一起是個錯誤……那就錯到底，反正錯也錯過了，不如說，我們因錯相遇。」

聽起來好像犯了什麼滔天大罪。

但是、但是……我好心動，心臟快跳出來了，鬼先生的告白也太帥氣，好喜歡，喜歡到心臟痛，這樣可以說是就算犯了滔天大罪，鬼先生也不會離開我嗎？

真的嗎？

哇怎麼辦眼淚要出來了，鬼先生會不會覺得太誇張？只好先說點別的……！

「鬼先生，應該不是替身文學那種東西吧？」

「少看那種小說。」

「我是沒有寫過那種題材。」

「嗯，我一眼就能看出是不是你寫的。」

我深吸口氣，把眼淚吸回去，改成笑容。

「鬼先生，我能慢慢了解你嗎？還有我們之間的事情。」

「當然，只要你願意。」鬼先生摟過我讓我靠在祂的身上，「先休息吧，到站還要一段時間。」

「睡不著，想和鬼先生繼續聊天。」

「好。」

「那、那鬼先生是什麼時候死的？」

「忘記了呢。」

「是不想說還是——」

「真的太久了，不記得。下一題換我問可以嗎？」

「好啊。」

「洪洪不喜歡回家嗎？」

「欸？為什麼這麼問？」

「感覺你好像……有點不自在。」

我眨了眨眼，覺得尷尬，鬼先生會不會是我肚子裡的蛔蟲？我以為我隱藏得很好，沒有不喜歡啦，只是……

「嗯，這個鬼先生等等就會知道，啊、不是不好的方面，就、不是很想遇到認識的人……」

這用說的鬼先生可能不太能明白。

下車後鬼先生就會知道的。

比如說我不能讓車站的阿姨看到我，不然——

「彭毅澳小弟弟、彭毅澳小弟弟，歡迎回家，你家的阿嬤已經等得不耐煩，阿嬤限你一分鐘回去，到時阿嬤不開心，我是不負責喔……」

不然車站就會如此大聲廣播，讓整座村子都知道。

彭家的孫子回家了。

「喔！原來是彭家的弟弟喔！還以為是哪來的大明星！上次託你阿嬤的福，腰痠背痛都好了餒！」

「阿澳啊怎麼這麼久才回來看阿嬤？」

「啊有沒有交女朋友？給你阿嬤帶個孫子啊！」

「變高變帥了餒！」

「不記得我是誰嗎？小時候我抱過你啊！」

「從大都市打拚回來感覺就是不一樣！你看這是我家女兒——」

一出車站就迎來大家的熱情，我真的是大喊救命，老家車站外有一棵大榕樹，許多長輩都會在那邊乘涼聊天打發時間，鬼先生不幫我就算了，還在旁邊笑，我還是第一次看到鬼先生笑成這樣……最後是阿嬤親自來接我才結束這場鬧劇。

阿嬤一來就瞪著鬼先生，看到我時則大嘆一口氣，不知道為什麼越過我，向剛才介紹女兒給我的叔叔問：「阿財啊，你家只有女兒嗎？」

嗯？阿嬤幹嘛這麼問？

「兒子沒有，但有孫子！不過跟你家孫子一樣在外面讀大學。」

「幾歲了？」

「十九歲，還年輕啦。」

「帥嗎？」

「當然很帥！」

「勇嗎？」

「很勇喔！」

阿嬤回頭看向我。

……幹嘛？好讓人不安，還有剛才的問題是怎樣？

「怎麼了？怎麼這麼問？是神明大人預言了什麼跟我家孫子有關係的事嗎？他也是今天回來！」

「沒事，不用擔心，只是……你孫子對男的有興趣嗎？」

我不知道阿嬤為什麼問這個，感覺就很不妙，趕緊抓住阿嬤：「阿嬤！回家啦！問這個很沒禮貌！」

「我越想越不對，我怎麼會相信厲鬼的話？」阿嬤用力地甩開我的手，「澳澳，我能理解年輕人喜歡刺激，但不是大就好，小的也很好！阿財的孫子怎麼樣？要不要安排你們見面？」

……

嗯。

我不知道我要先應付大大小小的問題還是阿嬤幫我出櫃這件事。

阿嬤！阿嬤！你要不要看一下阿財叔叔的臉色！還是我該掙扎一下澄清我是雙性戀？

啊——！啊！是不是又要看波蘭的機票了……！鬼先生不要看戲快來幫我——咦？鬼先生？

鬼先生不知道是向著誰散發凶氣。

祂看起來像在警戒著什麼，與此同時，陌生的聲音穿透了人牆，有個人越過大家來到我和阿嬤的面前。

「不小。」

那名陌生的高大男人忽然這麼說。

……誰？

面孔意外有點熟悉，我想不起來在哪看過這張臉。

有點好看，但比不過鬼先生。

有點修長，但比不過鬼先生。

模樣看起來是走在路上會讓人回頭的大學生，嗯，簡單的帽T加牛仔褲配斜胸包就很有型，更吸睛的是健康的古銅色肌膚，我感覺到他看著我，因此我也看了回去，在三秒內觀察完畢，因為我覺得再看下去鬼先生會指控我外遇。

鬼先生好像很討厭他，為什麼？

那股陰氣冷到讓我的蛋蛋都變小了，通常鬼先生只會榨乾我的蛋蛋，我總是說射不出來了，但鬼先生偏要折磨我……齁好喜歡，希望我能透過熱切的目光讓鬼先生了解到我絕對不會外遇。

幾秒後鬼先生如我所願收起陰氣，無奈地看向我：「漁漁在想什麼？表情色色的呢……」

我小聲地笑應：「想你。」

鬼先生也笑了，開心地和我貼貼，同時間阿財叔叔在介紹突然出現的那人。

「這就我孫子啦！阿川，啊我想起來了，小時候不是有一陣子和漁漁玩在一起嗎？」

我一愣，再次看向他，他依然看著我，一副欲言又止的樣子，我想了又想……終於捕捉到一個過往的畫面——我想起來了！和我一樣看得到的小鬼！還是很厲害的小鬼！以前明明那麼小現在長那麼大了啊？對了，他靠簡單的觸碰就能超渡鬼，名字是什麼來著……

陳煉川？那他豈不是也看得到鬼先生——救命喔我要趕快擋在鬼先生前面。

「毅澳——」

「咳，阿財，忘掉我剛才問的吧，抱歉，沒事了。」

我分明聽見陳煉川喊了我的名字，但阿嬤打斷了，阿嬤還突然拍著我的肩膀，以眼神示意鬼先生說：「澳澳回家。」

「那個、請等一下……」

「在其他人面前隨意談論你，我很抱歉。如果還有想說的，之後再來廟裡找我。」

阿嬤的態度讓我有點意外，不過長輩都這麼說了，陳煉川也不好再說什麼了吧？看，果然面有難色，之後人群也很快就散了，我和鬼先生就這麼跟著阿嬤回家。

我的家就是一間小廟，雖然不是說特別香火鼎盛，但住在這裡的人都會來這上香，算是當地的寄託之一吧，老實說我有想過鬼先生踏得進來嗎？事實證明鬼先生真的踏得進來而且還很自在耶？加上阿嬤也只是看了一眼沒說什麼，那是不是……！

「阿嬤，你這是承認鬼先生了嗎！」

阿嬤回頭瞪我們：「滾。」

好吧，看來還是要長期奮鬥。

「澳澳，我記得那孩子背叛過你，他叫什麼來著？」

「陳煉川。」我沒想到阿嬤還會記得，莫名有點感動，「沒有背叛那麼嚴重啦，我們那時候也都是小孩子，已經是過去了，我看到他的時候還沒有想起來呢。」

「沒有想起來不代表忘記。」阿嬤看著我說，接著轉移視線迎向鬼先生：「算了，談正事。」

「嗯，正宮在這。」

……鬼先生？

「我不喜歡他，他一副對洪洪念念不忘的樣子，一上來還炫耀大小，呵，能有比我大嗎，是不是，洪洪？」

雖然阿嬤想談的正事應該不是這個，但面對吃醋的鬼先生我還是忍不住先哄：「嗯，沒有人能過贏得了鬼先生。」

「洪洪。」

阿嬤大概是聽不下去，直接插說：「你爸是一個渣男，現在不知道在哪逍遙。」

「欸？」

「你媽年輕的時候也很愛玩，直到生下了你，我曾問過你媽不後悔嗎？她說不後悔，因為你爸雞雞大、長得帥、又很高、還很猛，她相信洪洪一定能繼承這麼好的基因。」

太過突然，我愣在原地。

情報過多。

從小聽到的說法是爸爸在工作時不幸出了意外離我們而去，而我記憶中的媽咪是個不常回家的女強人，她嚴肅認真，做過最溫柔的事是摸我的頭擁抱我，我是真的很喜歡媽咪，覺得媽咪是世界上最厲害的人，她為我頂天立地，在我被別人欺負的時候是媽咪為我站出來，當所有人都認為我是騙子的時候，只有媽咪相信我，明明媽咪完全看不到……她帶我離開這裡、教我保護自己的辦法，直到媽咪遇上了車禍，我才回到這裡和阿嬤相依為命。

「不要捶我，我只是說實話，彭子萻，妳總不能隱瞞妳兒子一輩子。」

「媽咪？」

那道身影又是在阿嬤的旁邊一閃而過，鬼先生嘆息說：「又逃走了呢。」

阿嬤一副外人別插話的樣子，她皺眉翻出口袋裡的符咒，對鬼先生道：「我無法超渡我的女兒，並非我捨不得，而是做不到，你一個厲鬼又能有什麼辦法？」

「解鈴人還需繫鈴人，要由澒澒去。」

「咦？可我沒辦法跟我媽咪做愛耶。」

「……」

「……」

「幹嘛！我很認真！不然還有什麼辦法？我才沒辦法對媽咪丟符咒，感覺很痛……」

「總要疼的。」阿嬤走來往我手裡塞符咒，「帶著我向神明大人求的強力符咒，去把你媽找出來，趕快讓她去投胎。」

「不要！不是說了會很痛嗎！」

「那只是你的猜測。」

「那如果是真的呢！阿嬤不可能沒聽過吧！祂們散去前的尖叫，會一直一直留在你的耳邊——」

鬼先生突然遮住我的耳朵。

「什麼都沒有喔，這裡只有我的聲音。」

……嗯。

這裡只有鬼先生。

「只會花言巧語的壞東西……」

阿嬤看到我們貼在一起又說了鬼先生的壞話，不是，剛剛很明顯是鬼先生在照顧我吧？不過這一次鬼先生也不甘示弱地反擊。

「花言巧語騙妳的，在那裡吧。」

「不准對神明大人不尊敬！」

「什麼神？把妳當成僕役的神，分明沒有給妳的女兒和孫子保佑的神，真的是神嗎？」

雖然聽不懂，但感覺鬼先生撿到槍很嗆喔。我這樣真的很像被愛情迷暈的不孝孫，可是現在附在阿嬤身上的感覺，我更不喜歡。

『閉嘴！』

那不是我阿嬤的聲音，現在在我眼前的好像也不是阿嬤。鬼先生從後摟著我，像在保護我不受影響，又嗆：「親自來訪啊？是覺得我侵占了你的領域嗎？不知道是什麼神的神明大人？」

『放肆，孤魂野鬼也敢在我的眼前——』

「誰是孤魂野鬼了？」

鬼先生有股說不上來的氣勢，轉瞬間，神明大人的眉頭彷彿能夾死一隻蚊子。

『你是……！』

登登登。

一觸即發。

神鬼大戰。

關於鬼先生的祕密——！

緊張緊張，刺激刺激，但怎麼可以？神明大人現在附身的是我阿嬤的身體欸！而且我才不要透過其他人，不，神知道關於鬼先生的事！

所以我用屁股蹭了一下背後的鬼先生，嗯嗯，效果拔群。

「澳澳？」

「那個，現在是文明社會了，能不能不比武？就唰啦、嘩啦、砰砰砰那種會在電影出現的聲光效果先不要，阿嬤老了。」

「好，澳澳說什麼就是什麼。」

嘿，愛情的勝利！

先不管神明大人的意見，我繼續說：「那我們、嗯……來比誰說的鬼故事最可怕，輸的人就要回答贏的人的所有問題，怎麼樣？」

鬼先生微微一笑：「好。」

這時神明大人終於開金口斥責我的無禮：「你又算什麼東西？」

「神明大人，我應該也算是您的信徒，請聽一下我卑微的願望，我怕我阿嬤承受不住您，畢竟您是神明大人。」

「油嘴滑舌的信徒，但念在這附身體的虔誠，說說看你要獻上什麼故事。」

這話就像是在說祂可是神明大人，區區鬼故事怎麼嚇得了祂。

我也這麼覺得，但總要試一試嘛。

「謝謝神明大人的寬容……嗯，故事是這樣的，有一天早晨我迷迷糊糊地起床，要去浴室刷牙洗臉，因為實在是太想睡了沒有特別注意，張嘴就把牙刷放在嘴裡，然後——我睜開眼看向鏡子的時候，有一隻蟑螂從我嘴巴裡跑出來了。」

「……」

「……」

「……」

我笑得天真無邪問：「怎麼樣？」

比起說是鬼故事，更應該說是令人毛骨悚然的意外。

必須說，我用這個故事從來沒輸過。

謝謝各位，我又贏了。

總之我像隻吃了壞東西的貓被恢復正常的阿嬤拎去重新漱口，不是，都過了那麼久——咕嚕咕嚕噗。

「咳、神明大人也不喜歡蟑螂嗎，阿嬤？」

「……神明大人曾說過希望供奉祂的地方能一塵不染。」

喔，看來神明大人有潔癖。

「鬼先生呢？知道這件事後會不會就不願意親我了？」

鬼先生又是微笑：「不是舌吻我可是不要喔。」

……

好耶。

愛，戰勝一切！

能吧？

那麼，我和阿嬤之間的愛能夠戰勝神明大人嗎？阿嬤究竟願不願意告訴我真相？

可是什麼才算真相呢？

不曉得。

事後我回到樓上的房間換掉被濺溼的衣服，我的房間幾乎沒什麼變動，連一點灰塵都沒有，顯然我不在的日子裡阿嬤依然會幫我打掃，明明說了我自己來就行……在感嘆之餘，瞥見鬼先生在翻我的書桌抽屜。

祂喔了一聲，不費吹灰之力就撬開我鎖上的上層，拿出一疊紙，非常感興趣地讀了起來，我後知後覺地意識到那是我的黑歷史！

「鬼先生！」

「這是澳澳什麼時候寫的？看起來不錯，不過以現在澳澳的功力來說，文筆是有些幼稚呢……真可愛，喔，裡面還有一本筆記本——」

「啊啊啊不要看！」我將那些紙張搶回來，本來想要銷毀這些，拿到手裡卻有點捨不得，於是完好地放回抽屜，警告鬼先生：「不可以沒經過主人的同意就隨意撬開！」

鬼先生笑著舉雙手投降：「抱歉，那我之後可以看嗎？那本筆記本在我看來有點眼熟呢。」

「少騙人！不管怎樣絕對不可以！」

可能我很少以如此堅定的態度拒絕鬼先生，鬼先生向著我面無表情地歪頭思考，又在某個瞬間勾唇輕笑，說：「好吧，我之後再問，澳澳好了的話，走吧？」

我有種不好的預感，依照我對鬼先生的了解，祂一定想好要在床上怎麼折磨我逼我同意了，但現在並不是爭辯這個的時機，只好先咬了一口鬼先生的手臂洩氣，鬼先生的笑容沒有變，摟著我一起出去。我看到阿嬤坐在小客廳的木椅上，一言不發地泡著熱茶。

「阿嬤。」

「……沒什麼好說的，神明大人今天不會再顯靈，你趕緊先去把你媽找回來。」

「說謊。」鬼先生說，祂指著阿嬤的背後道：「只要祂想，祂就能出現，祂不是就這樣指使您的嗎？」

阿嬤意外沒有馬上反駁鬼先生，只喝了口茶，她沉默的樣子讓我好怕一言不合就會往鬼先生潑熱水，這種時候，就要由我這個乖孫出場了，我坐到阿嬤的對面，深吸口氣後開始說。

「阿嬤，我從來都不問是因為我也看得到，也相信神明大人的庇護，畢竟我平安無事地活到了現在。」

「阿嬤，我長大了。」

「阿嬤，現在只剩下我和妳了，鬼先生不算，我是指，媽咪不在了，我們更要……團結？互相扶持？」

「阿嬤，我只有一個疑問，神明大人沒辦法幫忙把媽咪帶走嗎？要不痛的那種。」

「阿嬤，神明大人這種小忙也幫不了嗎？明明妳為祂奉獻了那麼久……」

「小孩子不要亂講話。」

阿嬤果然在我質疑神明大人的時候才會回我，接著她又惡狠狠地瞪向鬼先生罵：「什麼長大？長大了還會帶這厲鬼回來氣死我嗎？我看都是這鬼傢伙教壞你。」

鬼先生看起來也很無奈。

「阿嬤，妳就這麼不認同我嗎？」

「說了幾次不准叫我阿嬤！誰是妳阿嬤！」

「我是閻王的兒子。」

什麼？

我愣愣地望向突然這麼坦白的鬼先生，阿嬤也愣了一下，突然衝到我的面前將我帶到她的身後，阿嬤牽著我的手正在顫抖。

「所以你是來帶走澳澳的嗎？」

「不是，是來和他相愛的，雖然我是那邊的人，但是輩分最小，根本無權管控地府的任何事，我來人間享樂也行，對上面的人來說只要不要惹事就好，可惜我原本精心修練的肉身已損毀，後來以本體徘徊了許久，終於遇到了我的真命天子。」鬼先生一個閃現就把我帶到祂的懷裡，是熟悉的冰冷肌膚，祂輕輕撫摸著我的臉頰，親切地繼續說明：「阿嬤如果不相信我，可以再問問看妳的神明大人，看祂有沒有那個能力可以收拾閻王的兒子？」

在阿嬤還在愣神的時候，鬼先生貼著我的耳朵又問：「嚇到了嗎，澳澳？」

我搖了搖頭，想了想又覺得不對，改成點頭，本來就想鬼先生的身分可能不簡單，但閻王兒子什麼的，對我來說有點太遙遠了。

「我說的也不是謊言，你不要怕我好不好？那些身分我不在乎，這並不會影響我和你在一起……」

我又點了點頭。

牽緊鬼先生向祂露出肯定的微笑，是我自己說要和鬼先生慢慢了解彼此的，我想就算遙遠，慢慢靠近就行了，而且鬼先生願意直接說出來，也是為了跟阿嬷證明自己的心意並無虛假吧。

鬼先生明顯鬆了口氣，還偷偷親我的耳朵，齁。

「好了，我的坦誠時間結束，現在換阿嬷了。」

我感覺到神明大人的氣息飄過，阿嬷不知道是不是從神明大人那裡確認了什麼，拒絕的態度已稍微收斂，她沉默一會後道：「你要以你的身分保證你不會加害於洪洪。」

「好，我以閻王的名譽保證。」鬼先生扯下衣袖，手腕上多了令人怵目驚心的指痕，五指繞著手腕，彷彿違約了那痕跡就會顯現出來掐斷鬼先生的手，鬼先生倒是置身事外似的解釋：「看，是閻王的印記。這麼說來，阿嬷身上也有僕人的印記吧？」

「多嘴！」

我錯了，阿嬷對鬼先生的態度還是很不客氣，但她隨即像顆洩了氣的球垂下肩膀，回到木椅上坐下，扶著額頭嘆息，說：「神明大人曾說過，讓洪洪來還的話確實會比較有效率，可是我們的渶渶那麼敏感，怎麼能成為神明的僕役？神明大人警告我要嘛全都讓渶渶來，要嘛就守住這個祕密一輩子，不過，神明大人看在你的份上准許了，意思是，渶渶知道了也沒關係。」

鬼先生聞言莫名發出嗤笑，面對阿嬤時又馬上收起不敬的嘴臉。

「你說你不會加害於渶渶，我相信你，可是……」阿嬤抬眼瞪向鬼先生，依然是那句話：「或許你的身分比我的神明大人還要尊貴，但我還是不同意渶渶和你在一起。」

「阿嬤！」

「渶渶。」阿嬤用力捶桌打斷我的不滿，隱藏許久的祕密傾瀉而出，跟著扛著這些祕密的壓力一起爆發，「你已經走過一次鬼門關，怎麼還能和那裡扯上關係？是神明大人給予我懺悔的機會、是神明大人親自帶你回來，不論誰胡亂挑撥、不論神明大人的真身為何，都是我一輩子要感激的神明，祂為了幫我們元氣大傷、祂救了我的女兒和孫子，你媽生你的時候難產，臍帶還纏繞著你的脖子……你們受難的時候，你爸呢？不，那死人呢？可你媽至今仍然不願意走的原因竟然是想再見他一面！想把你託付給他！開什麼玩笑！」

阿嬤吼得面紅耳赤、眼角染紅，我想要輕輕摟住阿嬤單薄的肩膀、想要幫忙阿嬤扛起真相的代價，可是不知怎麼地，我覺得真相比想像中的還要簡單。

「所以阿嬤知道了媽咪的執念，卻還是想強行超渡媽咪嗎？」

「我不可能去找那個男人。」

「為了妳女兒也不願意？」

「他是讓我女兒痛苦的元凶！讓你媽獨自扶養你的死人！」

「我不在乎！重點是媽咪！我從來不在乎我爸是誰，也不在乎他做了什麼，我只是想讓媽咪好好地走……最起碼、最起碼也要達成媽咪的願望吧！」

「我做不到。」

「阿嬤！」

「那個遲遲不走的靈魂是我的女兒！我辛辛苦苦養大的！你呢？小時候你媽工作的時候也是我拉拔長大的，我為什麼要把我女兒和我孫子託付給那種人！」

在阿嬤站起來向我嘶吼的那一瞬間，我知道是我說錯話了。

「是，澳澳可以不在乎，但我永遠沒辦法去接受他的存在，看一眼都沒有辦法。我讓你媽放下，你媽也不聽話，我讓你離開祂，你也不聽話……七年了，澳澳，你媽現在天天都在我身邊，就好像還活著一樣，沒有走出來的人……可能是我。」

我想起了鬼先生的一句話。

——澳澳，那是你母親之外，也是你阿嬤的女兒。

哇，怎麼辦，我要哭了。

我馬上繞到阿嬤的身旁，跪下來注視著阿嬤垂下的臉龐，淚眼汪汪地道歉：「阿嬤，對不起……沒有考慮到妳的心情，我只是，覺得我好糟糕，我的事情為什麼是要由阿嬤承擔？還有這些話妳有跟媽咪講過嗎？」

「……講了有用嗎？」

阿嬤有點傲嬌。

講成這樣，但只要我一哭，她的態度就會軟下來，我忍不住靠到阿嬤的膝蓋，說：「阿嬤，我會和妳的女兒、也就是我的媽咪好好說的，可是如果媽咪堅持，我還是會去找那個人，我又不認識他，所以對我來說是真的無所謂，送走媽咪後我才不會賴著他，我要賴著阿嬤……我永遠是妳的乖孫澳澳，才不要那個陌生人……唔。」

阿嬤掐住了我的臉抬起來，然後隨意地抹開我臉上的淚水。

「傻孫……隨你了。」阿嬤的視線掃向鬼先生，「祂會好好保護你就行，神明大人也說可以，祂不會干涉。」

「阿嬤妳很奴欸……唔。」

被阿嬤彈腦袋，好痛，可她還是無法阻擋我的撒嬌。

「阿嬤阿嬤阿嬤——謝謝妳一直以來都這麼照顧我、謝謝妳陪我一起長大……阿嬤，妳還記得媽咪帶我走之前跟妳大吵的那一次嗎？」

「記得，怎麼可能不記得。」

「嗯，我從來沒有因為看得到而怪阿嬤喔，怎麼會是阿嬤的錯？媽咪應該也很後悔口出惡言吧，因為媽咪看不到嘛，所以懷我的時候一定是想著希望有人能夠陪伴阿嬤，只有阿嬤一個人看得到，很寂寞啊……」

阿嬤又低喃了一句傻孫，我嘿嘿一笑，阿嬤又出手輕敲我的腦袋，輕聲說：「……去吧，讓你媽好好地走。」

「沒問題！」

「她有意躲你，這點你自己看著辦，或者、交給那位……」

阿嬤想必說的是鬼先生。

鬼先生微微一笑，一副勢在必行的模樣。

「當然，我會和岳母大人好好打招呼的。」

唉呦不知道會不會演變成岳母女婿之間的大戰。

為了快點找到媽咪，我又問了阿嬤，媽咪平時會去哪裡？阿嬤卻說她也不知道媽咪出現的時機，媽咪想躲起來的話誰也無法找到她，鬼先生笑笑地說祂有辦法，領著我出去，一邊詢問祂之前見到媽咪都沒有好好打招呼會不會很沒有禮貌？祂能夠過媽咪這關嗎？我想說媽咪看到我們就跑是要怎麼打招呼？鬼先生說是這麼說，看起來卻一點也不緊張，所以我也開玩笑地說過不了關就私奔啊。

「毅洪……學長。」

有人打斷了我們的對話，聞聲轉頭，門口邊站著不算陌生的男人，他一臉侷促，看到我想過來卻不敢向前，他這樣讓我也有點彆扭，「叫什麼學長，我都畢業多久了，何況我們又沒有……」

「您記得我嗎？」

「一開始可能沒認出來，但阿財叔叔一提就想起來了。」我其實也沒有很想敘舊，故意擺著嚴肅的嘴臉說：「想忘也很難吧，陳煉川。」

「我……！」陳煉川果然被我的態度嚇到了，不過他沒有放棄，懦懦地問：「那我該怎麼稱呼？」

「……彭毅洪就好。」

等等，他為什麼表現得那麼可憐？這樣搞得我才像是惡人欸。我也不想莫名其妙地凶啊，只是沒時間應付，對他突然出現的原因也不感興趣，所幸鬼先生這時插進來說：「洪洪，我找到你母親了。」

什麼！

這就不是我找藉口了，是很重要的急事！

「抱歉，如果你要找我阿嬤的話她在裡面，我有事先走了。」

「等等！」

「不可以。」我拍掉陳煉川伸來的手，擋在鬼先生的面前說：「這是我寶貴的人，呃、鬼，你不能碰祂。」

「……我知道了。」陳煉川意外乖巧地退回去，從包裡拿出黑色的手套戴上說：「這樣就沒事。」

那是什麼超像漫畫主角的道具——戴上就可以封印你的力量嗎——我不禁在心裡吐嘈，卻又在那手套上感覺到微妙的熟悉，某種意義上和阿嬤做的符咒有點像……他像是要證明自己的無害，舉高著雙手向我走來，眼睛卻掃向鬼先生：「請問你是彭毅洪的什麼人？」

鬼先生的反應不像前幾次那麼激烈，只微笑應：「老公。」

我當然也配合祂，點頭附和：「嗯，老公。」

陳煉川面有難色，好一會後才將話擠出來：「……人鬼殊途。」

「好啦，我聽過很多次了，但這是我的事，你不用擔心。」

如果陳煉川沒有長歪的話……好吧，我可能知道他來找我的原因，解鈴人果然還需繫鈴人。

「你很在意之前的事嗎？」我沒有打算把話說明，因為這麼說他應該就能夠明白，「說真的，過了那麼久我早就不在意了，所以你也不必要這樣。嗯，還有——」

我勾住鬼先生的胳膊，親密地躺在祂的肩上道：「別喜歡哥，哥已經屬於祂，就這樣，我是真的有事，先掰。」

說完後趕快帶著鬼先生閃人，頭也不回，餘光倒是能看見鬼先生咧嘴而笑，透過彼此牽緊的手感覺到一絲寒氣，鬼先生在笑，笑得像戰勝的小孩子，一直往前走的我看不到鬼先生以什麼姿態纏上來，但我認為那是鬼先生滿滿的愛意。

「呵呵，洪洪比想像中的還要無情。」

「我可能真的像阿嬤所說的很敏感。」一回頭看是人型的鬼先生抱著我，彷彿剛才的一切都是我的錯覺，可祂的腳底下還盤旋著濃黑的陰氣，也有像觸手的東西纏著我的腳，我沒有過問，只是繼續說：「就當作我自作多情好了，不必要的緣分當然要快點斬掉，更何況我已經有鬼先生。」

「洪洪很受歡迎，不論是人還是鬼。」

「咳、人沒有啦，他是因為……鬼先生要聽嗎？你一邊帶路，我一邊說。」

「好。」

鬼先生走到我的旁邊，村子裡的路都很小條，天色已經逐漸暗下來，此刻的步伐說是在找媽咪，不如說是在散步，但我相信鬼先生，於是以這個步調說起我和陳煉川之間的事情。

「看陳煉川那個樣子應該是很愧疚吧。對了，在你看來，他怎麼樣？是不是比阿嬤還要強？」

「是這樣沒錯，他身上的陽氣比洪洪多出了好幾倍，是鬼的太陽，過於耀眼刺目……真是令人厭惡。」鬼先生冷哼，看向我時又露出笑容：「洪洪就剛剛好喔。要說的話，他是天選之人，做什麼都會很順利，直到他的陽氣耗盡，不過應該不會有那一天。」

「嗯，我記得陳煉川很強，只要他想，一碰觸到鬼就能消滅祂們。」我在一個轉角處停下來，指著前面的空地說：「我國一認識他的，在那座公園，我一眼就看出了他的不同，不，是我們的共同點。」

公園裡的遊樂區換新了，草皮也是整理過的樣子，那些回憶隨著時間與過去的東西一起消散，我看了最後一眼，跟上鬼先生繼續說：「你知道的，在孩子們間遇到同樣看得到的朋友實在是很難得，我立刻就過去和他搭話了，那個時候他大概……小一？總之靠我的親和力，我們很快就熟起來，會彼此分享今天又遇到了什麼樣的鬼……但我錯估了一件事情。」

「他看得到的這件事情除了我之外沒有人任何知道，連他的家人也不清楚，小孩子嘛，遇到開心的事都會和媽媽分享。」我淡淡地將我人生中最嚴重的事情重新翻出：「然後我無意間就變成了想誘拐小一生的十四歲少年，拜託，我才十四歲欸，真不懂當時的那些大人在想什麼……他們說我是騙子，靠講鬼故事拐騙他們的兒子，再加上我們村子那麼小，事情一下子就傳開，當時的陳煉川嚇壞了，在眾人面前說他不認識我，再躲進他媽媽的懷裡。」

「哇啊開什麼玩笑！你有媽我也有啊，後來，就是我媽咪霸氣地直接帶我搬走這個地方，那些誤會阿嬤之後也都幫我解釋清楚了，說真的……要不是媽咪走了，我可能一輩子不想回來這裡，曾經也想過把阿嬤接去一起住，可我又有什麼能力那麼做……真的回到這裡後，發現其實也沒那麼差啦，大家都很善良老實的，哈哈……鬼先生？」
鬼先生面無表情地收起溢出來的陰氣，皮笑肉不笑地道：「說謊的人要拔舌頭，等他死後我一定會親自帶他去地府。」
我忍不住笑應：「他應該不會下地獄吧。」
「我能拖他去。」鬼先生停下腳步，向我張開雙臂，「漗漗來。」
鬼先生在以他的方式安慰我，我是真的不氣了，但抱抱可不能放棄。
「沒事啦！高中和大學都交了朋友！很開心……下次介紹給你認識！當然也有一些混蛋，不過就像鬼先生說的，他們會下地獄！大學的時候不知道從哪傳出了我看得到的消息，有些人就會拿這點笑我，結果畢業後他們竟然想找我幫他們處理靈異事件！太過分了！我狠狠地敲詐了他們一筆！就是用那筆錢付了鬼先生房間的訂金！」
「幹得好。」
「我也騙人了，會不會下地獄？」
「我會和你一起回家，不用擔心。」
「嘿嘿，聽起來真可靠。」
鬼先生捧著我的臉親一口，我嘛著嘴親回去，不知道什麼時候舌頭纏在一起，有種很久沒和鬼先生這麼親密的錯覺，舌頭被吸得好舒服，鬼先生在摸我的屁股，腦袋不由自主地聯想到野外 Play……不，不行，還要找媽咪呢——

「唔、等等……」

「澳澳你真的很好，好嫉妒那些可以被你這麼溫柔對待的人……」鬼先生在我耳邊低喃，寒氣拂過頸邊，祂緩緩地鬆開我，眨眼間恢復成平靜的模樣，「抱歉，又有點失控了，現在必須先找到你母親。」

「鬼先生……」

鬼先生揉了揉我的頭髮，像是要轉移話題又道：「忘記跟你說，神明大人的真身應該是貓。」

「欸？」我第一個想到的問題竟然是貓怎麼會討厭蟑螂，「可是貓會咬蟑螂吧？感覺神明大人是真的不太喜歡剛剛的鬼故事。」

「不太一樣。」鬼先生聽聞我的疑問笑了，親切地解釋給我聽：「神明大人不是普通的貓，是貓冥王。很久以前聽說過做得最好的貓冥王一夕之間消失了，看來是傷了元氣在這養傷。」

「貓冥王？」

「祂負責引渡畜牲的靈魂，不過都過那麼久了，現在應該換貓做了。」

「欸？但阿嬤說是由神明大人帶我回來的欸？」

鬼先生眨眨眼，看著我笑說：「小畜牲。」

我故意從喉嚨裡發出呼嚕聲表達不滿，鬼先生立即撫摸我的下巴，壓低嗓音道：「嗯？

我的小母狗不對嗎？」

欸講話太難聽了吧！

汪汪！

「至於為什麼貓冥王會在這裡成為你阿嬤的神明大人，可能還是要從你阿嬤那邊問……怎麼了，淇淇？」

「汪、不對，剛剛反應不及，而且阿嬤也在所以沒說，我本來不想透過其他人來了解你。」我這才想起自己的疑問，有點委屈地問：「閻王兒子會有前世嗎？不是你為了耍浪漫說的謊吧？聽你這麼說，你的肉身應該也在這裡活了很久才死？」

「是那樣沒錯，但我說的前世不是謊言，閻王兒子對我來說是一個設定，我融入這個設定，自然成了閻王的兒子。」

「……聽不懂是正常的嗎？」

「正常的，我還不太確定能不能向你坦白，因為我被某個東西管控著。」鬼先生看著我鄭重地吐口氣，說：「淇淇，在去找你母親之前，要不要試試？」

「試什麼？」

「我記得有成功的案例，可說實話記憶也有點模糊……總之，先問我的名字，淇淇。」

咦……？

我的腦袋突然一片空白。

有什麼雜音闖進來，為什麼忘記了？明明在繼承鬼先生的房子和財產時有看過契約上的名字……現在怎麼會想不起來？宛如某個部分被橡皮擦拭去，我愣愣地望向鬼先生，鬼先生也只給我一抹苦笑。

「是的，我也不記得，這就是我的設定。」

「在那麼多的回憶裡，我竟然只記得一個角色的名稱。」

「為什麼呢？」

鬼先生喃喃自語，以一種我看不懂的表情望向了遙遠的天空，一時間，我覺得鬼先生離我好遠好遠。

「你可以叫我烏諾斯。」

「……我的小作家。」

「但我更喜歡你繼續叫我鬼先生，渼渼。」

鬼先生恢復我熟悉的笑容這麼說。

我有一瞬間的恍神。

不曉得鬼先生在說什麼，腦袋跟不上，深處的靈魂卻在顫慄，是什麼與鬼先生的名字產生共鳴？是我的情感嗎？有一點陌生，有一點酸澀，又有那麼一點愧疚，可是我是空白的，這種念頭莫名佔據腦海，甚至出不了聲回應鬼先生，連眼睛也眨不了。

怎麼回事？

時間彷彿靜止了。

「看來還不是時候。」鬼先生摸著我的臉頰遺憾地說：「先專注在尋找你的母親上吧，其實有一個很簡單的方法。」

什麼？

「淏淏，我最大的哥哥管理著人間的生死簿，或許我撒個嬌，哥哥就願意幫我達成願望。」

「鬼先生的……願望？」

鬼先生的聲音帶動我的時間，我愣愣地反問時被吸進鬼先生的雙眼，那裡一片漆黑，只有令人毛骨悚然的陰氣，它奪去我的思維，又有什麼陌生的畫面閃過，是巨大的神像、是判刑的審庭、是某個人最後的無奈與承諾——我又恍神了，想不起來剛才在想什麼，而眼前的冰冷將我拉回現實。

「我們永遠在一起、離開肉身的束縛……」

「好不好？」

「好不好？」

「淏淏……」

我不知道。

只能任由陌生的淚水從我的臉頰上滑落。

好難過、好寂寞，被前世今生的實感襲擊，不然這份情感從何而來？我的、又不是我的……就在這個時候，有什麼東西將我扯離鬼先生，我下意識地伸手，鬼先生卻沒有理會，反而露出得逞的笑容。

「唉呀，太順利了我反倒不好意思了，岳母大人。」

「媽……媽咪？」

我這才看清守在我面前的身影以及自己身在何處，原來我們繞了村子一圈又回到廟前，看向鬼先生確認時，鬼先生的食指放在唇邊，好像在說剛才的一切是我們的祕密，而那個祕密也在這一刻蒙上一層霧，使我的注意力轉移到媽咪身上，她身上的汙穢之氣嚴重干擾到她的樣貌，連露出來的肌膚都呈現乾裂狀，漆黑的長髮掩蓋住她的臉，我想替她去除那可怕的氣息，伸出手的剎那卻被拍開了。

「不可以。」媽咪向我搖頭，又對走來的鬼先生喝止：「別過來。」

媽咪對鬼先生好像有很大的敵意。

「抱歉，岳母大人，我並無惡意，會那麼做是想要引您出來，我知道您就在我們的附近徘徊。」

竟然嗎？我都不曉得！媽咪太會藏了吧？可媽咪不相信鬼先生，湧上來的陰氣使她的髮絲飄動，她說出來的每一字每一句都成了淒厲的喊聲，使我忍不住摀起耳朵。

「說謊！你是認真的，你要把我的兒子帶到地獄——」

鬼先生一彈指便將震耳欲聾的攻擊消音，顯現出他們之間的實力懸殊，我有點緊張，深怕變成岳婿大戰，結果鬼先生下一秒直接原地跪下。

「請您相信我，如果洪洪活膩了，覺得人生足夠了，我才會那麼做。在那之前一定會好好守護洪洪的一輩子，讓他開開心心，幸福地長命百歲。」

媽媽大概沒料到傳說中閻王的兒子會那麼輕易地獻出膝蓋，她回頭看我一眼，我比了個讚，想說鬼先生就是這麼愛我，男兒膝下有黃金？Ｎｏ、Ｎｏ，都是過時的想法了，如果是我，我當然也願意為鬼先生跪。

「毅洪的意願呢？」

「洪洪不願意，那麼我會一起去輪迴，下輩子再去找他。」

「那種事情沒那麼容易。」

「不會的，就像我這一世也找到了洪洪。」

「哪有。」我不禁插嘴，「明明是我找到了鬼先生。」

「是。」鬼先生笑了，「我們會找到彼此，我們會是永遠的搭檔。」

現在好想要衝過去和鬼先生抱抱轉圈圈，不知道媽咪的敵意有沒有稍微減輕，能夠明白啦，兒子的另一半是鬼什麼的，做不到和鬼先生分開，就只能盡量讓媽咪和阿嬤安心了……轉過頭，卻發現媽咪身上的陰氣散去，眼角含淚地呢喃：「他也說過，我們會是最好的搭檔……」

「媽咪？」

媽咪摀住臉，透過指縫看著我問：「毅澳也覺得媽媽很笨對嗎？竟然為了一個男人堅持了七年……我沒臉見你。」

「媽咪很喜歡他嗎？」

「……嗯。」

「沒關係，每個人都有為愛瘋狂的時候嘛，我現在就是。」我試著搭上媽咪的手，露出微笑說：「不如說，沒看過媽咪這個樣子，有點新鮮，畢竟媽咪不太常笑嘛，啊這不是抱怨喔，即使如此，我也知道媽咪很愛我、很疼我，只是不擅長表達，和阿嬤一樣。」

媽咪聽我這麼說更愧疚了，她再也沒有閃避我，而是靜靜地將我擁入懷抱，說道：「你就是……太貼心，明明可以任性一點。」

「我已經很任性了，都不小了還在這邊遊手好閒。」我假裝豁達，轉眼間發現鬼先生不見了，應該不是我的錯覺，回到這裡是有用意的，此刻媽咪的溫度比鬼先生的還要更加冰冷，再次提醒著媽咪已經死去的事實，講起話來難免有鼻音：「……媽咪的懷抱好冷。」

「對不起。」媽咪鬆開我，看著我的臉說：「看著你逐漸長大，我一面感到慶幸，一面又很擔心，不曉得要怎麼親近你，又很怕你學壞，不希望你和我一樣過著荒唐的生活……想要堂堂正正地當好你的媽媽，卻只知道工作……」

「媽咪啊，妳是最好的媽咪了。」我主動貼向媽咪伸來的掌心，嘿嘿一笑：「我又沒有怪妳，媽咪也是某位媽咪的孩子啊，想要撒嬌也是理所當然的，只是沒有向阿嬤好好地說，要把自己的心意講出來是不是很難？我能明白，是不是，媽咪錯過了撒嬌的時機？」

我看到後方將阿嬤帶出來的鬼先生，再加一把勁：「說說看嘛，媽咪。」

媽咪沉默了好一段時間。

我不知道鬼先生是怎麼做到無聲無息的，連阿嬤的氣息也一併藏起來，也不知道鬼先生怎麼會主動這麼做，祂知道媽咪和阿嬤的心結嗎？知道媽咪是怎麼想的嗎？為什麼我也不自覺地配合起來呢？彷彿鬼先生什麼都知道，但似乎沒有預料到會被阿嬤抓住頭髮洩恨……哈哈，阿嬤看起來超不爽，也許是察覺到了氣氛，扯著鬼先生的頭髮安靜地與我們一起等待，等待媽咪。

「懷你的時候一個人真的好累，卻好怕媽只會罵我。」

媽咪默默地說出第一句，接下來如同打開話匣子停不下來。

「生你的時候出了些狀況，不得不聯絡媽來，好不容易活下來了，媽卻總是在耳邊唸我，住院的時候、坐月子的時候……抱著你的時候……明明是為了我好、明明是在擔心我，為什麼要用這種方式？為什麼總要否決我的人生？我以前也因為媽是個神棍被笑啊！我也想要撒嬌啊！誇我一下又不會少塊肉，我為了那句話和我最好的朋友大打出手……但我不後悔，生下你也從來沒有後悔過，我生出那麼棒的孩子……我的寶貝兒子、是我懷了十個月的孩子……」

媽咪摀著臉哭了出來，肩膀因為哭泣而一聳一聳的，我突然意識到媽咪為我頂天立地是卯足全力，此刻在我的眼裡的媽咪如此嬌小，我的眼眶發熱，但不想哭出來。我是媽咪最寶貝的兒子，是媽咪以愛呵護的孩子，想撫平媽咪所有留在世的遺憾，包括她們母女倆之間的糾葛，愛很難說，也很難袒露出來。我永遠記得媽咪葬禮上阿嬤白髮人送黑髮人的悲痛，那是她寶貝的女兒，來不及疼的獨生女。她聲嘶力竭的哭聲是否傳達到了？可就算傳達到了，能不能表現出來又是一回事。

「媽咪，好好撒嬌，抱抱阿嬤喔。」

我扳過媽咪的肩膀，緊緊摟住她的肩膀給她力量，媽咪看見阿嬤的神情很慌張，七年了，明明待在阿嬤身邊七年了，卻一句真心話都沒有說出口。

「彭子若。」

阿嬤直呼媽咪的名字讓媽咪嚇了一跳，但或許是話都說出來了，媽咪也鼓起勇氣繼續說：「我不奢求妳能理解我，只是……希望妳能偶爾誇我一下。」

我似乎看到阿嬤的淚水，它一下子滑落了，不知道媽咪有沒有看到，因為阿嬤快步走來，抬起手的瞬間媽咪閉上眼，迎向她的卻是阿嬤的擁抱。

「傻孩子。」

「……妳很優秀。」

「是我彭莉曄一生唯一的驕傲，如同妳第一次身為母親的心情……我也曾不知所措過。」

媽咪愣在阿嬤的懷裡。

媽咪像個孩子嚎啕大哭。

媽咪的身上飄出淡淡光點，那是鬼即將升天時的前兆，我向鬼先生露出感激的微笑，鬼先生回了一個讚給我，等到媽咪的情緒漸漸平穩下來，我才撲在媽咪和阿嬤身上，一起抱著她們笑說：「嘿嘿！媽咪和阿嬤都是愛哭鬼，一起回家吧！」

媽咪抹去淚水，突然搖頭說：「時間差不多要到了，漗漗。」

阿嬤反問：「什麼時間？」

「他快要死了，媽，讓我去看他最後一面吧，不……」媽咪牽起我和阿嬤的手，堅決地道：「我們一起去。」

我們聽起來包含了我。

媽咪的口吻很急，但晚上沒有車可以離開村子，我大膽地說我前陣子才考到駕照，保險也買好買滿，然後媽咪和阿嬤便決定明天再起來趕早上的車。欸！沒禮貌！想要抗議的我被鬼先生帶回房間，今天確實挺累的，沒想到碰上床就睡著了，總覺得好像還有什麼話想跟鬼先生說，可睡意襲來，我馬上又忘記了。

隔天依然起了個大早搭車，媽咪和阿嬤似乎在夜裡談了很久，兩人的氣氛好多了，說真的我沒什麼實感，要去看親生爸爸最後一面什麼的……關於他的事情媽咪也沒有說很多，只重覆說他要死了，她要去見他，為什麼？怎麼知道？連對阿嬤都保密，好在這一次阿嬤沒有反對，只是靜靜地與我坐在車廂裡。

目的地是我原先居住的城市，也是啦，我國中、高中和大學都在這附近就讀，因為媽咪出社會後就在這定居，是生了我才搬回阿嬤家，之後又因為我回到這裡，這城市這麼大，媽咪那麼漂亮，和某個人於此處邂逅也是正常的。

「洟洟。」

媽咪突然呼喚了我，我抬起頭，只見她一直被下車的行人穿梭過去，她說：「等等要去醫院，你可以嗎？」

「可……可以，有鬼先生在，應該不用擔心。」

醫院是鬼的聚集處之一，我小時候第一次去醫院嚇壞了，還差點被帶去不該去的地方，陰影太大以至於現在都避免去醫院。一兩隻鬼倒是還好，一起上來就難以應付。之後生病的話就去藥局買個藥，所幸我頭好壯壯，沒生過什麼大病，不過遇上鬼先生後，就再也沒有遇過其他鬼了。

「嗯。」鬼先生飄在我的座位上微笑說：「祂們看到我會自動讓開。」

「他是得了什麼重病嗎？」

問這句話的人是阿嬤。

我和媽咪都有點訝異，可能是沒想到阿嬤會那麼心平氣和地詢問有關他的情報，媽咪搖搖頭，又只說一句話。

「媽看了就會懂了。」

「……」

阿嬤沉住氣了。

我和鬼先生互看一眼，決定先不插話，反正我是真的不在乎那是誰、怎麼了，可能死了也不會難過，上個香可以，但我不會對那種人喊爸……嗯？我這是在對那個陌生人發洩怒氣嗎？

哇。

感覺真差。

這就不叫不在乎了，不在乎應該是要毫不在意，意識到這點讓我心情有點差，在阿嬤和媽咪都在的狀態下又不能偷偷和鬼先生抱怨求拍拍，只好乾脆眼一閉睡到目的地，當我閉上眼，鬼先生像是聽到我的心聲一樣輕撫我的頭頂，接著我再睜開眼，已經到了。

媽咪帶著我們到一家大醫院，裡面很乾淨，我是說，真的看不到任何一隻鬼，然而走進電梯的時候，我又恍神了，眨眼間眼前不再是電梯，而是純白的空間，四處飄浮著一團灰色的霧氣，直覺告訴我最好不要碰到。

「……鬼先生？」

鬼先生、阿嬤和媽咪都不見了，不，不見的人可能是我，不管怎麼喊這裡都只有我一個人，怎麼辦？這裡是哪？太突然了吧，來醫院還真的都沒有好事，難道我只能待在這裡等鬼先生找到我嗎？

只能這樣了。

於是我躺平，默默看著在上面飄動的灰色霧氣，一顆、兩顆、三顆……

「嗨。」

一張陌生的臉突然地出現在我的眼前，我嚇了一大跳迅速坐起來，差點碰到飄來的霧氣，他即時地抓住我避開，又對我露出笑容說：「小心，這裡不是你該來的地方喔！」

……這個突然出現的超級大帥哥是誰？

不不不，我沒有花心，這傢伙看起來似乎有一點年紀，卻不妨礙他的帥氣。如果鬼先生是黑色的代表，他就是白色，與這個白色空間融為一體，彷彿是閃閃發亮的王子殿下，精緻的五官莫名有些似曾相識，而且眼睫毛能投出陰影是真的欽救命！哪來的花美男啊？他給我的感覺也莫名熟悉，這種一個人身處在純白世界的感覺……強大的、能夠輾壓一切的力量……

「你是誰？」

「不重要，這裡是死亡意識待轉區，你誤闖了，我帶你離開。」他自來熟地牽起我的手，笑咪咪地說：「我年輕的時候也不小心來過，那時候是一個大美女把我拉出來的，明明一點靈力都沒有卻把我叫醒了，哈哈，真厲害……嗯？」

他的臉猛地湊了上來。

「嗯嗯？你叫什麼名字啊？」

……他是鬼吧？身上穿著病服，名字這種重要的東西應該不能隨意講出來，不過死亡意識待轉區的意思是他是要死了才會待在這裡嗎？那些灰色的霧氣是不是就是要死的人？那為什麼就只有他維持著人型？他可能看出了我的警戒，馬上又說：「抱歉抱歉，問別人要先報上姓名齁，我叫龍楟岩。」

他的病服上確實繡著龍楟岩。

我不該這麼快就信任他，明明還有那麼多疑點，看著他的笑容卻下意識地應：「……我叫彭毅澌。」

「咦？原來啊，我還想說你的眉眼怎麼和子萻那麼像。」

什麼？

「原來如此、原來如此，長這麼大了？真不錯。」他摸了摸我的頭，輕輕推動我的肩膀，又說：「代我向子萻問好吧，掰！」

回過神來才意識到那就是媽咪看上的渣男！一看就是中央空調！

「澌澌。」

鬼先生的聲音將我再次拉回現實，我們已經走出電梯，這又是怎麼回事？鬼先生摟著我，小聲地說：「沒事，你只是失去意識一秒而已，快跟上吧。」

「……好？」

前面的媽咪和阿嬤拐進了一間單人病房，一頭霧水的我停在門前就聽到阿嬤的聲音。

「他、這男人身上竟然沒有半點陽氣……但肉身也已經到極限了。」

果不其然！躺在病床上的男人就是我剛才看到的那個人！我正想上前跟媽咪確認，餘光瞥見的身影卻讓我愣住了。

「……陳煉川？」

「彭……毅澳？」陳煉川停在我的面前，困惑地看向房間內部，又看了眼鬼先生，最後才向我問：「你們怎麼會在這？」

阿嬤和媽咪都注意到這邊的狀況了，我接著問：「那你又怎麼會在？」

「裡面躺著的人是我的恩師。」

「咦？」

我明白龍椁岩身上給人的熟悉感出自哪裡了。

他們都是天選之人。

「嗶——」

心電圖機突然發出了聲響，在我們眼前出現的是代表死亡的直線。我也突然被陳煉川撞開，他大聲喊著老師、老師，最後也被護士帶離，幾人於房外沉默等待，又於下一秒親眼看到魂魄從肉身跑了出來。

「啊哈、終於脫離那裡了，咦子萶！我剛才有看到妳兒子喔，好久不見啊唔噗！」

媽咪給了祂一巴掌。

「你這個死渣男。」

龍槨岩可憐兮兮地摀著臉，對著憤怒的媽咪乾笑，這時又有意想不到的人從我旁邊走過，不，意想不到的貓？一隻有著三隻尾巴的白貓。

「喵。」

阿嬤驚呼：「神明大人！」

「嗨小貓咪！」龍槨岩伸手打招呼，「你是要帶我走的嗎？」

「你算什麼東西敢對神明大人不敬！」

……阿嬤也給了祂一個巴掌，陳煉川則不知所措地在一旁看著，他長得高大，個性卻很拘謹啊。我和鬼先生面面相覷，不知道該怎麼應對眼前的大亂鬥。

不過。

活該啦渣男！

隨後渣男被正式地宣告了死亡時間，病房裡的空間便留給了我們、呃，陳煉川算家屬吧，他看起來還不敢相信眼前的這一切，當事人卻只摀著被打的臉，跟阿嬤解釋：「媽，我和小貓咪有契約啦。」

阿嬤聽到那個稱呼立刻爆炸，直接以符咒將祂固定在原地按著打，陳煉川想要阻止卻又不敢隨意架住老人家，我和鬼先生就一起看戲。

「等等、真的等等，拿著那個符咒犯規！」
「不准叫我媽！我們子菪因為你多辛苦！多辛苦！沒擔當的臭傢伙！你爸當初怎麼沒把你射在牆上！」
「話、話不是這麼說的……沒有我，媽你哪來的孫子！」
「最沒資格講這種話的人就是你！湨湨的乖巧體貼又是怎麼來的，你會懂嗎！」阿嬤指著龍椁岩和媽咪，怒氣滿滿地說：「當別人家的孩子有爸爸帶他們出去玩的時候，湨湨說沒關係；當別人家的孩子有爸爸當靠山的時候，湨湨說沒關係；當別人家的孩子有爸爸也有媽媽的時候，湨湨也說沒關係……你們這些做爸媽的！別讓孩子那麼早熟！」
阿嬤的話讓我愣住了。
「阿、阿嬤……？」
「我和你媽的心結解決完了，那你的呢？你真的沒有話想對祂們講嗎？」阿嬤以比較緩和的口氣問我，接著又對媽咪罵說：「別只對妳的兒子撒嬌啊！」
「湨湨……！」媽咪立即眼眶發紅，飄到我的面前道歉：「對不起，我只想到要快點把事實跟你說——」
我明明不想那樣的。
看著龍椁岩一副置身事外的嘴臉忍不住對祂道：「我討厭你。」
「我可能……從小時候就恨你了，你要跟媽咪道歉，不然我一輩子都不會原諒你。」

我停不下來，可能是因為阿嬤的關係，又可能是因為我其實很在乎、在乎那個將我和媽咪丟下的大壞人，「不過如果你會在意的話，事情也不會演變成這樣了。」

「哇這麼沉重啊……」龍梈岩聽到我的那些話後依然面不改色，聳著肩反問：「可我都死了，你們能怎樣？要怪的話也要怪子菪沒跟我說吧？她又沒說她懷孕了，我可是在她要生的時候才知道欸，搞不好也不是我的呢——」

「阿岩！」媽咪喝止祂，顫抖地抓住祂的衣領懇求：「不要、不要再……」

龍梈岩盯著媽咪那蒼白龜裂的手，大嘆一口氣：「我爸以前跟我說過，讓女人在床上以外的地方哭泣的男人是最糟糕的，我是史上最糟糕的男人呢，哈哈。」

「孩子，我根本不需要你的原諒。」龍梈岩轉向躺在自己屍體身上的白貓，說：「反正我會去地獄，對吧，小貓咪？」

「等等、老師你那是什麼意思！」

「大人說話小孩子別插嘴。」

「老師！」

「喵。」

「神明大人？」阿嬤聽著喵喵語，提議：「您要不要附身在我身上比較好說話？」

白貓沒了之前的態度，猛搖著頭，視線還飄到鬼先生的身上，鬼先生微微一笑，替神明大人說明：「祂想要告訴我們祂和那邊那個男人締結了什麼契約。」

「喵！」

「喂等等，小貓咪，這跟當初說好的不一樣。」

「喵唔……」

「哈？誰威脅你——啊？你又是誰？在地府裡工作的傢伙來這裡幹嘛？我應該沒貴重到需要你來接我吧？而且我早就和小貓咪說好了。」

「祂是澳澳的男朋友。」

我和鬼先生同時間震驚地望向這麼介紹的阿嬤。

我：「阿嬤！」

鬼先生：「阿嬤……！」

「嘖，比起那傢伙，你是有比較順眼一點。」

鬼先生：「阿嬤！」

「好了不准再叫！」

「男、咦？陳煉川？你怎麼回事？你不是信誓旦旦地說會給彭毅澳幸福嗎？」

陳煉川一時承擔著所有人的目光，又氣又惱地應：「老師！」

「啊哈、動作太慢了？虧我還教了你一堆追人的招數欸……出去可別說我是你老師啊，太丟人了，情聖龍楟岩的徒弟竟然輸給了一隻鬼。」

「……」

陳煉川已經抬不起頭了。

「以我的立場沒資格說什麼，算了，開心就好，開心最重要……但是我不開心，小貓咪，我也反悔了，我不跟你走。」

「喵。」

「幹嘛打開電視？」

電視閃過詭異的黑白色，滋一聲、滋兩聲……奇怪的畫面出現了，那是年輕的龍楟岩和媽咪。

「欸什麼、這種事能用這樣播出來喔！太黑科技了吧！」

龍楟岩一意識到不對立即要搶走貓屁股底下的遙控器，我也馬上呼喊：「鬼先生！」

鬼先生迅速地擒住龍楟岩，壓制著祂的雙手微笑說道：「抱歉，要麻煩你安靜一下了。」

龍楟岩不論怎麼掙扎都無法甩開鬼先生，祂用力地嘖聲，只能與我們一起觀看屬於祂和媽咪之間的故事——

龍楟岩來者不拒。

從幼稚園到出社會，每個女生跟他告白，只要是他的菜他都說好，最高紀錄是一次與五個女生交往，時常陷入修羅場，但從來沒有學取教訓。因為他有一副好皮囊，即使名聲再差，還是有人願意上鉤。

從外人來看可能很難相信他是一名實力堅強的律師，他確實是媽咪的前輩、是媽咪的第一個搭檔，他們之間的關係便是在工作場合上產生變數。

媽咪年輕的時候是個大美女，一看就知道龍椁岩對媽咪也有興趣，看他的眼睛都亮了，對媽咪使出老掉牙的搭訕技巧，我實在是看不下去，媽咪竟然還對渣男一見鍾情！不過媽咪沒有傻傻地上鉤，她透過同事知道渣男的品性，一直和他保持著適當的距離，直到他們因為工作上的關係一起到醫院探訪委託人……

龍椁岩和我一樣不喜歡醫院。

他身上的陽氣會引起死人的嫉妒，分一點、就分一點……祂們會纏上來這麼說，有時候遇到怨念深重的鬼還擺脫不了，可祂們又不能直接碰觸到龍椁岩，那強盛的陽氣只會讓祂們消散而去，卻又像飛蛾被火光吸引離不開，因此會將他帶到奇怪的地方強行留住，龍椁岩剛好那天也沒有帶到從廟裡求來的平安符，只要有平安符的指引，他便能在鬼怪的地方尋找到回家的路。

龍椁岩都以為自己要一輩子困在莫名其妙的地方了，後來在某個瞬間聽到了有人在呼喚他，他向著那股聲音邁進，等回過神來，龍椁岩已經回到現實，還躺在媽咪的肩膀上。

「子若……？」

「你睡了五分鐘。」

「咦？剛剛的聲音是妳的嗎……」

「龍椁岩先生。」

「嗯？」

「你是不是看得到？有時候，你會讓我想到我媽。」

「妳、妳媽？欸？」

龍椁岩小學後就再也沒有向其他人提過自己有陰陽眼，因為他知道那不正常，所以拚命讓自己看起來很正常，他喜歡人多的地方，因為這樣就看不到鬼，他喜歡人的溫度，因為這樣能確認在自己身邊的究竟是人還是鬼，但這並不是他能花心的理由。

媽咪將阿嬤也看得到的事分享給他，也將阿嬤給的平安符咒分享給他，從那之後，龍椁岩完全黏上媽咪，一切如此順理成章，渣男遇到真愛開始改變，媽咪也漸漸地付出真心，龍椁岩卻在他們美好未來的路上突然停了下來。

媽咪和我和阿嬤不一樣，她是一般人，沒有陰陽眼也沒有強盛的陽氣，因此待在天選之人的身邊難免會受到鬼的惡意欺負。

剛開始只是遇到電梯故障的小惡作劇，接下來卻越來越嚴重，一次是被推下樓梯、一次差點被天降的盆栽砸中、一次……一次一次又一次……總之很常捲入意外，龍椁岩深知再繼續下去，媽咪的生命會有危險，所以他決定離開媽咪，就這樣無聲無息地消失在媽咪的生活裡。媽咪很難過、很難過……在最難過的時候，發現有了我。

我成為她唯一的希望。

她不顧眾人反對想要生下我，不久後龍椁岩也得知媽咪懷孕的消息，第一時間並不是回去找媽咪，而是到處去求神拜佛，只希望媽咪一切平安，即便他求的可能不是神……龍椁岩是在山裡的某個地方遇到貓冥王。

貓冥王在某次接返牲畜靈魂時意外受了傷，需要力量才能回到地府，祂花了很長的時間才從人間收集到一點點靈力，自然看上力量充足的龍椁岩，契約一開始只是貓冥王收取龍椁岩過多的陽氣，而祂保佑媽咪的平安，但命運也許就是這麼會捉弄人，媽咪生我的時候難產了，而我也可能性命不保，於是龍椁岩以自己全部的陽氣與靈魂作為代價，祈求貓冥王能救回我們兩個。

雖然這違背了世間倫理，卻僥倖地獲得允諾。

畢竟是地府的王親自同意的。

區區人類怎麼有辦法見到閻王？那是龍椁岩在深山裡與一位大師結緣後意外得知的禁忌，傳說很久很久以前年輕的閻王上來人間玩時暗藏了一個祕密入口，連結著人間與地府的入口，閻王放話只要有人類發現這個入口，並且有那個膽子透過這個入口來找祂，祂就實現他一個願望，但願望需要付出同等的代價。

大師警告他千萬不要試圖去尋找，需要付出代價的願望根本不是願望，而是一種不該碰觸的禁術，小心把自己的命也賠了上去。

龍椁岩卻義無反顧地揭開禁忌，他可是天選之人，早就知道祕密入口在哪裡，他與閻王談好了，他的陽氣分給媽咪和我給我們續命，而他的靈魂給予貓冥王，好讓貓冥王趕緊恢復力量繼續為閻王工作，我不懂閻王不惜更改生死簿也要答應龍椁岩的原因，但在聽到那些話時，鬼先生卻猛地一顫。

「這是規則。」

「唯有心志堅定的人，才可以觸碰禁忌。」

「它不受任何東西管控。」

閻王的話為什麼聽起來莫名熟悉？可我的注意力馬上轉移到接下來的畫面。

龍椁岩正在和媽咪道別。

我知道那裡是哪、死亡意識待轉區，媽咪抱著還是嬰兒的我，一臉詫異：「阿岩，你怎麼會在這？」

龍椁岩笑了笑說：「來接妳和孩子啊。」

即使媽咪沒有任何靈力，我想她也知道自己怎麼了，立即喝斥龍椁岩：「不可以，你快回去！」

龍椁岩卻笑得沒心沒肺地問：「我可以抱抱孩子嗎？」

媽咪沉默了幾秒，最終還是將懷裡的我給龍椁岩，並說：「他叫彭毅洪，是個小男孩。」

我聽到了啜泣聲。

畫面轉到龍椁岩哭得唏哩嘩啦的樣子。

「……阿岩，哭得好醜。」

「哈哈，我這種人竟然要當爸了……」龍椁岩邊笑邊哭，以最溫柔的眼神凝望著他的愛人：「子莙，我可能依然不懂愛、不懂妳為什麼寧願放棄自己的性命也要生下他，也不知道自己為什麼那麼衝動……可能是我欠妳的，欠所有被我傷過的女人。」

「阿岩？」

「我、我好害怕喔，子莙。」龍椁岩哭著說出真心，他緊緊抱著懷裡的嬰兒又說：「好像有點後悔、可是不那麼做，我肯定會更後悔。」

「阿岩，你在說什麼？」

媽咪不安地抓住龍椁岩的衣角，龍椁岩將我塞還給媽咪，說：「妳好像該走了，還妳。」

「不、我們一起走！」

「不要任性啦子莙。」

「任性的人是你！你怎麼可以對我說走就走！還兩次！你這個臭渣——」

「抱歉啊。」

龍椁岩看著空無一人的前方說。

媽咪已經離開了那個地方，這裡只剩下飄在空中的灰色霧氣以及他們。

「欸小貓咪，能讓子菁不記得這些事嗎？最好包裝一下……嗯，就你去，跟外面的媽說是你將他們帶回去的，讓你元氣大傷，順便請他們收留你。」

白貓晃了晃尾巴，坐在龍椁岩的腳邊說：『好。』

「就讓我繼續成為消失得無影無蹤的大帥哥吧。」

『先說好，我無法干涉人類的魂魄，所以當你的愛人死亡後，加在肉身的束縛就會消失，她想起來後對你可能會產生執念，因此也有可能成為冤魂喔。』

「沒事啦，子菁會活到一百歲。」

『不，她會於你的兒子升大學前出車禍身亡。』

「哈？搞什麼，我的陽氣應該可以供他們活到一百歲吧！」

『你的兒子以後會遇到很多未知的劫數，你的愛人可能基於母性，雖然不知道陽氣究竟是什麼卻本能地分給了你的兒子。』

「那算什麼啊……」

『母愛。』

「傻眼。」龍椁岩不太能理解，撇嘴妥協：「好啦，反正那也是我的兒子。」

龍椁岩靜靜地看著這片純白，顫著音問：「欸我會馬上死嗎，小貓咪？」

『並不，失去陽氣的肉身會慢慢地變得僵硬，但王對你很好，這整個過程會很漫長，可能十幾年後你就只能一動也不動地躺在床上，你的意識也會在這裡待上很長的時間，直到你的肉身到達極限，我才會來回收你的靈魂。』白貓跳到龍梈岩的肩上，繼續說：『意思是，你其實還有好幾年的時間可以陪伴在他們的身邊。』

「不了。」龍梈岩果斷地拒絕，「我可不想再經歷一次要和真心愛上的人分開的痛苦。」

「小貓咪，那真的好痛好痛喔。」

龍梈岩抬起頭也制止不了淚水的滑落，同時間白貓的身影也消失了。

「哈哈，這裡會下雨欸。」

「雨下得太大了啦……」

龍梈岩一個人又哭又笑地掩著面道。

畫面便停在這裡。

此時此刻電視發出滋滋聲，轉瞬間恢復成了一般頻道。

我們沉默了許久。

打破沉默的正是用力甩開鬼先生的龍梈岩：「好了看完就散，趕快帶我走，小貓咪。」

神明大人可能自知理虧，對龍梈岩出聲道歉：『對不起，我尊重你，但我不想冒犯閻王的兒子。』

「什……！」知道鬼先生真實身分的龍椁岩吃驚地望向有禮微笑著的鬼先生，「你說未知的劫數就是祂？」

鬼先生維持著微笑應：「我並非澳澳的劫數。」

龍椁岩充滿質疑地盯著鬼先生好一陣子，隨後雙手一攤，面帶疲倦：「好，隨便啦，已經夠了，我後悔了。」

「後悔當初沒有把你射在牆上。」龍椁岩衝著還沒有回過神的我說，「如果不是你！子碁也不會有生命危險，我也不會落到這種下場，剛開始失去陽氣的我過得真的超辛苦的，我原本過著一帆風順的日子耶！我可是天選之人！不對，說起來，千錯萬錯都是因為遇到妳——」

龍椁岩將罪怪到媽咪身上後，突然噤聲，祂看著媽咪說不出後話。我想，媽咪應該是龍椁岩一生中唯一愛過的女人，而且是很愛、很愛……媽咪大概也是，她筆直的目光向著龍椁岩，讓龍椁岩無法乾脆地說出狠話。

「如果我沒有來，你又想要不告而別對不對？」

「嘖，不告而別是我對妳最後的溫柔。」

「沒有把你的臭短老二扭斷也是我最後的溫柔。」

龍椁岩一愣：「……哈？」

媽咪一掌一掌地拍打在他的臂膀上，一邊打一邊喊：「不要！再！擅自！決定了！當你第一次離開的時候，有問過我嗎？為什麼不選擇保護我就好了呢！第二次離開的時候，明明有更好的方法，為什麼偏要觸碰禁忌！」

龍椁岩被打得忍不住退縮，「等、是有什麼方法比那快！妳和他都要死了欸！」

「那或許就是我們的命運。」媽咪停下手，紅著眼眶問：「你為什麼要強行更改？」

「我……！」

「因為你是做爸爸的，因為你是我的愛人，對嗎？」

「……」

我看見龍椁岩的遲疑，祂沒有辦法馬上說不對，媽咪再加把勁問說：「我從來沒有後悔選擇和你在一起，阿岩……我很想你，你呢？」

龍椁岩掙扎數十秒，祂故意不去看媽咪的眼睛，彷彿再一眼的時間祂就會敗陣下來，因為媽咪是如此坦率真誠，以前每當我做錯事情，媽咪也會用詢問的方式問我哪裡做錯了，是不是這樣、你怎麼想、你認為這樣是對的嗎……媽咪對龍椁岩的問法已經算是溫和的了，也恰到好處。

對這個不願意坦誠的彆扭男人來說。

沒有人能在媽咪的目光下說謊的。

「子葿，我、我……」龍椁岩最終還是望向媽咪，哭哭啼啼地說出實話：「其實我也好想妳……真的好想妳……」

媽咪擁抱住龍棹岩，兩個人擁在一起可能說了些什麼，也可能什麼都沒有說，這時媽咪對我伸出手，我瞬間不知道要不要加入這個大抱抱，因為我對於龍棹岩的事情還沒有——唔啊鬼先生推了我一把，媽咪趁機拉我過去，我僵在他們的擁抱範圍裡，不知道該和龍棹岩說什麼。

我感覺到厚實的掌心在拍打著我的背，與媽咪一起將手放在我的背上。是嗎。

這就是父母的感覺嗎？同時，阿嬤也加進來，阿嬤似乎很快就接受了事實，向龍棹岩道謝：「謝謝你救了我的女兒和我的孫子。」

龍棹岩下意識地喊聲媽，阿嬤這次沒有立刻反駁，只是眉毛抽了一下，我以為事情就這樣開始往好的方向發展了，雖然要我接納龍棹岩可能還需要一點時間……我的確感激祂，感激祂以自己作為代價救了我和媽咪，但是我不知道為什麼有種那是別人事情的感覺。

我在面對龍棹岩回憶裡的我、嬰兒的我，有種奇怪的疏離感。

那是我嗎？

就在我思考這些問題時，媽咪忽然道出令人不敢相信的決定。

「神明大人，請您把我也一起帶走，讓我也成為您的力量。」

「媽咪……！」

「對不起，這是媽咪最後一次撒嬌了。」媽咪一臉認真，轉向阿嬤交代：「媽，拜託了，這是我們欠他的。」

龍楟岩這就不爽了：「誰要妳欠了！」

媽咪也反駁應：「誰要你救我了？你任性了那麼多次，也讓我任性一回吧。」

「子萏！」

看得出來媽咪心意已決。

媽咪是下定決心後就絕對不會改變的類型。

我張了張嘴，能說出口的話卻只是呼喊阿嬤，希望阿嬤能夠讓媽咪改變心意，阿嬤面色凝重，與神明大人確認過後，嘆息說道：「如果妳已經想好了，就依照妳的意願吧。」

「什、這樣……媽咪和龍楟岩先生會怎麼樣！」

神明大人答：『會沒辦法進入輪迴。』

「我知道。」媽咪牽住龍楟岩，有那一瞬間好像看到他們年輕時站在一起的畫面，媽咪溫柔地對龍楟岩說：「這一次讓我陪你走到最後，阿岩，我們可是最好的搭檔……再說了，你一個人一定會很害怕。」

我內心祈求著龍楟岩能夠甩開媽咪的手，卻看見他也牽緊媽咪，一副被打敗的模樣應：「……又被妳看穿了。」

不。

比起龍椁岩的回憶真相，媽咪的決定更讓我的內心動搖。

或許是因為與媽咪相處的我是真正的我、是我記得的……我也不清楚自己為何會這麼想，但我大概無法接受這樣的結局。

卡在他們中間的我，又算什麼？

「不可以。」

我緩緩地說出聲，所有人的目光聚集到我的身上，或許是沒想到會反對的竟然是一直以來當和事佬的我，一副什麼都沒有關係、樂天派的我。

「這次我不想說沒關係了。」我抓住媽咪，哽咽地祈求：「不要走，不要丟下我一個人。」

我又抓住龍椁岩，也拜託祂：「不要走……我不想以這種心情看你離開……我也、有很多話想跟你說……」

「淟淟……」

我甩開了想要說些什麼的阿嬤，忍不住情緒的失控向他們質問：「阿嬤妳不是說了嗎？那我怎麼辦？就算知道真相後、我的心結還是沒有解開。是，你們的心結解開了、你們的戀情圓滿了、你們可以一起走了，那我呢！我是為了媽咪能夠安心走才、才……現在卻……」

吼出來後才了解到自己只是在鬧脾氣。

一個孤零零的孩子，為了得到父母的注意而大聲哭鬧。

我花了七年的時間走出媽咪去世的悲痛，阿嬤在葬禮上哭泣的時候，我何嘗不是如此？淚都流乾了，但是我相信下一輩子一定能夠再成為媽咪的兒子，即使我不記得了，我依然還有機會可以和媽咪撒嬌，一路上我都是靠著這種想法撐過來的。

現在卻說，媽咪和龍椁岩都無法進入輪迴。

那我豈不是真的要成為孤苦無依的孩子了。

阿嬤是很好、我也很愛阿嬤……可是阿嬤和媽媽終究不一樣。

我知道阿嬤一樣難過。

我知道阿嬤只是在假裝瀟灑，只為了給媽咪最後一次的肯定。

我知道、知道，應該要尊重本人的意見……再這樣下去我只會成為阻止他們幸福的反派，我都知道！我知道……可是……我就是做不到……

「抱歉啦。」龍椁岩按住我的頭搓揉，我哭得太慘了，一時沒辦法抬頭拒絕，只能聽祂繼續說：「把你媽咪搶走了，不過本來就是我借你的，有借有還唄，喂那邊的鬼先生？把你的戀人帶走，時間差不多了，是吧？小貓咪。」

「喵。」

鬼先生試圖將我從祂們倆中帶走：「澳澳……」

阿嬤也試圖安撫我：「澳澳……」

就連陳煉川也一臉擔心我的樣子，我忽然為自己的處境感到可笑。

「繼續恨我吧。」龍楟岩說，「我是搶走你媽咪的人，一直都是。」

他為什麼能那麼帥氣地這樣說？

好過分、好過分。

「神明大人，求你網開一面，不要帶走我的家人……」

『很抱歉，我的信徒，契約不可逆，我也不能左右你母親的決定。』

「鬼先生！」

「對不起，這我無能為力。」

騙子。

我淚流滿面地看著媽咪出現在我的眼前，她摸了摸我的臉頰說：「淟淟，你曾經成為了我人生中唯一的希望，謝謝你、謝謝你的到來、謝謝你成為了我的兒子，我愛你……」

「喂，你身上的陽氣是我的，代表你也是天選之人了。」龍楟岩牽著媽咪的手與神明大人走在一起，有什麼光芒從祂們的腳邊開始吞噬，一點一點的、魂魄開始消散，龍楟岩接著說：「未來要過得幸福啊。」

騙子。

幸不幸福，你們又看不到，你們又怎麼會在乎。

「不要走、不要走……怎麼可以這樣！」我盡全力地想要掙脫鬼先生的束縛，卻還是只能眼睜睜地看著祂們一起消失，「我下一輩子、下輩子也想要當你們的孩子啊！不要留我一個人、不要……太狡猾了……為什麼到了最後我才是壞孩子！我只是、只是……！」

只是為了掩飾自己是壞小孩而假裝體貼。

只是依然是個孩子。

只能一個人嚎啕大哭的小孩子。

明明說了可以再任性的，媽咪卻任性地丟下我離開。

我覺得自己好狼狽不堪，竟然在這一刻想起了陳煉川的謊言，想起被陌生人閒言閒語的恐懼、想起媽咪在外工作我一個人待在家的孤單、想起班親會上我的位置總是空著、想起自己太寂寞了所以第一次和鬼搭話的場景……想起接到媽咪出車禍身亡消息時的冰冷。

寒風刺骨。

我以為我放下了，沒心沒肺地在無父無母的日子裡開心笑著。

其實在遇到鬼先生之前根本不知道自己在幹嘛，渾渾噩噩地度過著日子，寫小說是我心情抒發的唯一方式……後來遇到會愛我的鬼先生，好像才找到目標。

但是現在就連鬼先生都無法安慰我了。

鬼先生將我抱入懷裡安慰，然而那股溫度是冰冷的，一直以來都是。

一直以來。

人鬼殊途。

我們或許在未來的某一天，也會因為未知的因素分開，不是嗎？

我哭著閉上眼，沒有人可以給我保證、沒有人可以給我溫暖……明明鬼先生那麼那麼努力地抱著我、想支撐我……我卻想放棄這一切。

都離開吧。

反正我是沒有人要的孩子。

後來我哭累了、睡著了……在某個溫暖的懷抱裡。

等等。

溫暖？

這個氣味也很陌生……

我愣了愣，與沉重的意識掙扎，有什麼東西在翻騰我的意識，似乎是真的要替我抹平一切，鬼先生的身影在腦中忽明忽滅，好奇怪，鬼先生要去哪？鬼先生真的要和我分開了嗎？

太快了，我還沒做好心理準備。

我還在難過欸！鬼先生！

鬼先生！

鬼先生！

我奮力吶喊、努力掙扎，終於在某個瞬間驚醒，也終於看清楚了抱著我的人是誰，不由得傻愣：「……陳煉川？」

「醒了？」

他幹嘛用那種溫柔的語調和那種噁心的眼神看著我？

等等、等等，這裡不是醫院。我倏地從床上爬起來，等等……我和陳煉川單獨兩人在床上？而且是我和鬼先生家的床上？我的天，該不會我難過到將自己灌醉了吧？我、我……沒有吧！沒有犯下大錯吧！鬼先生呢？祂應該會知道是怎麼回事吧？

「怎麼了，澳澳？」

陳煉川一過來我馬上用被子將自己包起來，質問他：「我怎麼會在這？你又是怎麼一回事？鬼先生呢？」

「鬼先生？那是誰？」

陳煉川在供三小？

他一臉認真的樣子讓我有點慌。

「什……你現在到底在說什麼！媽咪和阿嬤——」

「都過去了，澳澳。你的媽媽和爸爸一起被貓冥王帶走了，你忘了嗎？睡糊塗了？」

陳煉川心疼地看著我，伸手觸摸著我哭紅的眼角，「也是，你哭完就睡著了……不用擔心，你阿嬤平安回去了，也終於同意我們在一起……」

什麼鬼？

陳煉川這小子是妄想症發作嗎？

我猛地感受到一股寒意，仔細地觀察著這個空間……所有關於鬼先生的東西都消失了，取代而之的是陌生的物品，卻又包含我的，或者說，我們的、我和陳煉川的。

我要瘋了。

這是怎麼一回事？

這是因為我當了壞孩子而給的懲罰嗎？

眼見陳煉川還要過來，我忍不住推開他逃了出去，連鞋子也忘記穿，一個人赤腳跑下樓在社區裡奔走，惶恐埋沒悲傷，恐懼在心中滋長，路上的霧氣濃厚，根本看不到任何人，只好大聲呼喊。

「鬼先生！鬼先生！」

「鬼先生！你在哪裡、在哪裡……不能連鬼先生也——」

我跌倒了。

摔疼膝蓋，使我變得更加可悲。

怎麼會這樣、怎麼會變成這樣？到底在媽咪和龍楟岩消失後發生了什麼事情？我怎麼在這裡！實在是太慌亂了，一個人站不起來，好幾次重新摔回去，我在發抖、我在害怕……只能再次哭吼。

「不要、不要不要這樣……鬼先生……！」

「澳澳？」

我聲嘶力竭的哭喊傳達到了，一回頭，一身狼狽的鬼先生映入眼簾，我的淚水立即嘩啦嘩啦地流下，這也是我第一次看到鬼先生的眼眶泛紅，祂衝過來抓著我說著我聽不懂的話。

「你還記得我？澳澳、澳澳——」

「可惡可惡可惡，禁術的內容是不能洩漏的……管理員才還在這個時候修正。」鬼先生看起來也很急，好像有什麼人在追趕祂，祂嚥下唾液，開始一連串的解釋：「你聽我說，澳澳，這世界被一個準則管控著，如果按照準則走，你是男一，陳煉川是男二，而我只是阻撓你們在一起的其中一個配角，還有我們的前世就是看管著世界準則的管理員，為世界管理局工作，但因為犯了錯轉生到這裡，這個世界進行重來後你會忘記我，不過這一次我會更早去找你。」

我含著淚水不安地問：「這一次……？」

「每重來一次，想起你的時間就會縮短，我們不是這個世界的人……總有一次，會贏過準則。」鬼先生信誓旦旦地說：「等我，澳澳，不用擔心，我早就掌握好你會愛上我的各種辦法，你的喜好我也瞭若指掌，就像這一次，你也很快地就認定我了。」

鬼先生抹去我停不下來的淚水，笑著對我說：「澳澳、澳澳，我愛你……」

祂和我一樣流下淚水，又道：「我無怨無悔。」

世界開始重新轉動。

一切開始消散、重組。

而我也真的遺忘了鬼先生。

Chapter 01、彭毅洟的故事〈完〉

Chapter 02

彭毅洪與鬼先生的故事

他在一個富麗堂皇的神殿裡工作。

這個地方被稱為世界管理局，它負責維持每個世界的生生不息以及接管、創造新的世界，而他的工作是乏味的故事內容輸入，只有一字一字地打入眼前的大螢幕，一個完整的世界才有辦法誕生。據說最一開始是由管理員親自抄寫，但隨著時代的進步，世界管理局的設備也與時俱進，這裡的所有東西都含有主神的能量，主神誕生了主世界，主世界衍生各種副世界，副世界再衍生副世界，倘若沒有新世界的誕生，世界運行的能量就會漸漸減少，到最後每個世界都會邁向毀滅，因此主世界和無數個副世界的誕生可以相互循環達到平衡，接管新世界以及確保每個世界不受干擾並且生生不息準確運作的人稱作為管理員，所有的管理員都隸屬於世界管理局。

基本上都是由兩名員工組成搭檔，一個親自奔波管理世界，一個藉由管理局的機器填入資料創造世界。他們竊取人類創造的各種故事，一個完整的故事可以成為一個真的世界，副世界便是如此誕生的，故事由管理員親自挑選，世界會依循著故事的發展進行，那是不可違背的準則，但到了故事的結局，世界依然會持續運轉下去。

他只是在某一天，發現自己好像有點喜歡搭檔，可是搭檔都冷冰冰的，只有附身在故事裡的角色時才帶有角色的情感，不如說，在這裡工作的人都沒有自己的感情，即使有交談也都只有工作上的事，他們就像只會依循主神指示的機器人，那樣有點寂寞，明明人類的故事都那麼有趣……難道他也要如此乏味地度過一生嗎？

所以他試著和自己的搭檔告白了。

搭檔卻一眼都沒有施捨給他。

好像很冷血，但到了後來，他才知道冷血的搭檔為了掩蓋他的錯誤，違背了世界管理局的規定。他犯了什麼錯？將故事的資料填錯了。有無數個故事等他輸入，他卻不小心把一個故事的其中一個設定誤植到另外一個故事，也不知道自己為什麼犯了這種低級錯誤，但事情就是這樣發生了。

本來應該是他一個人的錯誤。

如今搭檔卻要和他一起承擔錯誤。

為什麼？他覺得搭檔好像變了。

在管理局的審判庭訂下他們的罪狀之前，他們以違規者的身分待在各自的牢房，於是他趁這個最後的時機向搭檔提問，搭檔沉默了一會才回答。

「你又笨又弱的，但你是我的搭檔，我必須照顧你。」

「畢竟你是為我而生的存在。」

「我想你應該也知道，每位管理員都會配置一個專屬的寫手，從你和我成為搭檔的那一刻起，你就屬於我的了。」

「屬於我的寫手，好像和其他寫手不太一樣。」

「我看過你親自寫的故事，不是人類的故事，是你自己偷偷創作的故事，很有趣。你不是普通的寫手，而是一名小作家。」
「後來發現，我好像太在意你了。」
「不知道為什麼。」
「從每個故事裡的知識得知應該要先和你從朋友做起，這樣應該就能慢慢地解決我對你的好奇心，你卻莫名其妙地對我說喜歡又對我說愛。」
「你對我說的愛和喜歡，我也是不明白。」
「所以我換個方式直接試著去理解故事裡的角色所說的愛。」
「……那很不可思議，回過神來，才注意到自己開始在乎了。」
「我們之後應該會被隨便貶到一個世界。」
「我想，錯就錯了，既然他們的努力可以迎向好結局，或許我們也可以。我們之間……也可以說是因為錯誤而有所進展吧，我無法眼睜睜地看你一個人離開。」
「反正你只要繼續寫，我就能找到你。」
「……喂。」
「別哭。」
「——我無怨無悔。」
是誰無怨無悔？
他哭著哭著，一時遺忘了。

不知道是誰一次又一次地對他這麼說，有兩種聲音重疊在一起，他想不起來，那是一段曾經發生過的事情還是一段模糊的夢呢？清楚留下的只有悲傷的情緒在蔓延，明明不想遺忘，也不想被丟棄，就算真的是夢，他也想一起承擔，他不要一個人，腦中的畫面卻一幕一幕地被抹去，記憶像是被強行抽離，意識也離得越來越遠——

碰。

彭毅澳從床上摔下來了。

他揉著吃痛的屁股迷糊地爬起來，腦袋又沉又昏，喚醒他的是手機的鬧鐘，這才注意到時間，十一這個數字讓他猛地驚醒，距離早上八點的課程已經超過了三個小時，偏偏他要修的課搶不到，必須人工加簽，所以他隨意地弄一弄便衝出門了。

路途上依稀記得自己做了個夢，那應該就是讓他睡過頭的罪魁禍首，不過他根本不記得夢到什麼，甚至還哭了，衝進浴室照到鏡子時發現兩條淚痕，他想，可能是夢到媽媽吧。

今天或許就是運氣不好的一天。

騎車來到學校後發現自己的車位被人占走、找不到教授加簽、臨停被夾了罰單、老舊機車還突然發不動……想說去學餐吃個午餐轉換心情，正值中午的學餐卻人滿為患，大三老屁股彭毅澳大嘆一口氣，認命地在一大堆人的便當店前跟著排隊，後知後覺發現身後坐在位置上的一群人是系上的新生和一些學弟學姐，因為一聽就知道他們在談論他了，他下意識地戴上帽子。

「聽說我們系有位學長看得到，是真的嗎？」

「我也有聽說欸！我的直屬說盡量不要靠近他，不然會沾到晦氣……好像是有一次學長不小心惹到他，結果那一個禮拜學長都遇到衰事！」

「那件事是真的！去年不知道他吃錯什麼藥，突然要我們停辦宿營，超級莫名其妙的，冠野也只不過是替我們說話，竟然還被他報復！我才不相信他看得到，是故意找碴的吧。」

「為什麼停辦啊？」

「我們有個環節是要去附近的廢棄大樓試膽，他就說不可以，會很危險，那裡戾氣很重什麼的……但我們去場勘也沒事啊，原先不打算理他的，他竟然直接和系上的老師打小報告，害我們的活動被全面禁止啦，齁想到還是很不爽，我們準備了那麼久，學弟學妹們也都很期待，就只因為他一個人取消……對了，這個人的私生活還很亂，明明怪裡怪氣的還一堆砲友的樣子……」

「真的假的？學長你該不會是羨慕吧？」

「他那種人我怎麼可能羨慕！我看他腦子有問題。」

「好好奇他長怎樣喔，學長你有照片嗎？」

「沒有。」

「學姊呢？」

「有，群組的相簿應該會有……我找一下。」

「——不用找了。」彭毅澳實在是聽不下去，拿下帽子轉身看向那群人，他笑得沒心沒肺，彷彿沒聽見剛才的討論，大方地打招呼：「我就是看得到的那位，叫彭毅澳，熟人習慣叫我澳澳，另外我沒有砲友，請不要亂說，王淳任。」

眾人的氣氛頓時變得尷尬，學姊本來想出面緩頰，那個看彭毅澳很不爽的王淳任卻馬上跳出來咒罵：「少來了，你只是想在學妹們的面前刷存在感吧？染指別系的就算了，連自家人也不放過啊！」

「你好煩，害你們宿營取消這件事我當時有道歉過了，現在舊事重提到底是想怎樣？」

「咦？學弟你有道歉？」沒聽過此事的學姐訝異地問。

「嗯，陳冠野也有在現場，再說了他遇到衰事也是因為你們不聽勸擅自跑到那裡場勘……」

「哈！你不也舊事重提！」王淳任趕緊轉移話題，怒氣沖沖地對彭毅澳說：「你不要在那邊裝神弄鬼了！我看你就是想拿這種事情吸引別人的注意力吧！會不會太可悲了？」

「你才是，真的討厭我就別管我了，還是說你對我有興趣？抱歉，雖然我是雙性戀，但你，我不行。」

「你說什麼——」

「我不懂你是惱羞還是害羞？」

「你這傢伙——」

王淳任被那群新生學弟攔截下來，畢竟這裡是學生餐廳，要是隨意大打出手可不是小事情，學弟們求救的目光讓彭毅澳感到煩悶，只好出此下策。

「不然，你找一群不爽我的人出來，我們約在那棟廢棄大樓見面，究竟有沒有鬼，我讓你親自體驗。」

「少嚇唬人了！」

「一句話，敢不敢？就約今天晚上十二點。」

「行，你就不要落跑。」

「ＯＫ，晚上十二點不見不散。」彭毅澳故意噁心他：「小任任。」

「你！」

彭毅澳揮揮衣袖，不帶走一片雲彩地溜了。離去前還有聽到「彭毅澳學長其實長得滿陽光帥氣的啊」的稱讚和王淳任崩潰的吶喊「啊啊啊你們不要被他那張臉騙了」，所以說，王淳任也是覺得他這張臉不錯嘛，彭毅澳搞不懂那傢伙究竟是由愛生恨還是純粹嫉妒。

早知道就不要多管閒事，把自己看得到鬼的祕密說出去。

可是若真的不管，陳冠野或許就不只是被小鬼纏上這麼簡單。陳冠野是他的直屬學弟，一開始感情不錯，聽聞他要去廢棄大樓辦活動的時候，彭毅洪掙扎了好一會才選擇告訴他那裡很不妙，不要去……後來，陳冠野就把他當異類，並把他的事散布出去，一時間，他成了系上的怪人。再說砲友那回事，應該也是從誤會產生的事件。

彭毅洪會和好看的鬼做愛。

不論男鬼或是女鬼，靠做愛就可以超渡祂們，祂爽彭毅洪也爽，跟鬼做不用擔心懷孕也不用擔心性病的問題，何樂而不為，就是某天在租屋處被幹得起勁時，系上的同學來找他，又剛好租屋處牆壁薄門也薄，恩恩愛愛的聲音被同學們聽到了，彭毅洪解釋為女朋友，但又在不知不覺中被傳為彭毅洪有多個砲友。

好像是事實又好像不是。

彭毅洪也懶得解釋了。

可以的話，他真的不想靠近那棟廢棄大樓，那裡可是連阿嬤都警告不要去的地方，一靠近寒毛直豎，不論白天或是晚上，對彭毅洪來說那兒都被一片糟糕的黑霧籠罩，但為了以後的安寧，他還是做了萬全的準備前往。

晚上的廢棄大樓看起來更加陰森。

他備齊了阿嬤給的各種符咒以及指引燈……總之能帶上的東西都塞進包裡。平時他不太在意那些謠言的，更不在乎那些人的目光，為人也挺隨和，只是那時候心情不好，王淳任就成了他的出氣筒，他覺得心裡好像因為什麼而缺了一口，一時沒處理好情緒才突然這樣，此刻到現場也突然煩了，心想乾脆爽約算了，反正那群人不管怎樣都會看他不爽。

人與人之間可真麻煩。

彭毅淇望著看不到星星的夜空心想。

想是那麼想，他還是乖乖地等到另外一群人的到來，來的人有王淳任、陳冠野和其他不怎麼熟的三位學弟，應該是舉辦宿營的系學會成員，彭毅淇在他們開口以前先說：「抱歉。」

「什麼？」

「我中午只是心情不好所以才挑釁你，現在我道歉了，各自散了吧。」彭毅淇說得輕鬆，本人倒是真的很有誠意，似乎一句道歉要講幾次都可以，「你要怎麼說我都行。」

站在王淳任旁邊的陳冠野走出來，就看彭毅淇的態度不爽，指著地面說：「跪下來道歉，我們付出的心血可不是你一句話就可以抵銷。」

「跪下來就可以了嗎？」

彭毅淇覺得沒什麼，直接就要在五個人面前獻上膝蓋，是王淳任看不下去一把拽住他的衣領，「喂！」

彭毅淇舉起雙手投降，無辜地又問：「怎樣啦？難不成要磕頭？」

「你到底哪裡有毛病！」

「人都有衝動或心情不好的時候嘛，就當我發神經然後結束這回合不行嗎？」彭毅淇又想皮了，挑著眉一字一句地說：「小任任。」

王淳任感到雞皮疙瘩，用力地甩開他，「你他媽的別這樣叫我！」

彭毅澂聳著肩撫平衣領的皺褶，還在思考要怎麼要才能讓他們願意離開，陳冠野便直搗核心問說：「你這樣是因為不想我們進去那裡吧？」

「我沒有在開玩笑。」彭毅澂不玩了，擺出認真的神情說：「你們白天來場勘就算了，晚上很陰，不要不信邪。」

「我這輩子最討厭你這種人，裝神弄鬼……肯定騙了不少錢吧？」

喔。

彭毅澂這下明白陳冠野為什麼會突然那麼討厭他了，想必是被道上的人騙過吧。不過這行業本來就是這樣，有真有假，信者恆信，不信者恆不信，這也不能說是陳冠野的錯，可也不能把錯怪在他身上啊。

「哼，我們偏要進去晃一圈出來！」王淳任神氣地帶頭，「證明你是錯的！」

彭毅澂無奈地再說一次：「王淳任，我很認真。」

「我們也很認真！」

彭毅澂並不想要用自己的肉身去阻擋五個大男人，但他們看起來也心意已決，闖進廢棄大樓的背影好像很勇猛，他很頭痛又不敢相信地吶喊：「欸——我都願意跪下磕頭道歉了，沒辦成宿營的怨念到底有多大啦？齁年輕人……讓你們少了把妹的機會是有這麼大的仇恨喔！那我不管囉，你們被帶走我也不管喔？有人有帶平安符吧？」

回應他的是一片靜默。

大樓的門已經重重關上，同時間彭毅洪聽見鬼猖狂的笑聲，彷彿在嘲笑他們的愚昧，一直在大樓附近徘徊看戲的鬼們也飄下來笑彭毅洪，彭毅洪看著那一張一張的血腥醜臉，淡然地拿出阿嬤的符咒威脅，鬼們感受到上面的法力紛紛尖叫散去，留下彭毅洪獨自掙扎。

「白癡喔，怎麼就講不聽……不聽老人言吃虧在眼前！我中午也幹嘛那麼衝動！到底是夢到什麼讓我心情這麼差啦……煩欸之後還不是要我幫你們收驚……你們突然死了我也不會跟你們做愛喔……」

彭毅洪怒抓著頭高唱：「啊——你總是心太軟、心太軟——」

最後他將符咒綁在頭上，一邊碎念一邊跟著走進去：「天呀阿嬤要是知道我主動走進去肯定會把我罵慘……但他們要親身體驗才懂吧……好啦可能也有點嘲笑的心態啦，我找到你們的時候你們一定都尿褲子了……哼。」

門關上後變得伸手不見五指，明明外面的月亮這麼大這麼圓。

彭毅洪拿出包裡的手電筒，確認一樓沒有他們的身影後繼續往前，這裡安靜得只聽見自己的呼吸聲，很詭異，彭毅洪才晚幾分鐘進來而已，他們不可能走那麼遠，更不可能一點聲音都沒有，不知道是被拐去哪個不可以進入的神祕空間。

他家的阿嬤早就說過他是一出生就開眼了，身上的陽氣也比一般人還要旺盛，是鬼忌諱又喜歡的存在。彭毅漁也不是天生就會淨化戾氣，小時候他也很怕鬼，後來長大了，在阿嬤的教導下慢慢學會控制靈力的辦法。

如果以強盛的陽氣與鬼硬碰硬，除了本人傷神之外，鬼則會因為傷了魂魄而直接消散，但如果是由陽氣轉化過的靈力便能超渡鬼魂送祂該去的地方。人的陽氣多寡是天生的，基本上維持住魂魄的陽氣是固定的，不會用到，唯有像彭毅漁以及他阿嬤這種有多餘陽氣可以利用的人才能用這種方式驅逐鬼怪。

要補充陽氣的方法也很簡單，第一曬太陽，效率會慢一點、第二吸收精氣，效率最高，講白一點就是打砲，彭毅漁還記得阿嬤超嚴肅地警告他成年了才可以——彭毅漁大尖叫，一點也不想跟阿嬤討論打不打砲的問題。

不過他也是十八歲時才脫離處男啦，然後十九歲後面開苞，嗯。

彭毅漁因為從小就看得到鬼，看過太多生死，養成了及時行樂的個性，又因為需要學費和生活費，除了寫點小說出版賺零錢外，大學後瞞著阿嬤開始在外面開了一些關於靈異事項解決的委託，藉此認識不少人，反正只要你情我願，沒什麼不可以，但跟鬼打砲的這件事，彭毅漁絕對不會讓阿嬤知道。

陽氣轉成靈力的過程需要花費比較多的體力與精神，可大部分也都是將鬼強制超渡，讓祂早早離開人間，即使用意是好的，鬼的淒厲尖叫還是會影響到彭毅漁，可打砲不一樣，打砲後鬼都是心滿意足地離開，原理彭毅澳也不太懂，感覺對身體也沒什麼影響，總結來說結果是好的就行。

現在倒是一點色心都沒有，就算在這裡遇到絕世大帥哥或大美女，彭毅澳也絕對不會上鉤，他只想盡快找到人離開。目前已經走到五樓，找不到半點人影和鬼影，彭毅澳的預感果然是對的。

這麼濃厚的陰氣卻沒有半隻鬼就代表有著更恐怖的厲鬼佔據此處。

他持續往前走，阿嬤有說過感覺不對時絕對不要回頭，彭毅澳的心跳有點快，想翻出背包裡的指引燈時手電筒卻猛地熄滅，一點一點的冷風不曉得從哪竄來，撫過他的腳踝，冰冷的溫度讓他一顫，有什麼聲音透過風傳達到他的耳邊。

——你在找剛剛進來的人嗎？

「誰？」

——往上看。

彭毅澳並沒有照做，反而要求：「我不要，你自己出來。」

——那你可不要嚇到。

就是怕嚇到才要讓祂自己出來啊，起碼彭毅澳會先做好心理準備，而且還算是能夠對話的鬼，聲音還莫名好聽？彭毅澳回憶著那道聲音，思緒放慢了，隨即從前方的樓梯傳出腳步聲，祂正一步一步地走下來，此刻樓梯上的窗戶也唰地一聲敞開窗簾，月光照亮了彭毅淟的視野，他看見一位長相俊美、身材又高大的男鬼站在高處俯視著他，並且向他露出溫柔的笑容，但那詭異的濃黑雙眼可騙不過彭毅淟的雙眼。

才怪。

彭毅淟的狩獵答鈴瘋狂作響。

阿嬤呀對不起我好像對鬼一見鍾情了——哪來的鬼長得那麼帥！我的菜！超我的菜！

他瞪大眼睛在心中吶喊，男鬼慢慢地走下來，毫不猶豫地輕觸彭毅淟的臉龐，彭毅淟這才發現自己在掉淚。

「……咦？」

「為什麼哭了？」

「我、我不知道……」彭毅淟茫然地說，「你是鬼嗎？」

「嗯，但我不會傷害你，你相信我嗎？」

彭毅淟下意識地點點頭，男鬼微笑，輕點彭毅淟綁在頭上的符咒，符咒立即消散，男鬼抓住反應過來想後退的彭毅淟，又說：「沒事，那種東西本來就傷不了我，只是看了有點礙眼，希望你不會介意。」

「……說了介意你會賠償我嗎？」

「當然。」男鬼彈指，彭毅淟的右方突然出現陳冠野等人的身影，「那麼，這些人是你的朋友？還是害蟲？」

「呃、沒有害蟲那麼誇張。」

「那我了解了。」

男鬼再次彈指，陳冠野的身影消失，隨後上方傳來尖叫聲，彭毅澳急著問：「等等、你做了什麼！」

「一個小惡作劇而已。」男鬼不急不徐地回答，「直到早上來臨之前，他們無法離開這裡。這樣他們就會相信了吧？這世上究竟有沒有鬼。」

彭毅澳一愣：「你怎麼……」

男鬼逐漸靠近彭毅澳，臂膀在瞬間摟住彭毅澳的腰，一人一鬼在此刻貼在一起，彭毅澳不知道要被美色誘惑還是趕快思考這鬼是不是超級不妙。

「你的一切我都知道。」男鬼湊到彭毅澳的耳邊低語，接著退開來從神祕的空間拿出一本書，燦爛地笑說：「因為我是你的狂熱書迷。」

「欸？」

「可以幫我簽名嗎？」男鬼掀開書本，從西裝內袋裡拿出一枝鋼筆，注視著彭毅澳溫柔又認真地道：「我親愛的小作家，澳澳。」

彭毅澳愣愣地看著他的書，不曉得該震驚鬼怎麼能手持有形物這麼久，還是鬼竟然是他的書迷，更何況他從來沒有洩漏過自己的真實身分，筆名還是取很普通很常見的單字——典，還故意同音不同字，眼前的鬼究竟是怎麼知道他就是本人，祂還說知道他的一切……？不管怎麼想，祂都很可疑，可能是彭毅洟完全無法應付的鬼。

「怎麼了，遇到鬼書迷那麼感動嗎？」

眼下的這種狀況，更要冷靜應對，不能馬上展露敵意質問對方。彭毅洟因而笑笑地應：「不是、不如說有點難相信……這還是我的第一本書，現在通路上應該也沒了……總之、我先幫你簽！啊對了，我該怎麼稱呼你？」

「鬼先生。」

彭毅洟接下筆的動作一頓，片刻的恍然讓他遲疑幾秒，回過神來後繼續笑著應：「好的鬼先生。」

「可以再喊我一次嗎？」

「鬼先生？」

「我在。」

彭毅洟驀地抬首，望進鬼先生的雙眼，他好像被擄獲了，手也停下來，這是什麼招數？那句我在竟然讓他再次眼眶泛紅，彭毅洟不太能理解，他覺得鬼先生很詭異，卻莫名相信眼前的這個鬼絕對不會傷害他，哪來的盲目？為什麼盲目？彭毅洟完全想不明白。

「洟洟，你的手停下來了。」

「喔喔抱歉。」彭毅洟簽完後將筆還給鬼先生，沉澱幾秒後決定先問現在最重要的事情：「話說回來，我要怎麼出去？」

「你想出去嗎？」

「你願意讓我出去嗎？」

「我當然不會拒絕你的願望。」鬼先生彈指，彭毅澳的身後便出現一扇門，周遭的不祥之氣也跟著消失，祂傾身靠近彭毅澳，說：「不過我也想厚臉皮地提出一個要求，行嗎？」

「什麼要求？」

「我想跟你走。」

彭毅澳一時沒理解他的意思，「跟我走……？」

「回你家。」

「回我家？」

鬼先生微笑，摟著彭毅澳的手慢慢往下，使力將彭毅澳拉近，讓彼此更加貼近，同時直白地說：「想跟你做愛。」

彭毅澳在那瞬間感覺到了鬼先生西裝褲檔裡面某種東西的輪廓，震驚的點頓時從做愛發言移到——

「你沒穿內褲？」

「我不喜歡被束縛的感覺。」

「喔你這大小確實……不對，問題不是這個！」

「我覺得這樣比較能吸引你，平時會穿的。」

「喔原來如此——不對我的問題也不是這個！」

「我不行嗎？」鬼先生的聲音變得委屈，「為什麼其他鬼可以，我不行？不能像書裡寫的那樣送我走嗎？澂澂，我在這裡待好久好久了……」

原來是這麼一回事。

彭毅澂自行腦補完成了。

鬼先生想要離開世間卻沒有辦法，或許祂有連自己都不知道的執念，這是很常發生的現象，就這樣越待越久變成厲鬼，鬼先生可能是生前閱讀過他的小說，相信自己和彭毅澂做愛後就能離開。這麼一想，很多事情便變得合理了。

如果是鬼的話，確實能夠透過更多人類不曉得的方式找到他。

好像也不是不行，彭毅澂想。不如說，這本來就是他會做的事情，帶鬼回家做愛超渡。

幫助帥鬼、美鬼為快樂之本嘛。

「嗯——行啊，我又沒說不行！」彭毅澂戳了戳鬼先生的胸膛，突然展開笑顏說：「反正鬼先生剛好是我的菜！」

「我的榮幸。」鬼先生牽起彭毅澂的手親吻，隨即將人抱起來笑應：「那我們趕緊離開這個鬼地方吧。」

「咦？這裡不是你的地盤嗎？」

「不是。」鬼先生說得輕鬆：「我看你要進來這裡就把這裡的鬼通通幹掉了。」

「咦。」

「祂們覬覦澒澒很久了，那麼大一群，即便是澒澒也很危險。」

「喔……謝、謝謝你保護我？」

「不客氣，不過下次遇到這種事，不要一個人進來，去找可靠的大人來處理。」

「可靠的大人啊……不知道哪裡找得到。」

鬼先生微微一笑，又突然親吻彭毅澒的臉頰，「沒關係，以後可以靠我。」

彭毅澒不以為然，認為鬼先生只是在講情話，但情話每個人都喜歡，彭毅澒暫時放任自己沉浸在甜蜜的擁抱，縮在鬼先生的懷裡說「好啊，以後靠鬼先生」，可他心裡比任何人都還要清楚，鬼先生沒有以後。

不知道他們身處在第幾層樓，鬼先生站在門前後，門就自動打開了，外面竟然就是地面，等到他們走出來，由鬼先生變出來的大門也自動消失。彭毅澒不禁往上看，不祥的黑霧已經散去，這是他第一次看見大樓的真面目，原來有十層，在月光的照耀下似乎也沒有那麼恐怖了，大樓豎立在此有種寂靜感，不遠處就是鬧區，所以其實這裡根本沒有那麼糟，彭毅澒終於明白了，難怪王淳任那群人會覺得沒什麼。

這就是一般人眼中的模樣。

這就是一般人和彭毅澒的差別。

彭毅洪的雙手勾著鬼先生的脖子，看著離自己越來越遠的大樓問：「他們真的會沒事嗎？」

「我不會騙你。」鬼先生停下腳步，眼神火辣地黏在彭毅洪的身上，「還是洪洪想玩監禁？要的話我也可以把你關在這裡強姦你……喜歡這種？」

彭毅洪一抖。

腦內的妄想隨著鬼先生低沉的嗓音暴走。

酥酥麻麻的刺激感與妄想一同升起，彭毅洪嬌羞地軟在鬼先生的懷裡，指尖在祂的胸膛處畫圈，說：「唉呦……那個下次再玩，我們先回家。」

「好。」鬼先生失笑，寵溺地親吻彭毅洪的額頭跟著重複說道：「我們回家。」

鬼先生好像很喜歡親吻。

彭毅洪感受著那冰涼的嘴唇想道。

後來由彭毅洪帶路，畢竟其他人看不到鬼先生，可能會誤以為彭毅洪飄在半空中。他住在學校附近老舊公寓的六樓，沒有電梯，半夜了路上也沒什麼人，樓梯的電燈還壞了，彭毅洪也就沒有掩飾，直接和鬼先生說話，也就閒話家常，了解一下彼此，不過說話的人一直是彭毅洪，鬼先生都只是溫柔附和。

「話說回來啊，鬼先生，你說我的一切你都知道……是知道到什麼地步？」

「全部。」

「嗯這個答案有點籠統……啊我家到了。」

彭毅澳打開門的瞬間，猛地被推了進去，鑰匙掉在地上發出響聲，彭毅澳在跌倒之前又被抓住衣領扯到門邊，他聽見鎖門聲的下一秒急切的吻馬上襲來。鬼先生將彭毅澳抱起來壓在門上，彭毅澳在驚嚇之餘張開嘴，欲說出來的話全都被鬼先生吞噬，冰涼的舌尖捲著他，彭毅澳任由祂的侵略，他被吻得很舒服也斷斷續續地在回應。

「澳澳喜歡無法呼吸的吻。」

「唔、嗯……？」

彭毅澳的嘴角牽絲，他茫然地望著褪去溫柔形象、侵略性十足的鬼先生，感覺到鬼先生還很粗魯地揉著他的臀，指頭一直隔著褲子在穴口處搓揉，彭毅澳想要順勢脫衣服，卻被鬼先生阻止了。

「沒必要，你的衣服對我來說可以是無形物。」

「什麼……啊！」

彭毅澳倏地抱緊鬼先生的脖子，祂的手指竟然穿過褲子插進來，混著被布料摩擦的感覺很奇妙，屬於鬼的陰氣也跟著進入身體，冰涼與火熱的滋味在彭毅澳的體內交替，同時互相爭鬥的陽氣與陰氣會讓他的身體發熱，進入半發情的狀態。

鬼先生彷彿真的知道彭毅澳的敏感點，手指一上來就往前列腺的位置壓，抽插擴張的動作很熟練，一壓一按都能讓彭毅澳發出呻吟，他還被抱在空中找不到支撐點掙扎，再加上彭毅澒勃起的陰莖被堵在牛仔褲裡，他想解開褲頭卻找不到時機，就這麼被鬼先生的手指插到射精。

彭毅澒困惑連連。

才剛開始他好像就快不行了。

他嘀咕著瘋了……回應著他的是鬼先生的笑聲與祂的宣言。

「澒澒喜歡。」

「以後去外面這樣玩？」

彭毅澒的內褲裡黏膩不堪，射精的快感與體內氣息的混亂讓他無法回應鬼先生的話，然而鬼先生並沒有給他緩和的時間，抽出手指後便換上自己的昂揚，也沒給彭毅澒任何預告就直接全部插入上頂。

彭毅澒感覺到鬼先生倏地插進來時幾乎是無聲尖叫。

他感受到凶猛的撞擊，每一下他都被撞到門上，想對鬼先生說這裡隔音不好、慢點……說出來的話卻全部都是發瘋似的喘吟，他怎麼會叫成這樣？彭毅澒好困惑，但屁股正愉快地吞吐著粗壯的肉棒，軟囊拍打上去的響聲也很驚人，似乎沒有人也沒有鬼進入過那麼深的地方，然而就是這麼大的陰莖在肏他，彭毅澒不敢相信，鬼先生的力道還絲毫不減，打樁似的不斷挺動，彭毅澒掛在鬼先生的身上，全靠祂的臂力和腰胯的力量支撐。

彭毅澒射了第二次，在內褲裡面。

明明總覺得還沒有進入狀況，他卻好像要壞掉了，再加上他是在連褲子都還沒脫的狀況下就高潮了兩次。

更不用說體內的那根肉棒不知道為什麼還沒有停下來的打算。

猛烈的衝刺似乎永遠不會到尾端，彭毅漁的視野依然是晃動的，恍然間好像看到黑暗中的鬼先生與他對上目光，鬼先生咧嘴而笑。

「我說我知道漁漁的一切啊，為什麼不相信？」

「你喜歡被猛力地撞。」

「喜歡被肏到射。」

「還喜歡邊高潮邊和我接吻。」

「也喜歡被玩乳頭，漁漁和女人做的時候是不是被捏乳頭也會射出來？」

「好可愛，我的漁漁。」

「但漁漁比起插人，更適合被插……對了，漁漁啊……」

「最喜歡被我內射了。」

……

彭毅漁被放了下來。

他癱軟在門邊，褲子外面非常乾淨，可裡面一塌糊塗，前面和後面滿是精液，他滿臉潮紅，想趕緊振作起來面對鬼先生的離去，抬起頭來卻看見鬼先生再次翹起來的陰莖。

像個恐怖的凶器。

經絡突起，屌頭壯碩，上面沾著水亮的淫液。

鬼先生在他的面前褪去衣物，就是那肌肉線條明顯的臂膀在剛才猛烈的性愛中抱著他，也是那健壯的腰腹不斷地聳動，那性感又男人味十足的身軀之前全都被西裝包裹住了，彭毅漖呆愣地看著，已經忘了鬼先生怎麼還在的疑問。

「我在勾引你，漖漖。」

「你願意被我勾引嗎？」

彭毅漖沒有任何的矜持。

「我超級願意……！」

他比著拇指有氣無力地大喊。

後續由鬼先生抱著彭毅漖轉移到床上做為開端，彭毅漖第一次感受到這麼令人神魂顛倒、欲仙欲死的性愛，鬼先生似乎比他還要了解他的身體，每一次都是往他最敏感的地方進攻，舒服的快感連綿不斷，感覺要死了卻又被拖回去，粗壯的慾根猛頂猛肏，彭毅漖只能像隻發情的動物臣服在鬼先生的身下張開雙腿，享受爽感填滿全身神經的刺激。

他根本無法抗拒，嘴裡的呻吟不知何時變成喊出喜歡的告白，喜歡、喜歡、好喜歡……彭毅漖下意識地擁抱著鬼先生這麼喊。鬼先生說的是對的，他確實喜歡被鬼先生內射的感覺，祂會用那低沉好聽的嗓音喊漖漖，一邊緊擁著他擠到底一股一股地射，然後與他接吻，吻到彭毅濆喘不過來再放開、再擁吻，再繼續晃腰開始下一輪，屢試不爽。

後穴已經變得黏膩不堪，甚至在鬼先生拔出陰莖時發出啵一聲，被肏熟的穴口無法馬上閉合，精液流得到處都是，彭毅濆的屁股和大腿根都是白濁的液體，他喘息著，雙眼無神，身體不由自主地側蜷起來，隨後抖了一下，重新插回穴裡的手指似乎在幫他弄出精液，但有時候又會壓到前列腺，彭毅濆想要推開鬼先生的手，鬼先生卻只是掀起眼皮，微笑著注視著他。

明明是微笑，眉眼間卻特別性感，像在問不要了嗎？

彭毅濆是覺得真的要不行了，但那只是他覺得，最初他也是想不行了，可不都爽到現在了嗎？身體重新蠢蠢欲動，沒有被填滿的肉穴也重新搔癢起來，渴望鬼先生的肉棒狠狠地插進來，不管不顧地任意抽插，最好肏到他徹底失神。

「鬼、鬼先生……」

「嗯？」

「我覺得我好像認識你的大雞雞……你也認識我的身體，不然我們怎麼那麼、一拍即合……？」

鬼先生側躺在彭毅濆的身後，握著自己的陰莖再插回去那溼軟的小穴，祂親吻著彭毅濆的後頸，手裡玩弄著彭毅濆的乳尖，笑著應：「因為我是你的狂熱者，濆濆，從你開始撰寫自己的故事的那一刻開始……」

彭毅澒試圖去思考鬼先生話中的含意，可惜到後來還是被做暈了，也不知道自己是什麼時候失去意識，但此刻的心情並沒有遺忘，他對鬼先生的吻與擁抱都感到心動，即使沒有人該有的溫度，可那剛剛好的冰冷讓他特別安心，彷彿他這一生就在等這一刻……某個人，不，某個鬼的擁抱。

昏過去後彭毅澒中間有醒來，只記得人在浴室，鬼先生正在幫他擦拭身體，他的腿卻夾著猙獰的肉棒。再醒來，鬼先生已將他抱離浴室，並為他穿上衣服，彭毅澒看見窗外的光，早晨似乎已經到來，可他抵不過瞌睡蟲的襲擊，還是在鬼先生的懷中沉沉睡去。

之後再次喚醒彭毅澒的是食物的香氣。

他緩緩地睜開眼，首先映入眼簾的是穿著圍裙的鬼先生。

彭毅澒愣了三秒才注意到圍裙底下是肉色的。

「欸？裸體圍裙？」

「不喜歡？」

「喜歡！」彭毅澒用生命在嘶吼，回過神來才又驚呼：「咦不對！鬼先生你怎麼還在？桌上那頓豐盛的餐點又是怎麼回事！」

「啊我去買的，樓下隔壁的早餐店，我買回來擺盤。」

「原來不是鬼先生親手做的……！那穿圍裙幹嘛？」

「讓你高興？」

「謝謝喔！」彭毅洟又緩了幾秒才注意到問題，「不不不，等等，鬼先生去買的？」

「啊。」鬼先生微笑，繼續微笑：「趕快吃早餐吧，洟洟下午不是有課嗎？至於我為什麼還在……當作做一次還不夠吧。」

彭毅洟知道鬼先生在迴避他的問題，首先聽話地來到飯桌前再來指控：「又不止一次，鬼先生不是把我吃抹乾淨了嗎？」

「是，抱歉，我索求太多次讓你累壞了。」鬼先生像個溫馴的小嬌妻坐在彭毅洟的身旁為他倒茶，還摸上他的大腿以氣音詢問：「不喜歡那麼多次？」

「……喜歡啦。」

彭毅洟依然坦然面對自己的喜好，他一邊吃鬼先生餵來的蛋餅，一邊狐疑地盯著鬼先生，鬼先生笑笑地問：「那皆大歡喜？」

「喜啦，是喜啦……可是——」

「我是真的喜歡你很久了，不要趕我走好不好？」鬼先生試圖丟出可憐牌，「我會很好用的。」

彭毅洟不禁問：「哪一方面？」

「每一方面，而且只要有我在，其他小鬼就不會來煩你了。洟洟要是不喜歡我這個樣子，我也有肉身。」

「什……？」

鬼先生站起來拎著圍裙，依然是那抹微笑：「正式跟你介紹，我是閻王的兒子，跟其他的鬼完全不一樣，所以澳澳不論怎樣都無法超渡我的。對了，我是最小的兒子，基本上地府內沒有我的事，澳澳也不用擔心公公的問題。」

彭毅澳嚥下了那口蛋餅，一時不確定自己到底聽了什麼，他怔了好一會才開口。

「我……」

「嗯？」

「可、可能要打個電話問我阿嬤的意見——」

彭毅澳想轉頭尋找他的手機，下一秒卻由鬼先生遞給他。

「來。」

彭毅澳迅速地拿回自己的手機，嚥下唾液，然後又反悔，將手機放在桌上，一臉鄭重地靠近鬼先生說：「鬼先生，我啊，是容陷愛，意指容易陷入愛情的人。你昨晚那麼猛，今天又那麼溫柔，還說你有錢有勢……嗯？有錢嗎？我怎麼有這種印象……？」

「有喔，我正打算把我名下的財產都過繼給你，兩天後我的律師就會來了。這個地方也找時間搬一下，我可沒辦法接受讓其他人聽到澳澳可愛的聲音，離這裡過兩條街有新蓋好的房子，我比較晚買，只買到一間，我們先搬去那，以後澳澳就不用去打工或是找委託來湊房租了，專心在學業上吧。另外你昨晚去的大樓我也打算整修重蓋，最近已經在找廠商，那個地段的預售屋估計收益也不錯，再留幾間當租房，澳澳之後躺著賺就行。」

「……」

「澳澳？」

「我、我不是很懂……」

「嗯，沒關係，這樣說好了……」鬼先生脫掉圍裙，露出精壯的上半身，他輕鬆地將茫然的彭毅澳抱起來，微笑說：「我又大又有錢，澳澳愛上我完全沒有問題。」

彭毅澳深吸口氣，搗著嘴應：「你又在色誘我。」

「雙重誘惑，只要你說好，我的律師也能馬上到，相信我，我絕對沒有騙你。」

「鬼先生圖的究竟是什麼？真的因為是我的狂熱書迷所以……？」

鬼先生垂首親吻彭毅澳的鼻尖，深情地注視著彭毅澳說：「嗯，我圖的就是你的身和你的心。」

說過了。

彭毅澳是容陷愛。

咻咻咻咻咻。

這是彭毅澳的心被邱比特的箭射到好幾次的聲音。

他不管了，真的不管了，彭毅澳現在就要和鬼先生定終身！

「鬼先生，我願意！」

「那，現在跟阿嬤報備一下吧。」

「欸？」

「不願意嗎？澳澳的意思是不想讓我見你的家長？對你來說我只是玩玩？」

「不、不是！」

「那麼，請。」

有種被那微笑算計的感覺。

彭毅澳被鬼先生放下來，他一個人默默地到角落撥打阿嬤的電話，同時間又有點困惑，有必要那麼早說嗎？他才剛說願意欸，話又說回來，要報備什麼？哈囉阿嬤他和鬼要定終身啦——！

會被罵死吧。

會吧。

彭毅澳在那一瞬間後悔了，想要按掉電話，卻被突然來到身後的鬼先生阻止，然後就接通了。

「澳澳？」

「阿、阿嬤！」彭毅澳緊張地捧著手機，在鬼先生的注視下還是慢慢開口：「妳現在有空嗎？我、我有事要跟妳說……」

對面一片靜默。

「阿嬤？」

「——你有什麼事要說？」

聲音並不是從手機裡傳出來的，而是從後面。

彭毅洟一愣，發現通話已經結束，他隨著聲音往後望，只見靈魂狀態的阿嬤就在那裡，彭毅洟大聲尖叫：「阿——阿嬤——！妳怎麼回事！怎麼沒有腳！怎麼在這裡！阿嬤！」

「洟洟，冷靜點，阿嬤是靈魂出竅的狀態，她只是擔心你所以以這個模樣出現。」

阿嬤聽聞鬼先生的話眉毛一抽，視線還在鬼先生的身上掃蕩，接著鎖定彭毅洟，一開口就是質問：「所以，那個穿著裸體圍裙的鬼是怎麼回事？」

「欸？不是！鬼先生你穿回去幹嘛！」

鬼先生眨眨眼，微笑著回應：「被你阿嬤看到會害羞所以先穿回來了？」

是哪個點會害羞！請問是被看到上半身很害羞嗎，所以被看到在玩圍裙 Play 就不害羞了？

彭毅洟在心中大尖叫，他一點也不想要讓阿嬤知道他有喜歡這樣玩啊！

「噗、哈哈……」

突兀的笑聲貫穿這詭異的氣氛，可能是彭毅洟崩潰的心情在臉上太明顯了，鬼先生不由自主地笑出來，惹得彭毅洟又驚又怒，又有點移不開視線。

他好像沒看過鬼先生笑得那麼自然又開心。

「鬼、鬼先生你怎麼笑得那麼開心？幸災樂禍嗎！」

「抱歉，只是覺得這場景……」鬼先生的臉上露出一絲懷念，輕聲說：「似曾相識。」

「什麼意思？」彭毅漶覺得自己的心吭噔一下，他不喜歡鬼先生眼裡的情緒，那令他難過又難受，因此刻意以開玩笑的口吻帶過：「鬼先生該不會見過我阿嬤吧？」

鬼先生依然是微笑，彭毅漶才驚覺不對。

「欸不是吧真的見過？」彭毅漶指著自己的阿嬤，「彭莉曄，我阿嬤。」

鬼先生依然是微笑，微笑向著彭莉曄，「呵呵。」

「漶漶。」彭莉曄不想等他們，看起來也已經忍無可忍，她雙手抱胸，狠瞪著彭毅漶說：「我是不是說過不要主動接觸鬼？」

「阿嬤你聽我解釋——」

「好了。」彭莉曄的視線非常露骨地在鬼先生的身上逡巡，然後很認真地對彭毅漶說：「人的性癖可以冷門，但不能邪門，比如穿著裸體圍裙的鬼。」

「阿嬤……！」

彭毅漶被羞恥心大大地甩了兩個巴掌，好在這時候鬼先生出來緩頰。

「阿嬤，就不要欺負漶漶了。」

「不准叫我阿嬤，神明大人認同你了，但我沒有。」

「咦？鬼先生和阿嬤真的認識？」

「我提前和神明大人說好了，請神明大人向阿嬤證明我的清白，我對漶漶有利無弊，相信神明大人也明白。」鬼先生親暱地摟住彭毅澳的肩，一臉無辜，「好奇怪，阿嬤應該也同意了啊？還是是我單方面的認知？」

「你這險惡的傢伙……！」彭莉曄怒吼，「澳澳，給我說你討厭祂！」

「阿嬤妳這樣是犯規。」鬼先生擋在彭毅澳的面前說，「明明說好了由澳澳自行決定。」

彭莉曄絲毫不退縮，反問：「先犯規的人是誰？」

「等等、等等。」彭毅澳乖巧地先舉起手才發聲，「哈囉我跟不上你們的對話。」

彭莉曄看著自己孫子無辜的模樣，按住額頭大嘆一口氣，開始解釋起因：「這隻鬼三年前突然來家裡說喜歡你，希望我成全……哪來的瘋子……我沒有用我這條老命跟祂拚命就很不錯了……」

講到後面已經是彭莉曄在發洩怒氣了，彭毅澳聽到的重點卻不是那個。

「鬼先生你三年前就喜歡我了？」

「其實更早，澳澳什麼時候寫小說的呢？」

「小、小學……不過那只是一種心情抒發……而且我都丟了。」

「是啊，沒想到這次丟了，一張一張找回來真累。」

彭毅澳試圖從鬼先生的微笑中找出破綻，不是因為彭毅澳有濾鏡，而是彭毅澳真的在鬼先生那漆黑混濁的雙眼裡看到濃烈的愛，也只有愛，好像沒其他別的了。彭毅澳摀住嘴，感嘆：「哇你的告白不只是情話，是真的……鬼先生你好有恐怖情鬼的潛力……我才小學欸。」

「愛不分年齡與型態，而且我喜歡養成。」鬼先生以完美的微笑說出自己的性癖，「超前部屬是應該的。另外，我和阿嬤談好條件，等你上了大學畢業穩定後才可以出現在你的面前，並且不可以強迫你，如果洪洪依照自己的意願答應我了，阿嬤也會同意。」

「我是說考慮。」彭莉曄插嘴說。

「那麼鬼先生是以什麼條件來……」

「保護你。」鬼先生聳肩，「只是這次失策了，我太想和你說話，一時沒忍住。」

「是，你毀約了。」彭莉曄很不滿，尤其看到孫子一副已經做過的樣子，「洪洪還沒畢業，要不是神明大人跟我說，你是不是想欺瞞我直到我主動發現？」

「沒有那回事，我正請洪洪跟妳報備，生米煮成熟飯了。」

彭莉曄聽到飯都煮熟了頭超痛，忍不住吼向了警告很多次不要跟鬼搞在一起但都不聽話的彭毅洪。

「洪洪！」

「唉呦有、有什麼關係，反正我喜歡啊，我又沒有不喜歡，哪裡能找到那麼愛我的鬼……」彭毅洪躲在鬼先生可靠的背後說道，「而且聽你們這麼說，鬼先生追我很用心啊，祂也事先跟阿嬤說，也用時間證明了吧？祂的確有保護我，不然昨晚就不會出現了……」

彭莉曄抓到重點：「昨晚怎樣？」

「啊這就說來話長了……」

「去掉你們做愛的場景再說，阿嬤不想聽。」

「我也不想說給阿嬤聽……！」

彭毅淟大吼。其實沒什麼大事，也沒什麼不好說的，他一五一十地說出大學同學的事情，前因後果都說了，彭莉曄聽完後臉變得更臭。

「你處理掉了那棟大樓的鬼？」

「畢竟祂們有意傷害淟淟，淟淟也逼不得已要進去。」

「全部？」

「一隻都不留。」

「那是連神明大人都警告我不要去的地方……」

「我說了我很有用，彭莉曄女士。」

鬼先生再一次釋出善意，彭莉曄好像稍微領情了，但態度依然沒變。

「不准直呼我的名字。」

彭莉曄轉向自己的孫子時則是百般關心。

「有沒有受傷？要不要阿嬤去跟你們導師說？」

「我沒事啦，現在大學了誰還在跟老師告狀……」

「以後那種人不需要去管，他們想要找罪受就給他們去找，簡直無理取鬧。之後如果他們要你幫忙收驚，收費就高一點！」彭莉曄以靈魂的型態碰不到彭毅淟，只是意思一下伸手貼住彭毅淟的臉頰，「沒關係的，總有人能夠發現淟淟的好。」

彭毅淟很想直接給阿嬤一個大抱抱，他嘿嘿一笑，趁著氣氛好的當下幫鬼先生爭取分數。

「像是鬼先生？」

彭莉曄忽視，改問：「……除了那些人，在大學裡有沒有交到其他朋友？」

「有，阿嬤不用擔心啦。」

「那有沒有女朋友？還是男朋友？都可以。」

「阿嬤！我怎麼可能有對象還會跟鬼先生那個啦。」

「有什麼關係，年輕人多玩一些，前提對象是人。」

「這發言太渣了吧阿嬤！就算是人也不能劈腿！」

「沒辦法，無論怎樣我都沒辦法接受。」彭莉曄對鬼先生的敵意重新燃起，「要是哪天祂反悔了怎麼辦？」

彭毅淟沒想過這個問題。

他凝望著鬼先生，淡淡地說：「那也沒關係，人也會反悔啊，又或者說，可能是我做錯了什麼事情讓鬼先生受不了吧……」

「你沒錯。」鬼先生突然急著反駁彭毅漁的那番言論，「永遠不會發生那種事情。」

彭莉曄直潑冷水：「未來的事情誰都說不準。」

鬼先生像是被說中了什麼，捏緊拳頭又放開，他很快便恢復一直以來的笑容，以游刃有餘的態度面對。

「是啊，每一個抉擇都會產生很大的變化，我也不知道該怎麼做，但是唯一不會變的就是我愛漁漁的這顆心，從以前到現在都是如此。」

彭毅漁感動地望著鬼先生。

「鬼先生……」

「停止，不要突然進入兩人的粉紅泡泡。」彭莉曄眼神死地再次打斷孫子談戀愛，「阿嬤年紀大了不想看。」

彭毅漁的情緒真的被打斷了，忍不住嘀咕：「阿嬤剛剛還不是在跟我討論性癖……」

「阿嬤跟你不一樣。」彭莉曄的視線又是露骨，絲毫沒有感到尷尬，直接對孫子的興趣評論，「不喜歡太大的。」

「阿嬤對不起！」彭毅漁立即認輸，「我沒有要談！對不起！」

彭莉曄又是嘆息，她實在是拿她的孫子沒轍，明明很乖，是令人驕傲的乖孫，但關於鬼的事情總是講不聽。她也知道是孫子太溫柔了，沒辦法狠心地強行超渡鬼魂，說實在的要把孫子交給來路不明的鬼，不如真的給鬼先生。

鬼先生一來就給了許多承諾，再加上祂將在外面飄蕩的女兒也帶來了。

彭子莙，彭莉曄的女兒、彭毅淟的母親，在舉辦完葬禮後並沒有離開，反而流蕩在人世間，起初彭莉曄以為鬼先生是想拿她的女兒威脅，結果是彭子莙尚有執念無法成功投胎，撇除彭子莙的問題先不說，鬼先生在未來的岳母與阿嬤面前拿出了十足的誠意。

第一，祂以閻王兒子的身分保證絕對不會加害淟淟。

第二，祂以自己的魂魄發誓，絕對不會讓淟淟陷入危險。

第三，祂與孤魂野鬼不同，在人世間也有人的身分與肉身，還再加保證淟淟往後的日子衣食無憂。

當鬼先生將自己的財產與律師帶來時，彭莉曄真的嚇到了，活了這麼久還真的是第一次看到這麼多數字，可她才不會被數字蒙蔽雙眼，孫子的安危是最重要的，同時，她也了解彭毅淟。

完了。

淟淟的菜。

彭莉曄怎麼會不知道自己的孫子是容陷愛，所以她提出了一些條件來保證彭毅淟的權利，他還小，還無法為自己的人生負責，任何的判斷也都很輕率，因此起碼要等到彭毅淟大學畢業出社會以後，這次毀約的確實是鬼先生，然而彭莉曄也不確定了。

彭毅淟到底有沒有長大，還是說，他依然如此。

依然是個容易心軟又溫暖的澌澌。

不論是鬼還是人，為他這麼付出的，不管是什麼時候的澌澌也都會想要回應吧。

可是對彭莉曄來說，人鬼殊途的觀念已經牢固了，再怎麼樣還是無法接受鬼先生，就算現在鬼先生和彭毅澌碰面了，只要她還在世，依然能以那些條件制約鬼先生，她打算拖一天算一天，再加上自己還有女兒的問題……

「澌澌，阿嬤不能維持這個狀態太久，要走了。」彭莉曄在離去以前再一次狠狠地警告鬼先生：「我會請神明大人盯著你，你最好好自為之，不准傷害澌澌。」

「當然，會惹哭澌澌的永遠不會是我，是吧，阿嬤。」

鬼先生意有所指，彭莉曄狠瞪著祂，察覺到兩人火藥味濃厚的彭毅澌趕緊說：「阿嬤，下次也不要這樣來了，我下個禮拜回家。」

「不用了，回來幹嘛？年輕人假日好好出去玩，不要總宅在家裡。」

「我有出門啦……曬曬太陽之類的。」

「嗯，多曬點，好好照顧自己，有事電話聯絡或撕碎我給你的符咒。」

「好。」

彭莉曄說來就來，說走就走。眼見阿嬤的身影消失，彭毅澌鬆了口氣坐回床上，他轉頭看著坐在他旁邊的鬼先生，看他那帥氣的臉龐說：「鬼先生，你給我的愛好像很沉重。」

「嗯，不喜歡？我可以收回一點。」

「不用，我喜歡。」彭毅洪頓一下，又說：「只是隱隱覺得你和阿嬤還有事瞞著我，條件不只保護我吧？」

「是，那些我都會慢慢地跟你說。」鬼先生坦承，「不過，我依然不知道怎麼做才是對的，我不曉得正確的答案，只是一次又一次……但每一次，只要能待在你的身邊我就很開心了。」

「那不就好了嗎？」

「什麼？」

彭毅洪伸出食指和中指比耶：「開心。突然多了一個有錢又有勢並且長得帥下面又很大的癡情鬼男友，酷，開心。」

鬼先生喜歡彭毅洪的樂觀。

「是，開心。」

「你是不是覺得我的想法很幼稚，一點也不像大人。」

「我沒有那樣想。」

「但阿嬤這麼想。」彭毅洪笑了笑，碰上鬼先生的指尖，指尖與指尖輕輕地貼在一起，「可是開心的事情不就是要好好把握嗎？因為它很有可能一下子就溜走了，我想，至少要在溜走以前努力緊緊抓住。」

鬼先生莞爾，輕聲附和：「嗯，你說得是。」

彭毅漁並不是幼稚。

而是看得比誰都還要清楚。

因為開心、幸福的回憶他也曾經擁有啊。

「漁漁。」

「嗯？」

「明天沒有課的話能陪我去見一個人嗎？」

「行啊，要見誰？」

鬼先生突然握緊彭毅漁的手，他的微笑與往常不太一樣。

「明天就知道了。」

彭毅漁心存疑惑，不過肚子實在是太餓了，決定先吃飽並上完下午的課再說，既然鬼先生都說會慢慢地跟他說了……那他就不催促了，關於鬼先生和阿嬤之間的祕密，而他也有其他事情在等著他。

陳冠野那群人究竟怎麼樣了？

沒有人知道。

一談起那棟大樓的事情，陳冠野等人反而閉口不談，隔天遇到彭毅漁還主動閃開，像是遇到什麼可怕的人，這讓傳言變得更誇張，彭毅漁從看得到鬼加砲友很多的怪人謠傳成能操縱鬼怪的強大道士，他有理說不清，本人也根本不知道那晚他們遇到什麼事情，後來彭毅漁就算了，反正以後沒人會找他麻煩就好，當然他有和他唯二的朋友解釋清楚。

他們在學校附近的咖啡廳裡。

「所以，你又和鬼纏上了？」

「你說你跟祂……交往？」

柯無瑋和田常芳是彭毅漁在大學裡唯二的朋友，和彭毅漁同屆不同系，是在選修課上的分組作業認識的，他們一見面就知道彼此是同類，唯一不同的是柯無瑋和田常芳只是比較敏感一點，不像彭毅漁看得那麼清楚，依照他們的說法是只看得到黑色的霧氣，但能避免還是盡量避免，並不像彭毅漁能夠那麼坦然面對，甚至還和鬼做那種事情。

他們都無法理解彭毅漁的做法，在大學裡也都很低調，本來三人都沒有深交的打算，直到彭毅漁的謠言越傳越廣，內容也越來越扯，扯到兩人都想主動幫彭毅漁說話，他們都知道彭毅漁只是好意，畢竟兩人也知道那棟大樓散發的氣息有多不妙，可是彭毅漁卻只是聳聳肩，笑了笑，婉拒他們的幫助。

「不用啦。」

「這樣你們也會有不好的影響吧？」

「啊至於砲友的傳言……對一半？現在我的對象都是鬼、咳，你們不要誤會喔……就、這樣可以超渡祂們，祂們也可以爽爽地走……」

彭毅漁越說越心虛。

柯無瑋和田常芳都無語了，兩人都知道彭毅澳人不壞，也沒有要圖什麼，總之莫名對這樣的彭毅澳放不下心，後來就自然地走在一起。如今他們的日常就是擔心彭毅澳又和哪個鬼搞上了，像一對父母為孩子操碎了心。

彭毅澳一看到他們的表情不對趕緊解釋：「這次不一樣！」

「哪裡不一樣？是更帥了無法抵抗？還是無法拒絕年上大姊姊？」田常芳推了一下隔壁的男人，「無瑋你也說一下澳澳啊。」

「……頭痛。」柯無瑋揉著太陽穴，看一眼彭毅澳又說：「澳澳身上的氣息與往常不同。」

「這麼說來好像有點……」田常芳仔細盯著彭毅澳看，「沒那麼閃耀了？」

「那是什麼？」彭毅澳湊前賊笑：「原來我在芳芳的眼裡很閃亮？」

「少臭美了！我看你是──！」

田常芳突然倒抽一口氣，張著嘴欲說些什麼，柯無瑋趕緊摀住她的嘴，兩人的臉色像是看見了什麼可怕的東西，彭毅澳眨眼，跟著往後看，發現站在他身後的是笑得溫柔的鬼先生。

「鬼先生！你什麼時候來的……嗯？鬼先生感覺不太一樣？」

「這是我的肉身。」

在他們面前出現的是一名身高一百八十公分以上的英俊男人。

祂少了屬於鬼的陰氣，眼睛看起來澄澈許多，讓祂眉目清秀的外表更加出眾，鬼先生為了出現在學區不會太突兀換掉了平時的西裝，偏偏休閒的衣服在祂身上也顯得特別有氣質。鬼先生捏了捏彭毅洪的臉蛋，很滿意彭毅洪看傻的迷戀目光，自然地在他旁邊的位置坐下。

「剛剛來的，家裡我收拾好了，今晚就去我那住吧？對了，這是你朋友？跟我介紹一下？」

「啊這是柯無瑋和田常芳，他們都知道我的情形，所以可以隨意聊！」彭毅洪摟著鬼先生的臂膀，笑嘻嘻地炫耀：「這就是我的新對象，鬼先生！鬼先生和一般的鬼不太一樣，祂是——」

「咳咳！」柯無瑋猛力咳嗽，彷彿在看誰的眼色而顯得小心翼翼，「抱歉，洪洪，我的直覺告訴我不要聽，但可以的話，還是想確認你真的……沒事？」

「喔喔，不要緊啦，鬼先生的身分確實不要到處說比較好，你的直覺是對的。」彭毅洪這才意識到鬼先生或許對他敏感的朋友們太過刺激，「總之，真的沒事，鬼先生對我很好！還見過我阿嬤！」

「見過你阿嬤？」田常芳驚呼，「你阿嬤同意？」

「這部分就由我來說明吧。」鬼先生溫和有禮地開口，當祂掀起眼皮注視著對面的兩位時，周遭的溫度似乎降了好幾度，「您們好，無瑋和常芳，雖然洪洪的阿嬤還沒有認同我，但我會努力的，感謝您們平日照顧我的澔澔，請放心將澔澔交給我。」

柯無瑋和田常芳不由自主地低下頭：「是！」

「你們生活上要是有任何困難，也都可以跟我提。」

「不敢！」

「不、不好意思，既然澔澔沒事，我們就先趕著去上其他課了！」

彭毅澔一愣，「好喔？」

鬼先生微笑與他們揮手，「下次請您們吃飯。」

兩人一起點著頭彎著腰道別，可以說是用逃的離開現場，彭毅澔看得一頭霧水，「他們怎麼了啊……難不成真的被鬼先生的氣勢嚇到了？抱歉喔鬼先生，他們比較敏感一點。」

「沒關係，他們是好人，要繼續和他們成為朋友喔。」

彭毅澔越想越不對，「不過他們的反應真的滿奇怪的，該不會你也認識我的朋友吧？」

「如果我說他們欺騙了你，你會生氣嗎？」

「怎麼說？」

「是善意的謊言，他們不得不隱瞞，只有這樣做才能守在你的身邊。」

彭毅澔有聽沒有懂，「能不能說得具體一點。」

「他們其實看得到，但真的為了低調說謊了。」

「這樣的話沒關係啊，至少我能感覺到他們是真的關心我、擔心我。」彭毅澔的視線依然黏在鬼先生身上，「不過鬼先生怎麼會知道？」

鬼先生微笑，望著彭毅澂任他欣賞。

「能不能看得到我一眼就能看出來。」

「鬼先生。」

「嗯？」

「我們先離開吧，大家都在注意你了。」

彭毅澂噘著嘴帶鬼先生離開咖啡廳，鬼先生乖乖地被牽走，好一會後才笑出聲。

「吃醋了？」

「嗯。」彭毅澂不滿地說：「鬼先生還是少用肉身出來。」

「好，反正我只是為了來接你。」

「啊鬼先生昨天說的……要去見誰？」

鬼先生依然沒有給彭毅澂答案，只是拿出車鑰匙，對著不遠處的酷炫跑車說：「走吧，等會就會知道了。」

彭毅澂喜歡酷東西。

那看起來就很屌的酷酷跑車也是他喜歡的東西。

當坐進去的時候，彭毅澂是笑著的，但出來時，彭毅澂的笑容就垮了。

他們來到一所高中，正值下課時間，學生們紛紛走出校門，彭毅澂覺得自己身為無關人士在這邊堵人超奇怪，鬼先生還不說找的人究竟是誰，更不用說以鬼先生的容貌以及跑車吸引了多少人的目光，彭毅澂醋勁大發，偏偏鬼先生好聲好氣地安慰他，讓他也不好意思無理取鬧。

只好繼續等了。

等到某個人突然呼喚他。

「彭毅澂哥哥……？」

「誰？」

彭毅澂聽到有人在叫他的名字，一看是個男高中生，面容有些熟悉，視線往下，那男高中生看起來有點侷促，彭毅澂搜尋著過往的記憶，模糊的畫面浮現出來了，他啊一聲。

「你是……陳煉川！鬼先生你要見的是陳煉川嗎——咦？」

彭毅澂轉頭想找鬼先生，一旁卻不見人影，連鬼影都沒有，原本靠在跑車上的彭毅澂站直，錯愕地望向四周。

「鬼先生？」

「那個！」陳煉川也突然湊上前，抓住彭毅澂的袖子說：「我想帶你去見一個人！」

「什麼？」

「拜託了，起碼現在、有時候還能醒來講話！」

彭毅澂無法理解此刻的發展，他只知道鬼先生把他丟在這裡面對這個小鬼，什麼意思？現在是怎樣？還是說鬼先生遇到什麼突發狀況？可是也不至於什麼話都不交代就直接消失吧？

「彭毅澌哥哥！」

「等一下我腦袋很混亂，你先說你要帶我去見誰……」

「您爸爸！」

彭毅澌瞬間停止思考。

「哈？」

即使彭毅澌是戀愛腦，現在也不得不去思考鬼先生以外的事情。陳煉川表現出來的急切並不像假的，可是彭毅澌的爸爸早就不在人世了，他很想說這是在說什麼鬼話，但陳煉川是同樣看得到的人，甚至比彭毅澌還要厲害，陳煉川就算以自身的陽氣消除鬼怪也不傷神，原因出自於他身上過盛的陽氣是彭毅澌的好幾倍，所以他說的話是有一點可信度。

要是、要是陳煉川是真的遇到了他的爸爸？那個彭毅澌從來沒有見過也沒有聽媽媽說過的爸爸……？

——跟他去，澌澌。

彭毅澌在剎那間聽到鬼先生的聲音。他倏地抬起頭，仍然不見鬼先生的身影，接著他又看向陳煉川，對方似乎沒有聽見，彭毅澌搞不懂鬼先生葫蘆裡到底賣什麼藥，雖然心生不滿，但還是很快地做出決定，和陳煉川一起走。

陳煉川看起來一點也不害怕醫院，跟在陳煉川的身邊，彭毅漁沒有受到其他鬼怪的騷擾，也沒有被帶去奇怪的地方，不知道是不是錯覺，彭毅漁覺得陳煉川身上的氣息比在校門口遇到時還要有攻擊性，像是在明確地警告醫院裡各種不乾淨的東西。

「彭毅漁哥哥，不用擔心，祂們不敢隨便靠近的。」

「喔、喔。」彭毅漁盯著比他還要矮一點的背影，不禁說道：「你還是像以前一樣厲害。」

陳煉川一聽，猛地轉頭以一種難以言喻的眼神瞅著彭毅漁，彭毅漁故意不去回應，轉過頭又問：「話說，要到了嗎？」

「這間就是了。」陳煉川停在一間病房門外答，「你先進去看吧，我就不打擾了，會在外面等你。」

「你確定裡面的人是我的爸爸？」彭毅漁還是忍不住懷疑。

「……你進去看就知道了。」

「好吧。」

彭毅漁深吸口氣，打開門走進去，本來還抱持著不相信的心態，可當看到躺在病床上的人，他的腦袋突然一片空白，雙腳自動來到床邊，彭毅漁在眼前病弱的花美男身上感覺不到任何陽氣，像是已經死亡的人，可是他肉身的心臟還在跳動，或許這就是他昏迷不醒的原因。

他的眉眼有點熟悉。

彭毅洟不由得屏息靜靜看著，心裡五味雜陳。從病服上看見他的名字，龍楟岩，彭毅洟沒聽過這個名字，但他的直覺認為陳煉川並沒有欺騙他。他不知道該怎麼說明此刻的心情，第一次見到親生父親竟然是這種場面，彭毅洟感到荒唐，心中甚至有一股說不上來的憤怒。

想說，開什麼玩笑。

還想揪起他的衣領，罵他不要裝無辜，快醒來。

醒來和他交代一切啊。

為什麼奄奄一息地躺在這裡。

為什麼以前從來沒有聽到他的消息。

為什麼連媽媽死了也沒有回來。

——為什麼要搶走他的媽媽。

——為什麼讓他成為了沒有人要的孩子。

彭毅洟頓住，思緒在某個瞬間暴走，委屈又難過的情緒席捲而來，彭毅洟驚覺不對，他也不曉得是怎麼回事，想要轉身逃離這間病房的時候，看到龍楟岩突然睜開了雙眼。

他的聲音非常沙啞。

「是誰……？」

彭毅澳渾身一顫，他的心在顫抖，想要離開這個空間的想法越發強烈，可是為什麼？做錯事情的人又不是他，憑什麼是他先離開，於是鼓起勇氣靠過去，讓龍椁岩好好看清楚他的面容，或許在彭毅澳的心底深處，他也想知道龍椁岩會有什麼反應。

龍椁岩靜靜地注視著眼前的人影，然後笑了，像是在笑，又像是在咳，陷入了自己的回憶。

「你、咳……長得好像子葙。子葙……我好想她、哈……可是我沒臉見她……」

「什麼意思？」

「誰知道呢……」龍椁岩重新閉上雙眼，呼吸也漸漸地放慢，「我好累，又想睡了……」

「等等、喂……！」

龍椁岩才醒來不到兩分鐘的時間又馬上沉沉睡去。彭毅澳沒辦法接受他們之間的對話就這樣潦草結束，可還能怎麼辦，他無能為力啊，總不能強行搖醒這個感覺隨時隨地都會斷氣的男人，再加上他有提及到媽媽的名字。

他也很想她嗎？

彭毅澳不明白，也不明白自己怎麼無聲無息地掉起淚來了，在過去的日子裡，他從來沒有特意去想父親是什麼樣子，以為不會在乎，現在卻產生這種厭惡又嚮往的心情——彭毅澳討厭龍椁岩，卻又想要和龍椁岩進行一場完整的對話，在來得及之前，讓他好好理解再好好撒嬌不行嗎？

不要馬上就走了。

不要一起拋下他好不好？

考慮一下留下來一方的心情啊。

如果當初好好講、如果不要那麼倉促，多花一點心思在他身上，他就不會成為任性的孩子啊。

彭毅澳一個人感受著這奇怪的無力感，他抬起頭注視著天花板，任由淚水滑落，也同放任未知的思緒填滿他。

他是真的覺得委屈，包含著對鬼先生的困惑，很明顯祂就是要讓陳煉川帶他來這，鬼先生的意圖又是什麼？陳煉川呢？如果不是鬼先生帶他來見陳煉川，陳煉川是否根本沒有打算告訴他，他的爸爸其實還活著這件事。

什麼啊。

所以只有他一無所知嗎。

「啊、到底是怎樣……」

彭毅澳的淚已經流乾了，他眨著痠澀的眼睛，同時間聽到從後面傳來的呼喚以及莫名其妙的背後擁抱。

「毅澳哥哥……」

彭毅澳甩開他，用手肘推離過分靠近的陳煉川，頂著紅眼睛問：「你幹嘛？」

「我、我想安慰你。」

「不用，沒關係。」

陳煉川見彭毅澒的態度如此冷漠，頓時想起過去的事情，他立即無措地後退，垂首謝罪：「對不起！」

「什麼？」

「我一直很想跟毅澒哥哥道歉……！當時確實是我的錯，讓你平白無故受到那些指責……」

彭毅澒並沒有和陳煉川在同一個頻道上，他皺起眉，看著陳煉川也一副快哭的樣子，這要是有其他人來一定會認為是彭毅澒在欺負他。彭毅澒嘆息，好一會才意識到陳煉川說的是什麼，但那種事現在說有意義嗎？

「那個我已經不在意了，我倒是想問你怎麼和我爸——」

「騙人。」

陳煉川截斷彭毅澒的話，非常肯定地說。這讓彭毅澒感到不可理喻。

「什麼啦我說真的，都過去那麼久了……現在的重點是——」

「但你對我特別冷漠！毅澒哥哥……對其他人都會笑，唯獨我！」

陳煉川的無理取鬧讓彭毅澒的火氣真的上來了，尤其在情緒還那麼不穩定的狀態下，他忍不住冷聲質問：「現在這個狀況我要怎麼對你笑？我以為已經死的爸爸，現在卻在這裡苟延殘喘，你為什麼要帶我來見他……不對，既然你早知道的話，為什麼不早點跟我說？只要你回老家問一下，就能知道我在哪了吧？」

陳煉川面對彭毅淟的問題猛地退縮，這才發覺自己有多莫名其妙。

「我、我怕你已經不想再看到我了。」陳煉川乾脆一不做二不休，包住彭毅淟的雙手湊上前說：「但是！今天看到你來找我真的很高興！毅淟哥哥、我……！」

「等等，你是不是搞錯什麼了？」彭毅淟抗拒著陳煉川的靠近，但實在是比不過對方的力氣，只能用嘴說：「我又不是特地來找你的！」

「不、不是嗎？」陳煉川像顆洩了氣的球，一副大受打擊的模樣，「那毅淟哥哥怎麼會來？」

「我……」

跟陳煉川說鬼先生的存在是不是挺危險的？

彭毅淟撇嘴：「……那不重要，我也沒必要跟你報告吧？總之，現在的重點是，我爸爸怎麼會變成這樣？以前不論是媽咪還是阿嬤都跟我說他在工作時不小心遇到意外事故死了。」

「抱歉，關於這點我也不清楚。」陳煉川真心為無法幫助到彭毅淟感到遺憾，只能把自己知道的全部說出來：「我是在醫院裡遇到師父的，在小時候……毅淟哥哥應該能夠了解，醫院有很多東西，被那些東西纏上的時候是師父解救我的，他教我如何運用陽氣，說他以前跟我一樣是天選之人……」

「那又是什麼？」

陳煉川愣了愣，突然走向牆壁將手貼上去，那裡竟然馬上傳來鬼淒厲的尖叫聲，是一直躲藏在牆壁裡面偷窺他們的鬼，陳煉川只花一秒的時間就把鬼送往祂該去的地方，他把手收回來，理所當然地指著自己說：「這種人。」

彭毅澂理解為開外掛的人。

「……好喔。」

「據我所知，師父已經住在醫院好一段時間了，我覺得，他可能知道自己會變成這個樣子……清醒的時間越來越少，最後完全陷入沉眠，但我想他的意識會在我們不知道的地方飄流……」

「你是想說因為這樣他才離開我和媽咪嗎？」

「這、這只是我的猜測。」

「那又算什麼？我無法理解。他這樣連媽咪走了也不曉得有意義嗎？或者說知道了也沒打算出現。」彭毅澂看向沉睡的龍椁岩，語調毫無感情地說：「哈哈，在這邊猜測有什麼用，反正現在也問不出來了。」

「你的媽媽……」

「出車禍走了。」

「對不起。」

「沒什麼，你又不是開車撞我媽咪的人。」

彭毅澌忽然覺得尷尬。

因為剛才他一個成年人竟然在對高中生出氣，但他還是認為陳煉川沒有馬上告訴他這件事很扯，要是真的抱有歉意，哪會拖到現在，所以彭毅澌依然沒辦法對陳煉川抱有好感。

怕彭毅澌不想看到陳煉川什麼的，都是藉口。

彭毅澌也沒有理由要去體諒。

說真的，陳煉川的想法關他什麼事。

「陳煉川。」

「是？」

「話說我以為你是比較沉默的類型。」

「欸？啊、我……能和毅澌哥哥講話太高興了……」

「你現在幾歲？」

「十六歲。」

「你知道我們差六歲嗎？」

「知道。」

彭毅澌向陳煉川明確地劃清界線，說他是自作多情也行，「我對年下沒興趣，而且你太矮了，不是我的菜，所以你不必這樣。我爸的事情我會自己想辦法，還是謝謝你帶我來，就這樣。我要先走了，看他也沒有要醒來的跡象……」

「那是現在。」

「什麼？」

陳煉川擋在彭毅澌的面前，面無表情地又說一次：「那是現在。我以後就會長高了，會是毅澌哥哥喜歡的類型。」

太突然了，彭毅澌忍不住道：「說什麼屁話？」

「是真的，以後我一定會更有男人味一點。」陳煉川注視著彭毅澌，眼神黏在他的身上，手也摸上彭毅澌的臂膀，「我一直以為要等到我升上大學我們才會重逢，可是今天你主動來找我了，我是真的真的很高興……」

「喂，別動手動腳的。」彭毅澌嫌棄地撥開陳煉川，「我現在可是有對象。」

「以後不一定。」

「哇你——」彭毅澌認為現在的陳煉川有點可怕，彷彿著魔似的眼神也讓人雞皮疙瘩，「算了，我真的要走了，你別擋路。」

「等等、聯絡方式……如果師父又醒來了我馬上通知你！」

彭毅澌停下來，暗自嘖聲，在無可奈何之下還是交出自己的手機號碼，在交換的期間，陳煉川開口詢問：「毅澌哥哥之後有什麼打算？」

「幹嘛告訴你？」

「我、我可以幫忙！」

「不用。」彭毅淟再次拒絕，「高中生就好好上課。」

彭毅淟說完後就趕緊甩開陳煉川，陳煉川這次沒有擋他了，只是在後面說有任何問題都可以聯絡他，彭毅淟沒有回應，只是加快腳步離開，更令人感到不適的是他身上可能帶有陳煉川的氣息，所以才能平安無事地走出醫院。

他停在醫院的門口一臉茫然，直到面前出現了熟悉的跑車。車窗往下，彭毅淟看到剛才突然消失不見的可惡鬼先生，可是一看到鬼先生，彭毅淟忽地有了踏實感，淚水也像打開的水龍頭重新出現，一發不可收拾，嚎啕大哭。

「嗚你怎麼可以把我一個人扔在那裡——只叫我跟陳煉川去是怎樣，你知不知道我遇到了什麼——」

「我、對不起……淟淟！我只是……！」

滿臉歉意的鬼先生迅速下車，不捨地將哭泣的戀人擁入懷裡，也不管其他人的視線，用力地擁抱著彭毅淟，在那一瞬間，鬼先生的聲音似乎也有些哽咽。

「對不起、對不起。」

「謝謝你這次也選擇了我……淟淟。」

「嗚嗚、大壞蛋！不論有什麼理由都不要再丟下我了……」彭毅淟緊緊地抓著鬼先生，極度委屈地說：「我要回家……鬼先生……我要回家。」

「好，我帶你回家。」鬼先生抹去彭毅漁的眼淚，柔聲低語：「回我們的家。」

鬼先生將彭毅漁抱進車內，但祂一樣坐入後座，用外套把祂的寶貝包得好好的。彭毅漁雖然委屈哭著，可一感覺到車子在動，立即看向駕駛座，只見黑色的身影熟練地轉動方向盤，並且伸手將後照鏡擺正，透過後照鏡與彭毅漁對上眼，祂瞇眼微笑，彭毅漁驚覺那也是鬼先生，倏地脫離悲傷的情緒，愣愣望向抱著祂的鬼先生，支支吾吾地詢問。

「鬼、鬼先生……那是……」

「不用在意。」鬼先生的手蓋在彭毅漁哭紅的眼睛上，低聲輕哄：「休息一下，馬上到我們的新家。」

鬼先生的肌膚冰涼，彭毅漁確實有比較好一點，心裡卻無比在意坐在駕駛座的……鬼。什麼什麼？這樣合法嗎？不會出事嗎？鬼先生到底……？彭毅漁的疑問不斷冒出，又覺得鬼先生也他媽太屌了吧，什麼技能都有，但只要想到祂是閻王的兒子，好像一切都得到合理的解釋，不過他還是想要聽鬼先生親口跟他說明，因此接下來整個路程彭毅漁都忍著沒有再次開口，只窩在鬼先生的懷裡默默啜泣，等到鬼先生抱著他下車，彭毅漁已經哭完了，還有點好奇地看向四周。

兩層樓透天，外型簡約大方，裡面雖然不大，但應有盡有，小而美，兩個人住剛剛好，色系米白灰穿插，視覺上相當舒適柔和，所有的傢俱都是新的，全部都符合彭毅漁的審美觀。鬼先生自然地帶彭毅澌來到二樓的臥室，一張加大的雙人床即映入眼簾，彭毅澌被放在這上面，鬼先生則前往浴室端了一盆熱水和一條毛巾來。

「鬼先生？」

「來擦掉晦氣。」

鬼先生擰乾毛巾，輕輕地貼在彭毅澌的臉頰，祂幫彭毅澌擦臉、擦手再擦腳，鬼先生親自跪在彭毅澌的面前，手裡捧著彭毅澌的腳細心擦拭，難得的沉默降臨於此，彭毅澌知道鬼先生在牴觸陳煉川的氣息，祂要蓋過去，卻在看到鬼先生捧著他的腳親吻時忍不住尖叫抗拒。

「鬼、鬼先生……！」

鬼先生猛地握住彭毅澌的腳踝，低下頭靠在他的膝蓋邊說：「……對不起。」

彭毅澌一愣，委屈再次湧上，他忍著鼻酸問：「鬼先生因為什麼道歉？」

「把你丟給陳煉川，對不起。」鬼先生垂著視線坦白：「我想知道你對陳煉川會有什麼想法。」

「老實說，他可能算是個潛力股。」

彭毅澌故意說得曖昧，果不其然，鬼先生變得更加沮喪。

「……這樣啊。」

「我不喜歡這樣，鬼先生。」彭毅澌想看的不是這個，他伸出雙手擠著鬼先生的臉，強迫祂抬起頭看向自己，「為什麼要做這種試探？」

「我想，如果你喜歡，我或許……這一次選擇放手。」

「放手？雖然不懂是怎麼回事，但——」彭毅澳的聲音不自覺上揚，不敢相信地質問：「原來你對我的喜歡這麼簡單？說放就可以放？」

「不是……！」

「那為什麼要放手？」

「因為我們的相遇可能是個錯誤，就像澳澳的阿嬤說的——唔。」

彭毅澳用力地拍打鬼先生的臉，拒絕不想聽的話，他很生氣鬼先生竟然這麼不堅定，如果沒有抱持著一定的決心就勾引他，那是不是渣男？

壞蛋。

壞鬼。

「那就錯到底啊鬼先生！」彭毅澳的這句話很自然地脫口而出，彷彿在哪裡聽過這句話，他只不過是重新說出來，說給鬼先生聽：「我也不知道為什麼，但我一看鬼先生就是好喜歡，第一次見面說真的我超級心動，而且你又大又有錢還完全是我的菜，我幹嘛要選那個又嫩又矮的小屁孩？我就是！就是想選擇你！」

「……是嗎？」

「是啊！」彭毅澳一頓，隨即假裝洩氣地說：「不過、鬼先生，如果你沒有那麼喜歡我就馬上跟我說，現在還來得及，我也可以慢慢脫離——」

鬼先生的心一顫。

這一次換彭毅澌的話說到一半。

鬼先生堵住他的唇，是一個輕觸即離的吻，彭毅澌閉上眼接受，下一秒卻聽見不合時宜的笑聲。

「哈哈、啊……澌澌……原來如此……」

「鬼先生……？」

彭毅澌怔住，只見鬼先生摀著臉，無法控制的眼淚很突然地浸溼祂的掌心，情緒也突然暴走，早就來不及了……鬼先生心想，那濃黑的雙眼再也藏不住瘋狂的心意，祂撕去溫柔，冷冽的陰氣化為實體，捲起彭毅澌的四肢，鬼先生在掉淚，卻也不是聲嘶力竭的哭喊，只是聲音充滿無力的崩潰感。

「是啊，澌澌可以脫離，但我沒辦法。」

「我沒辦法，澌澌。」

「我永遠卡在這裡。」

「這一次想改變做法，想溫柔對你，想給你選擇，不想再讓你哭泣……但如果是我的顧慮讓你哭泣了，那我只好放棄。」

陰氣鑽入彭毅澌的體內，似乎連骨頭都感受到那股寒氣，那是鬼先生心寒的心意還是鬼先生的悲傷流了進來呢？彭毅澳被陰氣束縛著，四肢都無法動彈，意外的是他不害怕這個，反而害怕鬼先生的話。

「放棄什麼？」

「放棄溫柔。」鬼先生流淚微笑，模樣看起來極為慘淡，蒼白的肌膚變得更加死白，祂緊緊擁住在他面前的彭毅澳，埋在彭毅澳的頸窩處哭泣：「澳澳、澳澳澳澳澳澳，不要看陳煉川、不要去在乎陳煉川，也不要去在乎其他人了……看看我、看著我、只看著我、只愛我，我會給你全部的愛，你不要再難過了好不好？」

現在難過的人是誰呢？

啊不，現在難過的鬼，只有一個。

「我愛你，澳澳，真的全部都給你……」

「我無怨無悔。」

滋——滋——

彭毅澳的腦中忽然響起電視頻道裡的黑白雜音。

我無怨無悔。

與某個相同的聲道重合了。

如同鬼先生所說，彭毅澳已經把其他人和其他事情全部拋到腦後了。有什麼比鬼先生哭了還重要？他甚至有種終於的想法，鬼先生一定很累、鬼先生以前肯定在某個地方某個時間對他說過這句話，而且不止說過一次，彭毅淟肯定地想，他要去回應、他一定要去回應，但現在還不能說出口，莫名有這種感覺，於是只能回擁給出承諾。

「好，鬼先生，我不會再難過了。」

鬼先生倏地鬆開彭毅淟，直視著他說：「……騙人。」

彭毅淟意外冷靜地回應：「我不騙鬼。」

「你之後遇到——」

「你說我爸的事嗎？我不知道之後會怎樣，無法跟你保證，但我知道某個鬼不論怎樣都會愛我後就好像什麼都不怕了。」彭毅淟又靠過去蹭了蹭鬼先生，吸著鼻子說：「我沒有想到鬼先生也會哭，原來你看我哭是這種感受，好心疼，又不知道該怎麼辦……鬼先生很不開心吧？你都說能放手了，我也只能用能抽離來回擊你，那不是真心的，我要你好喜歡好喜歡我，喜歡到完全不想把我讓出去。」

鬼先生沉默。

聽到彭毅淟這麼說後似乎稍微冷靜下來了。

祂就是聽到原來彭毅淟可以從他們的感情中輕易抽離才失控。

「鬼先生，下次別再說那種話，知道嗎？明明愛我到不要不要的，還哭成這樣……你這就是雙標，你可以說要放手，我說要抽離卻哭成這樣給我看……齁。」

「淟淟……抱歉。」鬼先生很快恢復成平常的態度，也將陰氣全部收回來，「我終究還是鬼，在情緒上容易失控，特別是你往我在意的點戳，真的很抱歉，我都下定決心要改掉這點了……」

「沒事，這次我是故意的，不用放在心上，又不是不知道你是恐怖情鬼，不如說我要看到的就是這個。」彭毅澳把鬼先生抱得更緊，又提一次：「放手個屁，你完蛋了以後吵架我一定翻這個舊帳。」

「不會再吵架了。」

「控制不住自己情緒的鬼先生好意思這麼說？」

「除非你說分手，否則我不會再失控了。」

「就只會甜言蜜語……」

「還會身體力行。」

一人一鬼相視，彭毅澳先笑出來，鬼先生也回以熟悉的微笑。彭毅澳抱著鬼先生沒有放開，又道：「鬼先生，說這種話好像有點奇怪，但我還是要說。」

「什麼？」

「能看到你哭出來，真好。」彭毅澳抬起頭凝望著鬼先生，「我不知道，就是覺得你好需要抱抱、好需要發洩……有種已經認識鬼先生很久的感覺，不然我們怎麼愛得那麼熱烈？就像鬼先生的大雞雞我好像嚐過了……鬼先生真的不說嗎？為什麼認為我會看上陳煉川？」

鬼先生遲疑幾秒，在彭毅漁的眼神攻勢之下還是說出口。

「那是你和陳煉川的命運。」

「我和鬼先生不是命運嗎？」

「很可惜，不是。我們的命運截止在前世，但我強行牽回來……」鬼先生說到一半無奈地笑問：「有沒有像在寫小說？」

「我相信你，幹嘛這樣說。」彭毅漁以撒嬌的聲音回應，「難怪你說我們的相遇是個錯誤，但我也說了，就錯到底，反正我是認定鬼先生了，從第一眼開始。」

「就只會甜言蜜語……」

「還會身體力行呀。」彭毅漁笑著踮起腳尖親吻鬼先生，他故意發出好大的啾聲，還糊了鬼先生滿臉口水，「嘻嘻。」

鬼先生要被可愛死了，馬上懊惱地說：「……想疼愛你。」

「那還猶豫什麼？」

「怕做到一半又有人來攪局。」

「誰？」

「你阿嬤。」

「……哇光想想就社死，但我的確是有事要向阿嬤說……」

「那回家吧，漁漁，回你的老家一趟。」鬼先生嘆息，祂不想去面對，但總要面對，陪著祂的愛人一起，「要搞清楚你爸爸是怎麼回事，對吧？」

鬼先生揚起嘴角，一如既往地露出溫柔的眼神。

「我陪你，不論幾次，都陪你。」

彭毅澳移不開目光。

被這麼熱烈又溫柔的愛包圍的感覺讓情緒再度湧上來，一度又想哭了。

好啊、好的……多陪陪他、多愛他一點，並且永遠永遠不要離開。

彭毅澳忍不住又撒嬌。

「不能鬼先生直接跟我說嗎？鬼先生都知道吧……還是說阿嬤也知道，只有我不知道……」

「彭莉曄女士並不知道全部，但我確實知道，可……我能做的就是一步一步引導你並陪在你身邊。」

「又又又！又甜言蜜語！」無法從鬼先生的口中得知實情的彭毅澳其實心裡鬆了口氣，他順著這個氣氛繼續說：「不過我吃這套，就不為難鬼先生了。看在鬼先生今天也哭得那麼慘的份上……明天再翹課回家問阿嬤！」

「澳澳……」

「我知道，知道鬼先生還藏有很多祕密。」彭毅澳誠實地說，他埋在鬼先生的懷利磨蹭，「說到底暈了這麼神祕的帥鬼我自己也有責任，加上還那麼厚臉皮地蹭了你給我的各種好處，所以除了今天你把我丟給陳煉川之外，其餘的事我不會強迫你說。」

「對不起。」鬼先生輕撥著彭毅漁的短瀏海，垂首親一口，道：「我只是希望你不再哭泣。」

彭毅漁眨了眨眼問：「真心話是？」

鬼先生一頓，從祂身上散發出的陰氣再次緩緩蔓延開來。

「真想聽？」

「嗯嗯！」

「我嫉妒死了，漁漁為了我以外的人或鬼大哭……我不想看也不甘心，可是沒有辦法，漁漁就是這麼多情的人，畢竟我不能要求你只在乎我，那麼我也只能試著解決讓漁漁哭泣的根源——」

「哪有。」彭毅漁在奇怪的點吃醋，「鬼先生除了我之外也有其他在乎的人吧。」

「誰？」

「誰呢？我也說不上來，只是有這種感覺……」彭毅漁歪著頭回想，想不出來就直接任性地說出結論：「但一定有！鬼先生的朋友！」

「沒有。」

「有啦！一定存在於這個世界的某個角落，我的直覺是這麼說的。」

世界的某個角落。

鬼先生聽到關鍵字後才猛然回想起來，那是他過去擔任管理員的回憶……遙遠的、模糊的卻也挺重要的回憶。

「你的直覺很厲害，澳澳。我都要忘記了……是，我想我是有朋友的，不過他們不在這個世界。」

彭毅澳將鬼先生的話理解為祂的朋友在地府，點點頭應：「看吧，我就說，不要小看男人的直覺！之後有機會的話我也想認識鬼先生的朋友。」

「好，如果有那麼一天，我會跟他們炫耀你。」鬼先生觸碰彭毅澳說：「炫耀我的愛。」

「唔、死相，都不害臊。」

彭毅澳意思意思地捶向鬼先生的胸口，鬼先生笑著以身材優勢將彭毅澳攬抱起來，打鬧之間終於有機會為彭毅澳介紹他們愛的小窩，今天就此告一段落。明天要早起趕車，彭毅澳也早早先睡了，他以為自己會睡不著，結果一撲上床就呼呼大睡，根本來不及回想今天發生的事情，直接一覺好眠到天亮，甚至一睜開眼就看到鬼先生那張淨化眼球的帥氣臉龐，心情要不好也難。

「早安，澳澳，衣服和早餐我都準備好了，吃完早餐後我們就能出發。」

「鬼先生……」

「嗯？」

「你是不是對我做了什麼？我現在才發現和鬼先生睡在一起都能睡很好……」

鬼先生的掌心貼在彭毅淟的額頭上，說：「嗯，我能幫你安定身心，所以淟淟以後絕對不會有失眠的問題。」

彭毅淟以前都要在床頭擺放阿嬤的符咒才有辦法好好睡覺，他再次感受到鬼先生的多功能性，揉著眼睛要求：「鬼先生，麻煩原地娶我。」

「好。」鬼先生失笑，抱著彭毅淟起來帶去浴室，「先回家努力爭取阿嬤的同意。」

彭毅淟洗漱完後換上鬼先生幫他挑選的衣服，在享用早餐的途中提醒鬼先生。

「對了，鬼先生，火車票我有訂你的，等會以肉身陪我搭喔。」

「我也可以開車載你。」

「很遠欸不用啦，而且我主要是想牽緊你，不可以再亂跑了！」

鬼先生抬手替彭毅淟擦拭嘴巴，然後就這麼控制住彭毅淟的下顎，祂湊上前壓低聲音道：「鬼身的狀態下，你也能牽緊我。我可以給你一個特製的項圈，套在我身上後讓你牽著，等於我整個魂魄都被你掌握，那很刺激……全部的敏感點都會被淟淟一手掌握喔。」

彭毅淟愣愣地吞下最後一口三明治、愣愣地看著鬼先生一早色誘他，鬼先生最後還露出燦爛的笑顏解釋：「在我們那邊是這樣玩的。」

彭毅淟不得不承認他有心動，紅著臉評語：「你們地府也太先進了吧還有情趣用品。」

「地府的生活有時候也是很無趣的，需要一些新奇的東西來增添生活趣味。」鬼先生的指尖從彭毅潰的下顎滑走，祂重新坐回彭毅潰對面的位置，笑問：「喜不喜歡？下次要不要玩？」

「要！」

彭毅潰完全沒有任何遲疑地喊。

項圈！束縛！主人！汪汪！

當然要玩！

彭毅潰心情愉快地與鬼先生一起出發，搭上火車後還看著鬼先生嘻嘻笑，鬼先生真的是彭毅潰遇過最辣最性感最帥也最會玩的鬼了，他越看越覺得自己賺到。誰要陳煉川啊，什麼命運，有比他和鬼先生的前世今生還要浪漫嗎？彭毅潰對陳煉川就有種莫名的排斥感，那天他是有點意氣用事，陳煉川本來就沒有義務要通知他關於龍椁岩的事情，可是這都沒講了，以後還能講什麼？

如果說陳煉川也有苦衷，那彭毅潰也可以勉強聽一下。他是可以包容並且相信鬼先生，但是陳煉川就不一定了，標準當然要不同，一個只不過是以前認識的人，一個是他現在的戀人，再怎麼說，彭毅潰一定偏頗鬼先生。

那麼假如鬼先生才是說謊的那個呢？

彭毅潰不是沒有想過，誰叫鬼先生那麼神祕。

可是鬼先生的話，好像也沒有關係，難過是難過，但他也心甘情願，就是愛得那麼痴狂那麼熱烈那麼無怨無悔，陳煉川根本連一點插足的機會都沒有。

完完全全。

沒有。

因此終於下車抵達老家的車站卻意外看到陳煉川那張臉孔時，彭毅澂由鬼先生加持過的好心情頓時全無。

他一點也不想讓村裡的其他人看到他和陳煉川一起行動。

沒有為什麼，就是不想。可是都對上眼了、對方也正向他跑來，還能怎麼辦？

「陳煉川你怎麼也在這？」

「我……」

「你不用上課嗎？」

「我請假了，我想和你一起——」

陳煉川的視線停在彭毅澂和鬼先生牽在一起的手，他慢慢地抬眼與微笑的鬼先生對視，那一瞬間彷彿迸出充滿敵意的火花，彭毅澂注意到了，趕緊插在中間表明：「這是我的對象。」

陳煉川淡淡地應：「祂不是人。」

「嗯，但也不是一般的鬼。」

「我尊重你現在的決定。」陳煉川深吸口氣，目光直勾勾地向著彭毅澂，甚至還伸手想觸碰彭毅洪，「……但到最後你一定會選擇我。」

鬼先生倏地拍開陳煉川的手，彭毅洪見狀大尖叫，趕緊把鬼先生推到一旁急問：「你有沒有怎樣？陳煉川那傢伙可不能亂碰啊！」

「沒事，就像洪洪說的，我又不是一般的鬼。」鬼先生微笑著安撫彭毅洪，爾後哼笑，明顯是在嘲諷陳煉川：「呵，不知道那個人是哪來的自信……身為主角的自信嗎？但是洪洪現在選擇了我，未來也會是我，不會有你可以插足的餘地。」

陳煉川似乎也很訝異鬼先生能安然無事，畢竟他的雙手赤裸，是直接碰觸到鬼先生，照理來說他的陽氣已經傷到魂魄，鬼先生卻一點事都沒有。

「你是誰？」

「你不配知道。」

眼看越來越多閒雜人士因他們停留交談，彭毅洪趕緊阻止：「好了好了不要為我吵架，我們先離開這裡。陳煉川你要跟就跟吧，反正我們之中最了解爸爸的可能是你，但僅限於此，晚點就回去，你家人會擔心吧。」

「要明天了，一天只有一班火車啊，毅洪哥哥。」

「是喔，那你有跟你家人說清楚嗎？免得又說我欺騙誘拐你。」

「我……！」

彭毅洪故意的。

故意戳陳煉川的軟肋。

所以說人有時候就是要狠一點，陳煉川此刻便侷促地抓著手臂不敢再多說什麼，彭毅渼也沒覺得不好意思，明明說了沒關係卻又提起什麼的……他難道會在乎陳煉川的感受嗎？這人一上來就胡言亂語，彭毅渼沒有馬上把人趕走就不錯了。

在記憶中，他以前好像沒那麼討厭陳煉川，就算發生了那種事情，過了那麼久彭毅渼也是真的釋懷了，現在卻不曉得為什麼討厭眼前的這個陳煉川。

「我不會道歉喔。」彭毅渼說。

陳煉川垂首，小聲地應：「你根本不需要道歉……該道歉的人一直是我，我也覺得現在的我怪——」

「渼渼，在吵什麼？」

彭莉曄在剛好的時機出現，她揮手讓聚集的人群散去，接著以嫌棄的目光上下打量鬼先生，「神明大人說感知到你們回來了。」

「阿嬤妳好。」

「不准叫我阿嬤！」彭莉曄女士又爆炸，「神明大人總說你不是不好的東西，可以信任，不代表我真的會把渼渼交給你，別忘了我現在還是考慮的階段……不過玩玩倒是可以。」

「阿嬤！又來了！這什麼渣男發言啦！」

彭莉曄無視來自孫子的抗議，指向陳煉川問：「那傢伙又是誰？」

「陳煉川。」

「陳煉川？不就小時候——」

「嗯，是我。」陳煉川沒有逃避責任，坦然地面對自己的過錯，「很抱歉讓毅洪哥哥有不好的回憶。」

彭莉曄看眼前的孩子精神萎靡地道歉，皺眉又問：「搞什麼？修羅場……？」

「不是啦阿嬤！」

「不然？阿嬤的直覺認為他們兩個都喜歡你，洪洪可真有人氣。」

彭毅洪受不了地吶喊：「阿嬤！」

「也是，我家的洪洪那麼可愛又開朗，受歡迎是應該的。」

彭毅洪害羞地吶喊：「……阿嬤！」

「我有看到你傳的訊息。」彭莉曄不鬧彭毅洪了，開始說起正事：「我不知道那傢伙快死了……或許是他的報應吧，總之，這件事還是親自問你媽比較準。」

「什麼？怎麼問……」

彭毅洪僵住。

從彭莉曄的身後飄出一道熟悉的身影，是彭毅洪一直放在心裡想念的身影。

「媽咪？」

彭毅澳指著自己的母親，茫然地問著其他人：「不是只有我看得到吧？」

「澳澳，你媽一直沒有走……我超渡不了她。」

「所以真的是媽咪？」

「……千真萬確。」

彭莉曄的肯定更讓彭毅澳不能理解，他想說媽咪和阿嬤一定有自己的理由所以才選擇這些年來都沒有告訴他，他能明白、他想明白，應該要先試著去詢問、去理解，難以排解的委屈卻讓他忍不住眼眶泛淚。

但他沒有哭出來。

不知道為什麼哭不出來了。

彭毅澳意外冷靜地問：「媽咪沒有走是因為龍梈岩嗎？」

「是，你媽的執念就是那個拋家棄子的渣男。」彭莉曄嘆息，面對自己的欺瞞親自道歉：「我說不出口……就騙你了，澳澳，抱歉。」

「沒關係，我能理解。」彭毅澳違背自己的想法說，「那就去看看吧，龍梈岩本人。」

「不可能。沒那個必要——」

「阿嬤，妳有問過媽媽為什麼嗎？為什麼執念是龍梈岩？」

「……」

彭毅澳看彭莉曄沒有馬上回應，跟著嘆息，繼續擔任協調者：「看吧，妳們母女倆就是不會好好溝通，回家再說吧，這裡太引人注目了，雖然不知道媽咪現在跑去哪裡了，但就回家再講。」

於是一群人浩浩蕩蕩地離開了火車站。

一路沉默、氣氛凝重，彭毅漁趁機勸退陳煉川，陳煉川卻不為所動，說一定會有他可以幫忙的地方。彭毅漁無言以對，和鬼先生牽著手與陳煉川拉開距離，陳煉川對此也沒有多說什麼，只是默默地跟到廟裡。

彭莉曄一來就把大門關閉，然後很不滿地回頭說：「前提是你媽願意說，這幾年什麼都不說，緊要關頭只會逃……」

「因為怕被阿嬤罵吧。」

「什麼？」

「阿嬤那麼討厭龍椁岩，這讓媽咪怎麼提關於他的事情？」彭毅漁簡單地分析，「就像我也不敢跟媽咪說我打算和鬼先生過一輩子，媽咪和阿嬤都不同意我就和鬼先生私奔，讓妳們永遠找不到我們。」

「什麼！」

不只彭莉曄在大喊，彭子萫也不知道從哪裡出來表示不贊同，連陳煉川也移動到彭莉曄和彭子萫的那邊表明立場，這下人員到齊，彭毅漁換個話題。

「對了，鬼先生提親的時候媽咪也在嗎？」

彭莉曄無奈地睨了眼彭子莙，替她回答：「你媽也在。」

「同意嗎？」

「不同意。」彭子莙終於開口，她極為嚴肅地勸告：「再怎麼說……祂不是人，對你再好都——」

「可是媽咪也管不著了啊。」彭毅淟淡淡地說，並再道出自己的猜測：「假設媽咪的執念是龍楟岩，那麼等龍楟岩走了後，媽咪也會跟著走吧？這樣不是一舉兩得嗎？媽咪可以跟她心愛的人走，不管那個人究竟是好是壞，結果好就好……我是這麼想的，阿嬤。」

彭莉曄固執地說：「我還是無法同意。」

彭毅淟早就猜想到了，將問題轉移到彭子莙，「那麼媽咪，妳要不要好好說明妳的執念為什麼是龍楟岩？」

彭子莙看起來有所遲疑，彭毅淟莫名感到心累，問題就是卡在這裡，如果不好好說出理由，彭莉曄與彭子莙永遠無法解開心結。至於為什麼不說，彭毅淟也猜不到，就在情況陷入膠著時，一聲突兀的貓叫聲從裡面傳來。

是鬼先生拎著一隻白貓站在那裡。

「鬼先生？」

「說吧，岳母大人。」鬼先生向彭子莙微笑，「假如妳是在看這隻貓的臉色，大可不必。」

「神明大人！」彭莉曄衝上前將白貓搶回來，狠瞪著鬼先生，「你在對神明大人做什麼！」

白貓心有餘悸地縮在彭莉曄的懷裡，見到彭莉曄那麼護著白貓，彭子萫像是被戳到了什麼點，站出來坦白：「媽、祂才不是神明大人！就算這中間祂確實有保佑我們，可最一開始——」

彭子萫捏緊拳頭，注視著她的母親說：「救了我和毅澳的是阿岩。」

彭莉曄皺眉：「妳現在是在說什麼？」

「我說的是真的。我本來打算阿岩真的要走的時候再跟你們說……我在生毅澳的時候不是難產了嗎？是阿岩透過某些方法救了我們母子，什麼方法我不清楚，我只記得在那個地方看到了阿岩，加上我是死後才想起來有那麼一回事……」

彭子萫講得不清不楚，讓人很難信服，都過了那麼久，她早已失去了生前身為律師該有的能力，有些徘徊於人世間的鬼魂甚至會失去人類的正常思維，此刻唯有執念支撐著彭子萫，她知道這樣說沒有人會相信，可她也無可奈何，只希望她珍愛的家人能夠相信她。

彭毅澳以為彭莉曄會直接駁回彭子萫的話，沒想到她默默地低頭凝望著懷裡的白貓，輕聲詢問：「神明大人，是那樣嗎？」

白貓晃著耳朵，好似在看鬼先生的眼色，鬼先生回以一抹微笑，白貓立即以特殊的方法回答，聲音直接在大家的耳邊浮現。

『這是我和龍梈岩的約定，他不想讓你們知道真相。』

「真相是什麼？」彭毅漹下意識地追問，「龍梈岩救了我們，就這樣嗎？」

『……是。』

白貓別開目光，也從彭莉曄的懷中跳開，彭莉曄這次再也沒有呼喊神明大人，那是她信奉大半輩子的神明、下定決心要好好回報的神明，現在卻說當初救回她的女兒和孫子的人是她一直以來都很厭惡的男人。

「所以，我想和阿岩一起走，我還有話想跟他說……一直在等著他。」彭子萡來到彭莉曄的面前，像個孩子在徵求母親的同意，「再給我一點時間好不好，媽？」

「當初知道妳的執念是他的時候我氣個半死。」彭莉曄捏著眉尖，有氣無力地問：「為什麼不早點說？」

「說出來，是對神明大人的質疑，媽妳會相信嗎？」彭子萡的口吻也帶著無奈，是母女倆長久以來的疙瘩，「阿岩感覺也差不多了，可能再一兩年……」

「……」

在一旁聽著的彭毅漹覺得不太舒服，不適一點一點累積起來，不知道，他現在的情緒有點難以控制。

老實說這樣聽下來，兩個人都有錯。

阿嬤不願意去傾聽媽咪的話，可是媽咪也從來沒有想要試著說出來，媽咪卻一副受害者的模樣。

說到最後，媽咪真的有考慮他和阿嬤嗎？

彭毅澌忍不住產生這種質疑。

「那媽咪怎麼沒有去陪龍楟岩？」彭毅澌提問：「媽咪知道他在哪裡吧？」

「有時候我會去看……但也不是無時無刻都要待在那。」彭子莙看著她的兒子，彷彿看到他的渴求，說：「我也、放不下你們……抱歉，這是我的任性。」

彭毅澌要聽的不是這個。

有時候，道歉並不是為了祈求別人的原諒，而是為了自己好過一點。

照理來說他此刻應該要好好處理媽媽和阿嬤之間的疙瘩，成為母女倆的潤滑劑，現在只要再加把勁應該就可以了，如此一來就能皆大歡喜……除了他。彭毅澌一點都不想當乖孩子了，他好像知道當乖孩子的下場，那是被重新壓住的痛苦，模糊又深刻，與看到龍楟岩時突然浮現的情緒相似。一直以來他要的也很簡單，就只是心愛的家人對他坦承，再多哄他，給他多一點撒嬌的機會，或者想想他、想想這個孤單的小孩之後該怎麼辦？

裝裝樣子也好。

起碼表現出在乎的樣子給他看，而不是拍拍屁股說句我愛你、謝謝你就走人了。

是，他是可以沒心沒肺地繼續過接下來的日子。

可是那種痛會一直都在，彭毅澌將永遠無法擺脫。

所以這一次他不想要忍耐了。

這是彭毅淟第一次用這種責怪的口吻與彭子莙對話。

「騙人，媽咪真的在乎嗎？」

「……毅淟？」

「媽咪這種做法和龍椁岩差不多，都是隱瞞。明明可以早點告訴我們，讓我們提早做心理準備……看神明大人的臉色不敢說什麼的都是藉口，神明大人有阻止妳嗎？妳有試過嗎？」

彭毅淟尖銳的質問讓在場的人與鬼都愣在原地，誰都沒想到會是彭毅淟爆發，白貓則坐在神桌上無辜地喵一聲，無疑是火上加油。

「媽咪不說只是怕阿嬤不相信而已！妳怕自己受傷失望，是妳選擇什麼都不說，到最後一刻才——才把龍椁岩塑造成受害者、犧牲者，這樣我們也只能成全你們！」

「毅淟！」彭子莙的口吻也加重，「阿岩救了我們的命！」

「是我求他那麼做的嗎？」

「彭毅淟！」

彭子莙的怒氣化為實體，枯燥的乾髮在空中飄揚，她的雙眼充血，就像是真的厲鬼一樣。

彭毅淟沒有退縮，反而更心灰意冷。

「妳可以氣他隱瞞，我卻不可以氣媽咪隱瞞嗎?!」彭毅淟的聲線多了一絲哽咽，他平靜地望著他的母親，「你們幸福地一起離開後，那我呢？」

他的質問句十分平淡，彷彿已經知道了答案。

「如果早一點、早一點說的話，我是不是也能體會到有爸爸媽媽是什麼樣的感受？但是有誰會在乎？」彭毅澳看著漸漸恢復原狀的彭子碧，她一副受到傷害似的摀住嘴，彭毅澳慘淡地微掀起唇，用盡一切嘶吼：「反正我就是沒人要的孩子——」

有雙手掩住了彭毅澳的嘴。

鬼先生輕輕地將彭毅澳摟入懷中，貼住他的背後說：「澳澳，話一旦說出口就再也收不回來了喔。如果你想好了，我也不會阻止你。」

彭毅澳驚醒似的看向其他人，有震驚、有難過也有不捨，尤其彭子碧直直掉淚，像個無助的母親，不知道該如何親近、安慰受到傷害的孩子，彭莉曄也想試著靠近他的孫子，步伐卻踏不出去。

怎麼可以說出這種話。

彭莉曄想要如此斥責彭毅澳，她的女兒為了彭毅澳付出與犧牲了多少她都看在眼裡，母親的身分不好當、母親的責任更難扛，可乖巧的孩子也是真的受傷，再加上她對彭毅澳也心存愧疚。

如果不是她，彭子碧與彭毅澳不必要如此躲躲藏藏。

都是因為她看得到那種東西。

大人的問題總是會牽扯到無辜的小孩，但大人偶爾也是會累，彭毅澳都知道，因此他從來沒有怨言，這也是彭莉曄第一次看到小孩子發這麼大的脾氣。

令人心疼的耍脾氣。

為什麼就是沒辦法好好說出口呢？

不論是什麼。

善意的謊言究竟是為了誰好？

答案其實她們都知道，只是透過了孩子撕心裂肺的吶喊才看清楚。

「澳……」

「我出去冷靜冷靜。」

彭毅澳卻拒絕了所有人。

「不要過來，誰都不要……鬼先生也是。」

「對不起。」

彭毅澳隻身一人走出去前還留下一句道歉，氣氛再次沉默，廳內剩下零散的啜泣聲，身為母親的兩位久久無法回神，尚未脫離愧疚與震驚的情緒。鬼先生見狀，腦裡都是彭毅澳落寞悲傷的背影，彭毅澳是認真的，希望任何人都不要去打擾現在的他，包括祂、鬼先生，這種一致的待遇讓祂有點難過，但更多是無法抑制的怒氣。

又一次。

又又又又、祂又讓那群人讓澳澳難過了。

即便這是無可避免的情形，鬼先生還是為自己的無能感到憤怒，不禁將怒氣發洩在他們身上。

「這就是你們想看的？」鬼先生語帶諷刺，完全丟棄努力包裝的紳士溫和感，「讓澳澳傷心難過又獨自委屈離開？」

「閉嘴，彭家的事由不得你來插嘴。」彭莉曄還有點餘力反駁鬼先生，她走向彭子萏，將孩子的母親擁入懷裡，試圖安撫來自鬼魂的哭泣，又對鬼先生說：「聽著，沒有人願意看到這種情形。」

「在談論我是不是外人之前怎麼不先想一下澳澳為什麼道歉？」

鬼先生彈指，在室內吹起一股微風，吹散了彭子萏因情緒的不穩而產生的陰氣，此刻圍繞在眾人周圍的反而是鬼先生的威壓，沉重、冰冷又陰暗，普通的厲鬼根本無法相比，鬼先生更像是另外一種恐怖的存在，讓他們一時忘了呼吸的方法。

「喵！」

隨著一聲貓叫，白貓衝了出來擋在祂的信徒前，鬼先生垂下眼簾，像是憐憫，又像是施捨，暫時放過他們，可衝出來的並不只有貓，還有陳煉川。陳煉川一衝上來就是抓住鬼先生的手臂，這招早在之前就知道沒有效果了，陳煉川卻故技重施，只不過加重自身陽氣的揮發進行攻擊，鬼先生嗤之以鼻，甩手便甩開了對方。

「不自量力，你是站在她們那邊的嗎？這樣還敢說喜歡洪洪？」

「不是那種問題，毅洪哥哥不會希望你這麼做的！」

「警告和真的下手是兩回事，我要是想做點什麼，你們根本不是我的對手。我自有分寸，永遠不會傷害洪洪愛的人，也不會讓洪洪哭泣。」鬼先生將視線擺往母女倆，「我只是想問她們洪洪做錯了什麼，彭毅洪究竟做錯了什麼讓她們一而再地丟棄他？說啊，彭莉曄女士、彭子菪女士，說說看，妳們沒有考慮過洪洪的因素是什麼？」

「尤其是妳，彭子菪女士。」鬼先生也沒把彭子菪當作岳母來禮貌相待了，直接了當地質問：「妳是不是覺得只要道歉了，洪洪就會原諒妳？」

「放肆！」彭莉曄站出來，「你算什麼東西敢這樣跟我女兒說話！」

「我只是說出洪洪沒有說完的話。是妳們先撇開洪洪，他只不過是想要有一次撒嬌的機會……洪洪個性開朗的同時對妳們也都很孝順乖巧，但他私底下也是個害怕寂寞的孩子，難道妳們會不知道？」鬼先生知道祂現在的質問並不會得到答案，祂不再爭辯，留下最後一句：「我去把洪洪找回來，請妳們自己好好想一想。」

一個外人說的話字字戳心，看得比她們都還要更清楚。

鬼先生說完後便轉身離開，祂沒必要照顧其他人的情緒，現在最重要的還是彭毅洪，祂感知著彭毅洪的氣息來到外面，憑著直覺隨意拐彎，鄉下地區越偏僻的地方路越崎嶇，祂來到比較外圍的小溪停下，就算周遭有小樹林的遮蔽，鬼先生還是一眼就揭穿陳煉川拙劣的跟蹤技巧。

「有事？」

陳煉川緩緩地走出來，臉上絲毫沒有被發現的緊張，反而沉穩地詢問：「你不說嗎？」

「說什麼？」

「跟毅漢哥哥說神明大人還會把他的爸媽都帶走，他們會因此無法進入輪迴。」

鬼先生終於回頭，注視著陳煉川反問：「你是怎麼知道的？」

「師父睡糊塗的時候跟我說的，雖然他只說了一點。」陳煉川低頭看到有無數根飄著不祥之氣的黑色長影在靠近他，他一面後退、一面說：「不過我循著那一點線索找到了很多東西。」

「那麼你要說嗎？跟漢漢說……他心愛的母親不僅沒有選擇他，還沒有下輩子能與漢漢重逢。」鬼先生將自己的警告收回來，祂不喜歡陳煉川靠得太近，「有時候無知也挺不錯的。」

「你這也是欺瞞。」

「是，現在你我都是共犯。」鬼先生冷冷地注視著他，滿臉不屑，「我每一次都失敗，難道你就能成功？別自以為了，即便是你也無法阻止，漢漢每一次都只能失去，你也只能眼睜睜地看著漢漢掉淚……可我和你不一樣，你做不了準則以外的事情，我會去嘗試每一個可能，就算是欺騙漢漢，你呢？」

陳煉川皺眉，單純對於鬼先生嘲諷的口吻很不滿意。

「……我不明白你的意思。」

「也是，你身為主角，怎麼會明白配角的掙扎。」

「你到底在說什麼？」

「你不必知道，你只需要知道一件事——澂澂永遠不會是你的。」鬼先生刻意在陳煉川的面前發出嗤笑，「這一次我讓澂澂去找你了，但澂澂還是要我，怎麼辦，主角先生？」

陳煉川聽不懂對方在說些什麼，心中卻有一股未知的怒氣，不應該是這樣、不應該……陳煉川無法控制自己的思想，他混亂又憤怒，一心一意想要除去阻礙他和彭毅澂的鬼，下意識地凝聚強盛的陽氣在手中，鬼先生依然不屑一顧。

「你還不明白嗎？你無法傷害到我。」

「不試試怎麼知道？」

陳煉川偏頭，眼神頓時充滿狂氣，天選之人與鬼王之子彷彿下一秒就要一觸即發，空氣中迸發著陰森的氣息，樹葉在冷風吹起下發出細碎的沙沙聲，鬼先生的雙眼變得赤紅，流著怵目驚心的鮮血，黑影逐漸覆蓋這條小溪，然而在彈指間，一切又變回原狀，彭毅澂的聲音也從對面傳來。

「呃、你們在幹嘛？該不會我也要老掉牙地喊住手吧？」彭毅澂從對面的黑影中走出來，喧囂的風吹亂了他的髮絲，他嘆息，後退幾步準備助跑，一口氣跳過水流來到鬼先生的身邊，「不是說不要跟來了嗎？」

鬼先生頂著清爽的外表，好像什麼事都沒有發生，微笑回應：「我路過。」

彭毅洪無語：「那你呢，陳煉川？」

陳煉川掩飾自己要攻擊鬼先生的手，撇開視線說：「……我很擔心你，毅洪哥哥。」

「謝謝你的擔心，我只是出來靜一靜。」

彭毅洪低頭踢著小石子，掀起眼皮盯著陳煉川時，陳煉川忽然感到頭皮發麻。

「是說，我有話想對鬼先生說，你可以先迴避嗎？順便跟我媽和阿嬤說我等會就回去。」

「毅洪哥哥……」

「這樣我就不跟你計較你打算攻擊我男朋友這件事。」

「可是祂……！」

「鬼先生確實也不該威脅你，我也會好好說祂。現在就拜託你先離開吧，陳煉川。」

彭毅洪的拜託讓陳煉川一頓，少年受傷的樣子非常明顯，他被拒絕在外了，陳煉川垂下肩膀離開。彭毅洪這才面對鬼先生，怒踢了祂一腳，痛的人卻是自己。

「唔。」

「還好嗎？」

「踢到骨頭了……」

「抱歉。」

「你幹嘛道歉？」

「我做了很多該道歉的事。」

鬼先生的坦承讓彭毅澳眼眶泛淚，他用拳頭搥鬼先生的胸口，搥一下、兩下……很多下，鬼先生沒有閃避，待在原地任彭毅澳發洩，彭毅澳看到這樣的反應怒而推開鬼先生，他掀起唇，掀掀闔闔好一陣子都沒有成功將話講出來，彭毅澳握緊拳頭，連指甲在掌心留下痕跡都不曉得，鬼先生則靠過去鬆開彭毅澳的手。

「會痛。」

「鬼先生就不會痛嗎？」

「我的肉身感覺不到疼。」鬼先生指著彭毅澳的胸口，微笑說：「會痛的是心和靈魂，如果看到澳澳哭，會更疼。」

「……」

彭毅澳呼出一口氣。

他搞不清楚此刻的淚水是為了鬼先生還是他的媽媽。

這是他第一次和大人們吵架、第一次說出自己的委屈，彭毅澳沒有叛逆期，他也不覺得自己有叛逆期的資格，那是奢侈的資格，他憑什麼用叛逆期這種東西去煩擾為了他在外面到處奔波的媽媽，又或者說，忙碌的媽媽根本看不到他的叛逆期，所以完全沒有那個必要。

彭子萕的忙碌是建立在他衣食無憂的生活上。
那麼彭毅澳還要求什麼呢？
愛？陪伴？撒嬌的機會？
有什麼用。
彭毅澳這次真的受夠了。
他該看清楚的，不論是龍楟岩還是彭子萕早就離開他的生命了，他只不過是一直卡在那個點不願意放棄，只因為他看得到鬼，相信自己還有挽回的機會，一次又一次……滋滋的響聲也再次於腦海中浮現。彭毅澳一個人走出家門後思緒一片混亂，這種委屈與難過的感受實在是太似曾相識，彷彿他在哪裡也經歷過，當時他的吶喊並沒有傳達給彭子萕，結局也是他孤身一人、不，有人陪伴他，哭著說愛他、哭著說無怨無悔，那道身影模糊不清又垂手可得，零零總總的違和感累積起來讓彭毅澳也意識到不對。
哪裡不對？
他該看清楚的，究竟是什麼？
彭毅澳停在小溪流前，淺淺的水面映照的是他的臉。
他已經哭不出來的臉。
彭毅澳不禁向著水面的自己吶喊：「我也、不要你們了——！我一個人也可以過得很好！因為一直以來都是這樣過的，又不是除了你們之外我就沒有別人了！我有朋友！有戀人！有超酷的阿嬤！一個人的時候也可以來一個說走就走的旅行，不需要向誰報備、也不會有人擔心我——」

彭毅澳深吸口氣，用盡全力地喊。

「我很好！我對我的人生沒有怨言！接下來也會如此！我還有、還有鬼先生啊！祂說了就算我死後他也會帶我走——嗯？有吧……咦？什麼時候說的……？」

淚流乾了。

既視感越來越強烈。

彭毅澳已經放棄執著，他既失望又失落，自暴自棄的宣言藏著真心，整體而言他的人生沒那麼糟，然而他發現還有一隻鬼跟他不一樣，祂沒有放棄。

此時此刻水面突然浮出的是鬼先生含著淚水的模樣，是祂在他最無助的時刻出現的畫面。

祂說，我們會贏過這個世界的準則。

祂說，我愛你。

祂說，我無怨無悔。

彭毅澳最後的淚水滴落至水面，盪起波漾，那些畫面像是不存在似的隨著水波散去，再次浮現在水面上的是自己的臉，他對他說——交給你了。彭毅澳愣著，抹去臉上的淚痕，一切悲傷難過的事情似乎都沒那麼重要了，又或者說他真的可以選擇放下。彭毅澳猛然想起一個名字、想起他的夢，再後來，他聽見聲響，躲到另外一邊，因而默默地聽到鬼先生和陳煉川的對話。

鬼先生不可能不知道他就在那裡。

就連現在的問話，也都是故意的。

「澳澳都聽到了嗎？我和陳煉川的對話。」

彭毅澳真的很想給鬼先生一拳，但又捨不得，只能睜大眼睛抗議：「你故意的。」

「嗯，提早給你心理準備，等真正遇到的時候才不會措手不及，才不會……又那麼難過。」

「他們沒有下輩子是什麼意思？」

「字面上的意思，我不能說太多，抱歉。」鬼先生撫過彭毅澳的眼尾，輕聲說：「彭子菪女士大概也不清楚真相是怎麼回事，我想就算那樣，她也心意已決。」

「是嗎。」

「是啊，放著寶貝兒子不管……」

「鬼先生，我是不是真的要成為沒有人要的孩子了？」

「我要你……！」鬼先生拋棄從容急著說，「不論是這輩子、下輩子還是下下輩子都要你，只要你……澳澳？」

彭毅澳笑了。

抿著嘴唇勾了勾唇。

是有一抹無法忽視的悲傷微笑，又帶了點釋懷。

「謝謝你，鬼先生。還記得媽媽過世的時候，我的世界就像塌了一樣，因為我的世界以往都是媽媽幫我撐起來的，我想沒關係的，媽媽只是在另外一個世界等我，因為我下輩子還要當她的孩子……剛剛那些只是氣話，我大概傷害到媽媽和阿嬤了，但我也不後悔，總要讓我發洩一下，現在也確認到他們都沒有下輩子了……果然啊，又一次，沒有了啊。」

彭毅洟仰頭吐氣，又是淺淺地勾唇，「鬼先生，沒事的，我的淚水已經流不出來了。」

「洟洟……？」

「再來一次我還是不知道該怎麼辦……不知道啊，也只能接受了吧。其實我早就知道了，只是不願意去面對——」

鬼先生倏地將彭毅洟擁入懷中，緊緊地抱著道歉。

「對不起、對不起。」

「我要的並不是這個，為什麼受傷的總是你？我不能理解，我到底哪裡做錯了？我要怎麼、才能讓你停止哭泣呢……？」

彭毅洟待在這個懷抱裡，安心地閉上眼，伸出手也回抱鬼先生。

「不要道歉，鬼先生，我不是自暴自棄，你要聽我說完。」

「是彭毅洟的心已經放棄了，淚也流乾了，但我沒有，我說我，鬼先生。」

鬼先生愣愣地稍微鬆開彭毅澳，顯然是聽不懂他在說些什麼。

彭毅澳拍了拍祂，還捏了捏鬼先生茫然的臉。

「這是我的意志，也是毅澳的意志，總不能每一次都是你在努力。」

「我一直有一種違和感，從見到龍楟岩的那個時候開始，有種似曾相識的情緒在我心中盤旋，看見鬼先生的時候也是。」

彭毅澳沉澱著，也許他此刻腦袋還很混亂，可要是這時候不說，機會可能就會從手中流失，他不知道什麼時候會重啟，也不知道下次還能不能想起來，這是彭毅澳放下執念的奇蹟，是鬼先生一直沒有放棄的功勞。

「我們的相遇並不是一個錯誤，打開錯誤的人是我，而你只是為了挽救我的錯誤的倒楣鬼……我再給你一個提示，鬼先生。你喜歡這個名字，你用這個名字交了第一個朋友，不過才不是那樣，我才是你第一個朋友、第一個搭檔。」

「謝謝你為了袒護我來到了這裡、謝謝一直努力讓我知道我不是沒有人要的孩子。」

彭毅澳笑看眼前震驚的神情，呼喚起那久違的名字。

「烏諾斯，謝謝你。」

「不過我還是習慣叫你鬼先生。」

鬼先生愣了半晌。

祂凝望著彭毅澳，神情木然，抬手撫摸彭毅澳的臉龐時，手正在顫抖。

「你怎麼會……？」

彭毅澳用力地抓住鬼先生的手，貼在自己的臉上說：「我是彭毅澳，又不是彭毅澳，你是鬼先生，又不是鬼先生。我們是外來物，被塞進這個肉身，從那個地方一起來到了這個世界……真正的鬼先生可能很早就放棄了，是你一直堅持著，真正的彭毅澳也是，他相信一定有辦法，但好像不論幾次都無法改變媽媽的命運，假如媽媽和龍椁岩沒有相遇相愛，我就不會在這裡，可媽媽與龍椁岩相愛了，媽媽和龍椁岩離開就成為必然發生的事情。」

「現在，終於發洩的彭毅澳放棄了，我們最後還是融合在一起，他能體會我的感受，我也能體會他的感受……是真的哭不出來了。」

彭毅澳微微一笑，牽著鬼先生的手靠過去。

「我們回去吧，這一次不會再哭著送走媽媽了，這一段路我會走完，也會努力祝福他們……請神明大人不要讓他們感覺到痛。」

「不。是我……沒有做到。」鬼先生好不容易擠出聲音，祂彎下腰輕靠在彭毅澳的肩膀上，啞音述說：「我不再是管理員了，只是故事裡的一員，沒辦法更改或掩蓋故事開始之前發生的事情，所以其實也知道澳澳的願望永遠無法實現，就像你說的，這是必然。這個故事是由澳澳與成長為大學生的陳煉川相遇做為開頭……我一再掙扎，也只不過是想破壞你們，不想看見你按照著準則發展……可我至今為止捨不得你哭、捨不得你痛也是真心的，想要找個讓你不再哭泣的辦法，卻永遠找不到、做不到，我想告訴你的、想告訴你……請看看我，我就不會丟棄你，看著我吧、不要再為其他人哭了……我說過，我是真的嫉妒……」

「嗯，謝謝你，鬼先生，謝謝你……」彭毅淟抱住鬼先生，柔聲詢問：「接下來，我可以請你繼續陪我嗎？」

「當然，你永遠擺脫不了我。」

鬼先生將彭毅淟抱起來，離地的彭毅淟輕晃著腳破涕為笑，抱緊鬼先生笑應：「我喜歡這個發言。」

鬼先生微笑，在彭毅淟的懷裡深呼吸，難得表現出撒嬌的模樣磨蹭，抬起頭問：「……你真的沒事嗎？」

「……我不喜歡有人這樣問我，因為沒事好像也會變得有事。」彭毅淟很誠實，要說的話，他肯定還難受著，「我想起他們一次又一次背棄我的場景，他們沒有一次是選擇我的，我不論是嚎啕大哭還是任性憤怒都沒能成功挽回，所以彭毅淟決定不再挽回了。」

就像有些東西一旦碎了便再也無法恢復原狀，裂痕會一直都在。

彭毅淟能做的就只有去接受裂痕。

「但是要下定決心很難、要坦然接受也很難，不過鬼先生給了我勇氣。」彭毅淟注視著鬼先生的眼眸，從那裡看見自己的倒影，「我不能連你也一起折磨，鬼先生。」

「不是折磨，和你一起怎麼會是折磨。」

鬼先生很認真地駁回，彭毅澳則是笑了笑，鬼先生填滿了他的空虛與無助，他想，即使難受，他也一定能走過，因為鬼先生就在這裡。

「我愛你。」彭毅澳說，「做出這個決定，我也一定無怨無悔……我們一起走下去吧，就我們一起。」

鬼先生抿住唇。

他試圖深吸口氣穩住情緒，但祂的淚水是無聲無息地流下。祂並沒有強烈地發洩，情緒也沒有任何的失控，一切都只是靜靜地進行。

「澳澳，你說你哭不出來，那我替你哭。」

鬼先生每眨一次眼淚珠便滑過臉頰，那是澄澈的淚水、是祂一直以來所追求的東西。

「我可能一直在等你說這句話……我們一起，就我們。」

「我已經懂了愛，終於可以回覆你……如今你也回覆我了，真好、可真好……」

彭毅澳以為自己已經哭不出來了，可看鬼先生這樣，又差點沒忍住，直接把鬼先生再度按入懷中哄。

「唔啊鬼先生！不哭不哭眼淚是珍珠……！」

鬼先生繼續撒嬌：「我想抱著你走。」

「好好好！鬼先生想做什麼都可以！」彭毅澳揉揉鬼先生的腦袋，「老實說我頭也有點暈……腦袋一次塞了好多東西進來，對不起，我竟然那麼晚才想到我們的『前世』……」

「我沒有想過你會想起來……」鬼先生改變抱著彭毅漁的姿勢，像是抱玩偶似的輕鬆地換成公主抱，祂開始移動腳步，注視著前方，焦點又有些飄忽不定，「不知道可不可以……好希望時間停在這一刻。」

「那鬼先生又是怎麼想起來的……？」

「因為我愛你。」鬼先生答得很快，「比真正的鬼先生還要愛，但現在我就是鬼先生……啊。」

「我想應該就是因為他們放棄了，他們本該壓制住我們或者吞噬我們。」彭毅漁扳過鬼先生的臉，讓祂好好地看著他，「我猜的啦，也不是很確定，能夠確定的就是我依然是彭毅漁，而你是鬼先生，我們融合在一起，可是我和鬼先生能夠做出不一樣的選擇，這一刻感受到的喜怒哀樂也是真的……可能還有點疙瘩，我很煩惱等會要怎麼面對媽媽和阿嬤……」

「錯的人不是漁漁。」

「但我也不能以那種態度……」

「漁漁就是太溫柔。」

「沒有。」彭毅漁以略為嘲諷的口吻說：「看到媽媽還會為我哭泣的時候，我可能滿開心的。啊、原來，妳還在乎啊，這種感覺。」

「這也沒什麼，彭子碧女士活該。」

「那是你岳母耶。」

「我嫉妒我的岳母。」

彭毅漁失笑：「抱歉喔，那畢竟是我媽，感情不是說斷就斷……反正吵也吵過了，能夠吼出來的感覺挺不錯的。」

「我明白。」

「鬼先生對你的爸爸沒有任何感覺嗎？」

「沒什麼特別的，不過在床上漁漁可以叫我 Daddy，可能會有其他感覺。」

「齁好色，我喜歡。」彭毅漁捏著一臉正經的鬼先生譴責，然後靠在鬼先生的肩上又笑了，感覺鬼先生是故意那麼說的，為了緩和氣氛、為了緩解他心中的疙瘩，道謝的話不禁脫口而出：「謝謝你，鬼先生，真的，不論什麼……」

「再道謝就是把我當外人了。」

「鬼先生是內人。」

鬼先生點頭笑應：「嗯，相公。」

彭毅漁被鬼先生逗樂了，他貼著鬼先生發出小小的笑音。夜色來臨，鄉下地區很多地方都很早熄燈了，邊上的路燈隔了好一大段距離才有一個，彭毅漁卻一點也不害怕，反而很安心地待在這片黑暗中、待在鬼先生的懷裡。鬼先生像是融入夜間，帶領彭毅漁往亮的地方走。

他們家還開著燈。

彭毅洪從遠處就看到彭莉曄和彭子若佇在門口，一看到他和鬼先生就向他們跑來，可到了一半又停下，雙方維持著微妙的距離，彭毅洪從她們的臉上讀到了擔憂與愧疚，他先讓鬼先生放他下來，到了這一步卻退卻了，鬼先生馬上推他一把。

「不要怕，洪洪沒有錯，挺起胸來。再說了，哪對母子沒有吵架過？」鬼先生柔聲鼓勵：「這是很正常的事情，洪洪。」

彭毅洪不知道這是今晚第幾個深呼吸了。

他向前走。

「毅洪！」

「洪洪！」

彭莉曄與彭子若一起呼喊，彭毅洪看著她們，彆扭地摸著後頸轉移視線，在喉嚨發出聲音之前，兩個擁抱先襲上他，彭毅洪微愣，在媽媽和阿嬤的懷抱裡露出淺笑，拍著她們坦然地道歉：「對不起喔，我亂發脾氣了。」

「不要道歉。」彭子若認真地說，「你沒有做錯任何事情就不用道歉，是我這個做母親的太輕率了，讓你受到傷害……對不起，你能告訴我怎麼挽救嗎？不，我還有那個機會嗎，毅洪？」

這樣就夠了。

彭毅澂想。

事到如今，能挽救什麼？

彭毅澂的要求也不多，或許現在這句道歉與她有在乎的表現就足夠了。

是無解的，這個問題。

龍楟岩與彭子莙的離開是必然，倘若現在真的讓彭子莙先走，沒有龍楟岩的彭子莙，還會誕生彭毅澂嗎？

不曉得。

彭毅澂也不想去糾結那個答案了。

「沒事的，媽。妳下半輩子的時間都花費在我身上，都是為了養育我，不必連死後也為我改變心意，就按照妳的心願走吧。」

他說，媽，而不是媽咪。

彭毅澂不論長了多大，都仍然稱呼他的母親為媽咪。

彭子莙瞬間感到鼻酸，她一位母親究竟把孩子逼到什麼地步了？是，彭毅澂是釋懷了、不再去爭取了，可是那是他自願的嗎？他被迫成長、被迫放下、被迫去理解大人的辛酸，這一切也不是因為彭子莙，而是因為彭毅澂的身邊有鬼先生，所以他坦然接受，彭子莙並沒有了解到彭毅澂和鬼先生之間的關係，她只知道是她的任性毀了孩子的童心。

「毅漁，你聽我說——」

「我們一起去探望爸吧。」彭毅漁不經意地掩蓋彭子碧欲說出來的話，他搭上彭子碧的手道：「不是說還有一段時間嗎？他偶爾也能起來說話的樣子，多聊一聊吧，阿嬤也一起去。」

彭莉曄一臉擔憂：「漁漁，不要勉強。」

「我沒有勉強。」彭毅漁對她們勾起笑容，溫柔地低聲重覆：「真的不用擔心。」

彭毅漁長大了。

彭毅漁往後也不會是一個人。

彭毅漁不會是沒有人要的孩子。

因此，真的不用再擔心了。

彭毅漁再給彭子碧一個擁抱，一切盡在不言中，也許這就是家人，在沉默中和好、妥協，對彭毅漁來說家本該是談愛與包容的地方，傷就傷了，總有一天會癒合，只留下淡淡的疤痕能去懷念。他不再去勉強，也算是放過自己，這麼一想，彭毅漁的心裡也輕鬆許多。

「媽。」

「我明年要畢業了。」

「妳和阿嬤一起來參加我的畢業典禮吧。」

彭子碧在彭毅漁的懷裡低聲哭泣，她一邊掉淚一邊點頭，彭毅漁安慰著她，再與彭莉曄相視，他揚起唇角，彭莉曄也無奈地卸下長輩的架子，一起安慰彭子菪。

要哭的應該是彭毅洪那個孩子。

轉念一想，彭子菪也是她的孩子啊。

彭莉曄無法放著不管，一家之主先帶著兩位孩子回家，今晚的家族會議恐怕會持續下去——比如要好好討論接下來的計畫，彭子菪想怎麼做、真的去探望龍椁岩之後呢……或許彭莉曄也該放下成見，好好傾聽孩子們的聲音，於是她把兩位孩子推進門後停在門口，回頭望向跟上來的鬼先生。

「鬼先生。」

「是？」

「……謝謝你把洪洪帶回來了。」

鬼先生並沒有掩飾自己吃驚的模樣，祂笑了笑說：「這是我該做的，阿嬤。」

「……」

彭莉曄這次沒有大聲駁斥鬼先生，例如不准叫她阿嬤的譴責，她只沉默幾秒便讓鬼先生快進來，鬼先生是真的愣住了，祂從來沒有受過這種待遇，從來沒有，一次也沒有，這一定是最好的發展，是祂一次又一次努力下來的結果，祂笑著走進去，看見彭家的人互相扶持，而祂也參與其中。

「鬼先生！」

彭毅洪回頭找鬼先生，小跑步地將鬼先生牽來，同時白貓在裡面等著他們，他們還要處理關於神明大人的事情。依照彭莉曄的說法是她並不怪神明大人，只是她需要一點時間想想，畢竟這些年來的保佑也都是真的，神明大人有做到。這時白貓晃著尾巴來到彭毅洪的面前，喵喵叫著，彭毅洪也突然想起一件事。

「話說回來，陳煉川呢？」

彭莉曄答：「我們沒看到他。」

「咦……？」

彭毅洪頓時有種不好的預感。

後來，預感成真了。

接下來是真的沒有再看到陳煉川。

他像人間蒸發似的，消失在彭毅洪的生活中。

起初彭毅洪沒有放在心上。

畢竟還有很多事在等著他，頂多確認一下陳煉川的人身安危，當下也是大半夜的，要是那麼一個人突然走失，後果也不堪設想，彭毅洪先傳訊息詢問，很快得到回覆，陳煉川說他回家了，他沒事，祝毅洪哥哥一切順利。

就這樣。

彭毅洪雖然覺得有點奇怪，但沒有多想。隔天他還要帶著彭莉曄和彭子菪到醫院探訪龍㯋岩，遺憾的是他們不曉得龍㯋岩什麼時候會醒來，估計醒來了也不懂是誰來看他。聽說與親眼見證是兩回事，看到龍㯋岩這副模樣的彭莉曄沒多久便走出去，垂首坐在長廊上的椅子。

這就是她一直以來憎恨的男人的真實模樣。

奄奄一息、苟延殘喘。

僅存一絲絲的陽氣。

只因為要救她的女兒和孫子。

彭莉曄將臉埋進掌心，等到她調適好心情走回病房，看到的是彭子莙和彭毅淟牽在一起談話的畫面。

「毅淟，雖然阿岩是為了救我們才變成這樣，但說實話他真的很糟糕。」

「……嗯。」

「剛開始同事都勸我不要跟他扯上關係……我也聽說過很多關於他的傳言，女朋友一個換一個，可是我因為工作的關係，不得不和他接觸，後來，暈船了，從此沒有下船。」

彭毅淟看了眼彭子莙，再次點頭淡淡地應：「嗯。」

「生前我一直以為是他不要我們了，我想說沒關係，我還有你。我唯二對他感謝的事情就是救了我們以及給了我你，毅淟。」彭子莙轉向彭毅淟，試圖再談起母子之間的疙瘩，「我從來沒有不要你，我只是……自以為是地認為淟淟長大了、不需要我了，就像阿岩自以為離開是最好的選擇，到頭來我和阿岩一樣都是不及格的父母……大概也沒有資格管你的戀情，我還是不認為鬼先生是個好歸宿，但我相信你的決定，因為不論怎樣，你都是我的兒子。」

彭毅澳忍著，又嗯了一聲，彭子碞則是繼續說下去。

「可能以我現在的觀念來說無法理解現在的小孩，或許還是你們常說的情緒勒索……生下來了就有照顧的義務，養兒防老是錯誤的想法什麼的，可是我從來沒有當作那是義務，這是我心甘情願花十個月生下來的孩子，所以當我意識到我原來讓我的孩子那麼難過時，真的感到很抱歉……」

「我原諒妳了啊。」彭毅澳撐起唇瓣說，「我接受了，沒有逞強，我也想了很多……以後應該還是會想妳，但會去想快樂的回憶，然後放在心裡，家人的逝去就是這麼一回事吧，只不過是因為我看得到鬼才延續著……媽現在要做的，就只有你們要離開時跟我說一聲，我一定會趕來的。」

「澳澳……對不起，又要讓你送我走。」

彭莉曄適時地出聲走進去，「妳還知道？」

「媽……！」

「白髮人送黑髮人已經夠哀傷了，現在我要連這個男人一起送……不過我會尊重妳，澳澳都做出這個決定了，我這個做阿嬤的也不想繼續固執下去。」彭莉曄將她的女兒和孫子摟在一塊，「你們都是我的孩子，是彭家值得驕傲的子孫……」

「所以……」彭莉曄向前輕觸龍椁岩的手，真誠道謝：「謝謝你救了我的家人，龍椁岩。」

「……」

鬼先生突然出聲問：「剛剛他的手指是不是動了一下？」

「阿岩！」

這次大家都看到龍椁岩手指的反應，他們看見龍椁岩緩緩地睜開眼，他的第一眼就是彭子萶，而且馬上認出那是誰。

「子萶……？哈哈、幻覺？」

「不是幻覺，笨蛋。」

……

剩下的時間留給他們。彭毅澳不知道他們之間說了什麼，也不知道龍椁岩現在這個狀態能不能溝通，但那都是屬於彭子萶和龍椁岩的時間。彭毅澳在事後抱了抱彭莉曄，彭莉曄只是嘆息，也抱了抱彭毅澳，要他好好照顧自己，同時也警告鬼先生要好好對澳澳，她明天要先回去了，家裡還有神明大人在等她，而彭莉曄與神明大人之間又該怎麼處理？彭毅澳是之後才得知彭莉曄繼續信奉著神明大人，只不過雙方的地位有些許的改變，或許從以前就依賴著彼此的一人一神在不知不覺中也產生別人無法知曉的情誼。

之後彭毅澳偶爾會去探望龍梈岩，彭子莙則是會在醫院、老家和彭毅澳的住處三地跑，彭毅澳重拾被母親碎念的感覺，無奈之下是挺高興的。本職是大學生的彭毅澳不久後便忙碌起來，總之自己的生活還是要過，他和鬼先生的同居生活也都很愉快甜蜜，因此等到彭毅澳想到陳煉川也是很久之後的事了。

他是在某次探訪龍梈岩的時候突然想到自己很久沒有看到陳煉川了，一問之下才知道他在那之後再也沒有來過，上次的訊息就是他們之間最後的聯繫。

「你要打電話給他嗎？」鬼先生問。

「不了，我不該主動聯絡他。」彭毅澳按掉手機回應，「老實說，我有時候覺得他怪怪的。」

「我有同感……說到他，我覺得我好像忘了什麼。」

「是很重要的事情嗎？」

「不，他不重要，他不再是……你的主角了。」

「嗯，我的男朋友我的老公我的主角我永遠的伴侶都只會是鬼先生！」

彭毅澳貼過去說，他們都以為故事終於能朝他們所希望的發展了，可惜未來的事情誰都說不準。日子過得很快，一年過去了，彭毅澳的畢業典禮來臨，代表獻花的是彭莉曄，當然彭子莙以及鬼先生都有在現場，那是彭毅澳覺得特別棒的光景，所以他結束後仍然穿著畢業袍去看龍梈岩，想要跟他說，他大學畢業了。

他人生的其中一個里程碑，這樣龍椁岩也算參與了吧。

如今的龍椁岩完全陷入昏迷，有很長的一段時間沒有醒來了，靈魂可能已經被困在死亡意識待轉區，依照上次的經驗，大約還有將近兩年的時間龍椁岩的肉身才會到達極限，彭毅澌有時候會想，如果他一個人走在醫院裡，會不會像上次一樣誤打誤撞遇到龍椁岩？

他本來是想這麼做的，在還來得及之前，和龍椁岩好好地進行一場對話，然而突然出現在病房門口的陳煉川讓彭毅澌一時忘記自己的計畫，更不用說只不過相隔一年，陳煉川看起來完全不一樣這點，他長高許多，骨架也長開了，與大學時期的他差不多，一瞬間從少年變成男人，身上的氣息也變得內斂沉穩，還有種壓迫感，彭毅澌下意識地後退，莫名排斥拿著花進來的陳煉川。

「恭喜你畢業，毅澌哥哥。」

彭毅澌沒有收下陳煉川送上的花束，眼尖地發覺陳煉川穿戴著黑手套，他記得那是隔絕陽氣的工具，可他還是憑著直覺擋在鬼先生的面前，彭莉曄與彭子菪也察覺到氣氛的不對，前者作為長輩阻擋不速之客。

「陳煉川，你有什麼事？」

「我只是來祝賀毅澌哥哥畢業，順便來看看師父。」陳煉川淡淡地解釋，褪棄稚氣的他拾回主角的風範，表現也都很從容，「以前我會來探望師父，但不想打擾你們所以這一年都沒有來，師父現在的狀況還好嗎？」

彭毅洪依然警戒地望著陳煉川，答道：「……很久沒有醒來了。」

「是嗎，不過跟我預估的差不多。」

「──什麼？」

陳煉川丟棄手中的花束，扯開手套倏地衝向毫無防備的彭子碁，千鈞一髮之際鬼先生擋下陳煉川的攻擊，病房的門隨著他們碰撞的氣勢啪一聲用力地關上，受到驚嚇的彭子碁跌在床邊，彭莉曄和彭毅洪見狀，怒而撞開陳煉川，陳煉川適時地退開，一對多，很明顯是對他不利的情形。

「陳煉川！」

「你在做什麼！」

「我進行修練了，毅洪哥哥。」陳煉川慢慢地扯下另外一隻手的手套說，「我是來實現你的願望的，你的母親如果現在投胎了，以後就還有相遇的機會。」

「你瘋了嗎！」彭毅洪絲毫不領情，「什麼狗屁願望！你現在是當著我的面攻擊我的媽媽！」

「長痛不如短痛。」

「閉嘴！滾出去！我早就釋懷了！」

陳煉川聞言，像是忍耐已久的情緒突然爆發，他吼：「可是我沒有！」

「洪洪，後退，他感覺不太正常。」

鬼先生站出來，彈指間病房的燈光暗下來，模糊的黑影在房間內晃動，陰森的冷氣馬上蓋過陳煉川強勢的陽氣，陳煉川卻不以為意，指著彭毅澳繼續說：「我不能接受，我要我的澳澳回來。」

「你說什麼……？」

「我都聽到了，你不是毅澳，你也不是鬼先生！我要我的毅澳！會愛我、相信我、依賴我澳澳！」

彭莉曄怒捶牆壁，怒喊：「瘋子！現在是在說什麼！」

「那不是你真正的孫子。」陳煉川看著彭子萡又說：「也不是你的兒子，他是另外一個靈魂！佔據你兒子肉身的外來物！」

彭子萡愣了一下，隨即牽起彭毅澳的手，皺著眉回應：「那又怎樣，不管是哪個毅澳，都是我的兒子，你這個外人有什麼資格說。」

「媽……」

彭毅澳感動地望向彭子萡，可此刻的陳煉川已經聽不進去了，他身上的陽氣甚至突然變得衰弱，整個人既混亂又無措，眼裡只剩下彭毅澳，話也針對著彭毅澳。

「是，我有什麼資格……我也搞不清楚，現在和我說話，讓我心動的也不是毅澳嗎？你們都是毅澳，應該都屬於我的……本來應該是這樣的……」

鬼先生很是嫌惡陳煉川的視線與發言，「主角終於瘋了嗎？」

「你也只有這種時候可以囂張了，我是打不過你，但我終究是天選之人。」陳煉川紅著眼瞪視鬼先生，他突然笑了一聲，說：「我找到了，當初師父許願的地方與方法……所以我許願了，以我的陽氣作為代價，再來一次……而且你會消失不見，只留下真正的鬼先生。」

什麼？

陳煉川那小子說了什麼？

彭毅澂瞪大眼睛看著鬼先生的背影，期許下一秒鬼先生能夠轉過頭跟他說陳煉川是騙人的，可惜鬼先生卻一動也沒有動，下一秒空間內的燈光恢復正常，電視發出滋滋的響聲，爾後歸於平靜，鬼先生回頭望向彭毅澂時，祂的身影有那麼一瞬間變得透明，彭毅澂這下慌了，上前抓住鬼先生怒瞪陳煉川質問：「你再說一次你許了什麼願望……！」

「澂澂……」鬼先生攬阻著想衝上前的彭毅澂，祂愣著，慢慢說出祂的猜測：「是世界的準則……我竟然忘記了，當故事偏離準則時，準則會影響主角的意志……在上一次的故事中，原本的主角也有遇到這個問題……已經開始了……陳煉川許的願望。」

是的。

開始了。

再來一次。

彭毅澂後知後覺地發現彭莉曄與彭子萻停在原地，宛如石化似的失去反應，就連房間內的儀器也停止擺動，龍椁岩的心跳停止於某個波動，不止他們，想必外面的一切也都停擺了。

「我本來想，如果我幫毅澳哥哥實現願望，你轉而選擇我的話，我就取消願望。」

「沒有那回事，願望是無法取消的，祂已經收取你的代價。」

「嗯，因為我知道毅澳哥哥不會選我。看來你很清楚。」陳煉川扯著嘴問鬼先生：「那為什麼還覬覦著不該屬於你自己的東西？」

彭毅澳聽不下去，朝陳煉川怒丟自己放在一邊的畢業證書收納筒，他現在不想相信陳煉川說的話，他要相信他在騙人，鬼先生不存在的世界什麼的，怎麼可能發生。

「滾！誰是你的東西！憑什麼亂許願！我們好不容易走到這一步——」

「我停不下來！」陳煉川抱著腦袋嘶吼：「那股聲音一直在我腦中，二十四小時從不間斷！它說解決鬼先生，世界就會恢復正軌，澳澳也會是我的了，就像你一直說的，主角本來就是我。」

「你真好笑，陳煉川。」彭毅澳根本不在乎陳煉川承受的痛苦，難道他和鬼先生就不痛嗎？他們就沒有因為準則受苦嗎？他緊緊抱著鬼先生喊回去：「你做了這種事情還認為我會喜歡你嗎？再說了就算鬼先生不在，我也不會喜歡你，連準則都戰勝不了的人算什麼主角！」

「你懂什麼？我有時候甚至不知道自己在做什麼……可是我只能這麼做了、唯有如此，那個聲音才會消停……」

「你這不叫做喜歡我！你只是忍受不了準則對你的折磨！」

「那不然我該怎麼辦！我爭取本來屬於我的東西有什麼錯！」

「戰勝它啊膽小鬼！」

彭毅洟咬著牙抱著漸漸往前傾的鬼先生，鬼先生的腳已經完全變得透明，祂的靈魂開始一閃一滅，祂努力掙扎，可只能靠著彭毅洟沉默，就算是祂也沒辦法抵抗願望，這種無力感對鬼先生來說是最糟糕的一次。

只差一步了。

明明只差那一步就能和彭毅洟迎向最好的結局。

怎麼辦、怎麼辦、現在能怎麼辦？

再來一次。

可是再來一次後，祂已經不在了，屬於祂的這個部分會隨著願望消失。

從來沒有放棄過的鬼先生此刻也不知道了，竟然犯了這種低級的錯誤，讓陳煉川與準則趁虛而入，或許這就是身為一般人的無力，失去管理員身分的他們就是如此，永遠戰勝不了神的管控……是嗎？是這樣嗎？

他親眼見證過的，戰勝準則的某個故事。

為什麼祂卻做不到？

是愛不夠嗎？還是祂不夠堅定？

鬼先生看見自己的手化為點點白光消散，祂無法阻止，只能垂首掉淚。彭毅洟看著這樣的鬼先生，意外地冷靜下來，不如說是含著淚強迫自己冷靜，他想起上次的結局，立刻下定決心，這次就由他來帶領無助的鬼先生。

「抬起頭來，鬼先生。」

鬼先生抬眼，只見彭毅洟的神情堅毅，絲毫不像放棄希望的樣子，他只是坦然接受。

「我想，我們這次仍然輸了。」

彭毅洟的聲音鏗鏘有力，迴盪在這個準備重組的空間裡。

「陳煉川，是你失策了。禁術是不可逆的，代價不會重來，所以交出陽氣的你再也不會是天選之人，不是天選之人的你，還會和我相遇嗎？從你許願的那一刻起你就不是主角了，一直一直堅持下去的鬼先生才是。」

「鬼先生是我的主角、是這個世界的主角。我的鬼先生才不會因為你這無聊的願望消失，我會把祂找回來的，就像鬼先生每次都來找我，我說到做到。」

陳煉川無法理解，如此耀眼的彭毅洟為什麼不是為了他。

「我不明白……我們不也……曾經堅定過嗎……」

「少說那種讓人誤會的話，你就沒有看過那種故事嗎？」

「什麼？」

「努力不懈的溫柔男二上位。」彭毅澳摟著即將消失的鬼先生一邊哽咽地解釋：「或許以前真的對你有過好感，但你有像鬼先生那樣不斷地重來，只為了讓我不再為家人哭泣嗎？鬼先生不只是陪伴我，他做了好多好多嘗試，究竟重來了幾次我也不清楚，只有鬼先生知道。我並沒有被鬼先生搶走，是彭毅澳……是我選擇了鬼先生！我才不懂你在堅持什麼，只因為你是男主角我就要選擇你嗎？你說說看，你哪一點贏鬼先生了？」

陳煉川是因為後來鬼先生都下手為強才輸的嗎？

不。

這只是鬼先生一直以來的努力所產生的結果。

陳煉川頓時找不到理由反駁，他只是循著腦海刺耳的聲音行動，認為彭毅澳就是他的，彭毅澳也應該選擇他，可是在這段感情中，他有為彭毅澳做過什麼嗎？

他只能靜靜地陪伴著彭毅澳哭泣，甚至他也是造就彭毅澳哭泣的元凶。假如他沒有背叛彭毅澳，他們還需要離開家鄉搬到其他地方嗎？假如他像鬼先生一樣行動，嘗試做出改變，他是不是就能一直陪伴彭毅澳，也能阻止鬼先生插手他們之間的關係。

是他毫無作為啊。

現在還做了這種事情……下一次，沒有陽氣的他、看不見鬼的他，還有機會和彭毅澳搭話嗎？陳煉川這時才意識到是自己的錯誤，大錯特錯……然而已經來不及了。

他只不過是成為讓鬼先生和彭毅澳更加堅定的阻礙。

陳煉川淚流滿面地看著他們，這一次無關準則，終於能隨著自己的意願道歉。

「對不起……洟洟……我不知道……我好累、你幫我戰勝吧、準則……我贏不了……」

「不用你說我也知道。」

彭毅洟忍著淚水靠在鬼先生的身上，他快要摸不到祂了。

「鬼先生，這次由我去找你，等著我。」

鬼先生其實已經聽不到他們在說什麼，祂只是隨著直覺點頭應答。

「好。」

話語落下的剎那，彭毅洟撲倒在地，鬼先生完全地消散，彭毅洟這才流下淚水，他握緊拳頭，深吸口氣，有意識地準備迎向下一次。

世界隨著陳煉川的願望又重新轉動。

一切開始消散、重組。

彭毅洟睜開眼睛。

這次換他踏上尋找鬼先生的旅途了。

Chapter 02、彭毅洟與鬼先生的故事〈完〉

Chapter 03

彭毅澳和鬼先生的幸福快樂結局

滋滋。

彭毅澂小時候就喜歡看書。

小學放學等待阿嬤來接他時，他都會先去學校的圖書館借書然後帶回家在空閒的時間裡慢慢看，有時候也會待在圖書館的角落默默地閱讀，他喜歡靠在窗邊的位置，透過自然光享受書裡的世界，課後的圖書館很安靜，外面也沒有其他嘻鬧的響聲，這讓他更能專注在文字中，也因為很安靜，所以在這個空間一丁點聲音都會被放大數倍。

皮鞋的踩踏聲越來越接近他。

彭毅澂從書中抽離，轉頭望向聲音來源，他瞇起眼睛，只看到一抹高大的黑色身影，伴隨著好聽低沉的嗓音。

滋滋。

「你好。」

「你好？」年幼的彭毅澂習慣性地盯著陌生人的腳看，確認那裡有東西後還是開口問：「大哥哥你是人嗎？」

「為什麼這麼問？」

「大哥哥有腳，但是感覺怪怪的，而且我……看不到你的臉。」

「喔？」

「你的臉亮亮的。」

對方沉默了一下，接著靠近詢問：「我可以坐在你旁邊嗎？」

彭毅澳往裡面的位置挪動，「請坐。」

長腿跨進來，男人貼著彭毅澳坐下，再次柔聲搭話：「你喜歡閱讀嗎？」

「嗯！」

「那喜歡寫作嗎？」

「寫作？」

「嗯，寫寫故事之類的，就像你看的這本書，也是由某個人寫出來的。」

「喔喔！原來是這個！」彭毅澳了解後一臉驕傲地靠過去小聲道：「哼哼，偷偷跟大哥哥說，我的確有在寫小說喔，每天回家都會寫！」

「聽起來很棒，可以請問這位小作家是寫什麼故事嗎？」

「這個嘛……」彭毅澳想了想，天真無邪地答：「我也不知道欸。」

滋滋。

彭毅澳也不知道。

他每一次都會在小學的時候寫一篇他自己也不曉得從何而來的故事。

某一天故事的片段在他的小腦袋瓜乍現，每天回到家的第一件事就是翻開他的筆記本，一字一句地慢慢寫出來，這個故事的主角有時候是大學生與作家，有時候又會變成鬼與作家，甚至偶爾會迸出完全不相干的劇情，內容提及的字眼有世界、誕生、搭檔、管理員、寫手、錯誤……每當提及到這些內容時，最後一句總是「無怨無悔」，然後下一頁又是關於一位小作家的劇情。

其實後來的彭毅洪也不記得自己寫了什麼內容，畢竟筆記本不是鎖在書櫃裡就是拿去丟了。或許是他身為寫手的本能，將他親眼看過的故事內容撰寫下來，又或者是每次與鬼先生的承諾驅使他無意識地記錄一次一次的重啟，不過真正的原因彭毅洪也不曉得，只是這一次他提前回過神來了。

滋滋——

彭毅洪在寫滿筆記本的最後一頁時突然驚醒。

「鬼先生！……鬼先生？」

耳邊響起拉長的詭異滋聲，接著歸於平靜。彭毅洪混亂地解讀在腦中浮現的過往，原來他以前就有遇過鬼先生，可能是無數的輪迴中裡的某一段回憶，鬼先生確實和小時候的他說過話。彭毅洪看著手中的筆記本，立刻翻向第一頁閱讀，瞬間明白了，所有的記憶排山倒海地一口氣襲來，沒錯，這是他的承諾，他說到做到，因為他一定要把他的鬼先生找回來。

然而想起來只是第一關卡。

他根本沒有任何關於鬼先生的線索。

以往都是鬼先生找上他，那他要怎麼找到鬼先生？

這時候只能靠他天生的能力了，彭毅洪試著詢問周遭的鬼，向各式各樣的鬼探查情報，同時還要瞞著彭莉曄，省得阿嬤擔心煩惱，可惜彭毅洪好幾年來唯一的收穫就只有他的筆記本。

一個小孩能做得有限。

現實生活中又不可能真的像小說或漫畫裡面一樣，說離家出走去尋找愛人就能去，更何況他在升大學以前都跟媽媽住在一起，要找出獨自行動的機會很難，值得慶幸的就是彭子莙看不到，比較不會引起媽媽的疑心，因此只要與彭莉曄分開，彭毅洪就比較方便與鬼搭話了。

這次雖然沒有陳煉川，彭毅洪還是因為彭子莙的調職一起搬到市區。彭毅洪完全沒有給陳煉川機會，再也沒有前去那個與陳煉川認識的公園，他避開了那條線，卻沒辦法避開彭子莙的死亡路線。

彭子莙依然是出車禍去世，彭毅洪並沒有去阻止母親的死亡，他想要是能夠阻止鬼先生早就做了……不，他是有抱著僥倖的心態嘗試，試著讓那天車禍身亡的媽媽留在家裡，可是悲劇還是在隔天發生了，彭毅洪沒辦法避開，彭子君的死亡是註定的，認知到這點的彭毅洪認命地再次經歷媽媽的葬禮，更令人難過的是他仍然找不到有關鬼先生的消息，只能靠筆記本的內容去證實鬼先生曾經存在過。

鬼先生以前也說過祂找回了他小學寫的小說，那麼祂是不是也是靠這個去相信他們曾經相愛過呢？

彭毅溎沒有想到再來一次會是如此枯燥痛苦，可鬼先生還是一次一次地這麼做了，那他怎麼可能現在就放棄。

他一定要找到他的鬼先生。

彭毅溎也找過關於許願的地點，雖然禁術是不可逆的，但只要有一絲的可能他都要去試，可是那個地點太神祕了，沒有一隻鬼知道他在說什麼。

他也試過尋找龍椁岩。

龍椁岩卻像人間蒸發，跟鬼先生一樣沒有任何消息……直到彭子君去世，彭毅溎才終於打聽到龍椁岩在他所知的那家醫院出現了。冥冥之中事情都朝著準則發展，彭子莙和龍椁岩的結局無論如何都沒辦法改變，彭毅溎想鬼先生一定都在體驗這種無力感，但祂還是那麼努力——努力接近他，努力尋找不讓他哭泣的辦法。

事到如今。

不要緊的，彭毅溎安慰自己。凡事都還有轉機，他也會想盡辦法。

彭毅溎可以做出與準則不一樣的決定、他可以戰勝準則選擇自己的結局。

這就是轉機。

知道龍椁岩在醫院的彭毅溎馬上衝去，卻被拒絕會客，說是他的兒子也沒有用，隔幾天來甚至看到多了保鑣守在龍椁岩的門口，擺明了就是不讓他進來，彭毅溎不禁怒了。

渣男！射後不理！混蛋！

最終彭毅洟只能請保鑣帶話，跟龍樳岩提一句「他想許願」就好，他相信龍樳岩會懂他的意思。果不其然，隔天龍樳岩在他到後就直接打開門，彭毅洟第一次見到活生生的龍樳岩有點愣住，對方則拽住他的衣領，低聲警告。

「想都別想，你這輩子別想許願，不准你再提那個。總之，給我回家，也不要再來找我了。」

彭毅洟眨了眨眼，無辜地說道：「你能不能先冷靜下來聽我說？」

「沒時間。」龍樳岩甩開彭毅洟，轉身揮手道別，「我準備要死了，再見。」

「明明還有很多年，你現在只是會慢慢衰弱而已。」

此話一出，龍樳岩再次停下，他煩悶地撩開瀏海，「搞什麼，為什麼你會知道？難道那隻貓——」

「跟神明大人無關，阿嬤也還不知道。」彭毅洟整理著衣領，順手將門關起來，直視著龍樳岩說道：「龍樳岩先生，我媽死了，靈魂因為你還留在人世沒有投胎。」

「……知道。」龍樳岩瞥開視線，坐回自己的病床，背對著彭毅洟躺下：「我沒什麼好說的，如你所見，我拋棄了你們。」

「但你也是為了我們才會在這裡。」

「不，我沒有選擇你們，就像你說的我其實還有好幾年的時間，我只是害怕再次分離。」

「是啊，你這個不負責任的男人。」彭毅淟毫不留情地說。

「……我是。」

「還有，我討厭你。」

「嗯。」

「我好想要有一個爸爸。」

「……嗯。」

「如果你能陪我一起長大，一定會很有趣吧。」

「嗯。」

「媽媽可能也不用那麼辛苦。」

「嗯。」

「爸爸，好想要在現實中喊那麼一次，然後有人會回應我。」

龍樗岩猛地坐起來，發出大大的嘖聲，回頭瞪著彭毅淟，可凶悍的模樣並無法掩蓋他哽咽的說話聲：「哇，看來你是情緒勒索達人啊。」

「你也會感到遺憾嗎？」

「可能？」龍樗岩慢慢地轉向彭毅淟，那張臉上帶著猶疑，「我……曾經也想過要和子莙組一個幸福完美的家庭……」

「不是曾經。」彭毅淟替他說出實話：「你現在還是喜歡我媽媽。」

「……你到底想說什麼？」

「太遲了。」彭毅澌待在原地，平靜地說：「想罵你說太遲了。」

知道真相是需要時間去理解、釋懷的。

當初他們卻沒有給予彭毅澌那樣的時間。雖然此刻說什麼都來不及了，可彭毅澌還是覺得說出來會比較爽快，以前都沒有和龍椁岩談話的好時機，現在有了，又好像沒什麼特別的話想說，彭毅澌甚至已經說完了。

「是，我真的是一個爛人。」龍椁岩乾脆地承認，他撓著後腦杓嘆息，轉瞬間又變得認真，「但你還是聽一聽爛人的忠告，不要亂許願，願望是需要代價的。」

「你會後悔嗎，救了我和媽媽？」

「剛開始有一點。」龍椁岩如實說，他環著胸，凝望著彭毅澌，突然展開笑顏道：「現在不後悔了，子碁把你教得很好。面對我這種人，你應該要二話不說直接揍上來才對。」

彭毅澌一頓，審視著龍椁岩的體態，「不好吧，再怎麼說你都是病人。」

「所以說你是個誠實的傻小子啊，這樣的傻小子，為什麼要許願？該不會是想讓子碁復活？」

「不是，媽媽的死亡無法改變。」

「看來你明白逝者已矣，生者如斯這個道理……但那麼篤定又平靜地說出這件事的你又是怎樣？」

彭毅洪沒想到龍椁岩會這麼問，他該怎麼說比較好呢？千言萬語都比不上一個眼神，彭毅洪聳肩，目光由地板轉到龍椁岩身上，扯著唇說：「有個人為了不讓我傷心試著改變，可都失敗了，不過祂的努力讓我知道我並不是沒有人要的孩子……現在祂卻因為某種原因消失，我想找回祂。」

「喔。」龍椁岩這下懂了，「是為了愛人？」

「嗯。」

「行，耳朵靠過來，我跟你說。」

「咦？」

「懷疑喔，既然都知道你的原因了，告訴你也行。我許願也是為了子葿，難道我會自己許了卻不讓你許嗎？我不是那種人。」龍椁岩哼聲，他多看彭毅洪幾眼，突然走下床來到彭毅洪的面前，彆扭地信心喊話，「聽好了，不管你現在面對的是什麼你都一定能得到你要的結果，因為你是天選之人的孩子。我只能告訴你地點，要怎麼去、要怎麼找，你要自己想辦法，這趟路沒那麼簡單。」

彭毅洪有種想要抱住龍椁岩的衝動。

眼前出現的是好像有點可靠的大人，讓一直獨自一人的彭毅洪忍不住卸下心房，但最後有忍住衝動，還跟著彆扭地說：「謝謝，你願意告訴我真的幫了我大忙，可這不代表我們和好了喔。」

「知道啦，我臉皮沒厚到還以爸爸的身分唸你什麼，但……還是路上小心。」

「喔、嗯，好。」

「……」

「……」

一陣莫名的沉默。

「我看你還是打我一巴掌罵我渣男好了。」

「渣男，廢物男，醜男。」彭毅漁如他所願。

「等等，最後一個我不能接受。」龍椁岩邊說邊比劃著自己的臉，「我是靠這張臉勾引你媽的。」

彭毅漁瞬間收回想和龍椁岩抱抱的念頭。

「好，醜男我收回來。」

「我們達成了共識，很好。」龍椁岩轉身從床邊的櫃子拿出紙筆，「地點我畫個簡易的地圖給你。對了，你要去之前記得跟你的朋友說一聲。」

「我朋友？」

「不然要跟你的阿嬤說嗎？那裡對我和你這種人很危險，留個底比較好。」

彭毅漁接過龍椁岩遞來的地圖，看了幾眼後收起來，點頭應：「也是。」

「……」

「……」

然後又是一陣奇妙的靜默。

彭毅澳不經意地與龍楟岩對上視線，後者撇開，彭毅澳抿起嘴往後退一步，說：「那我不打擾你了，龍楟岩先生。」

「……嗯，別再來了。」

「沒辦法欸，以後可能會跟媽媽和阿嬤一起來看你，到那個時候，你應該沒辦法像這樣說話了。」彭毅澳按著門把，在轉開之前忽然氣勢洶洶地回過頭，大步地走到龍楟岩的前面，伸手給他一個擁抱，「希望不會拖到那麼晚，所以等事情處理完，我會帶著我的愛人和媽媽阿嬤一起來看你。」

龍楟岩沒有推開彭毅澳，可也沒有回應他，「不要那麼做。」

「為什麼？」

「我不想表現得太遜。」龍楟岩感受著孩子的溫暖不由得眼眶泛淚，大概是因為彭子莙不在，他沒有逞強也沒有耍帥，反而對自己的兒子說：「幹嘛抱抱啦……老實說我一個人快寂寞死了……現在一天清醒的時間越來越少，我好害怕……」

彭毅澳以為真正遇到龍楟岩時自己會很生氣，像龍楟岩自己說的一樣一看到他應該就要揮出拳頭發洩憤怒，可是那種情緒早就淡了，就連看到還活著的彭子莙，彭毅澳也不想要再跟她計較，珍惜著每一天還能與媽媽相處的時間。

重來一次的人生是真的枯燥痛苦嗎？

也不盡然。

就只差鬼先生了。

彭毅淇真的好想念祂的笑容、聲音、面貌與氣息，鬼先生的一切祂都好想念，每天醒來都好怕那只是自己的夢，非得要翻出自己的筆記本去確認，有關於鬼先生的記憶也隨著時間變得越來越遠，那是一種未知的恐懼，不曉得明天會不會就這麼遺忘鬼先生，順應陳煉川的願望。

才不會發生那種事情。

彭毅淇倔強地想。

「嗯，我能明白。」

「未知的恐懼……但是，我相信我們能夠戰勝的。」

「……爸。」

他拍了拍龍椁岩的背安慰，輕聲呼喚。

而龍椁岩也終於坦然地回擁他的兒子。

之後和龍椁岩好好道別並約定了下一次見面才離開的彭毅淇覺得自己超棒，他很想和鬼先生分享，說他順利地和龍椁岩進行一場父子對話了，有沒有很棒？其實他還有好多好多事情想要跟鬼先生分享，比如說知道媽媽還留在人世後，只要仔細留意就能注意到隱藏氣息的她時常出現在自己的周圍，彭子萩曾說過她也放不下他們是真的；再比如說，彭毅洟避開了所有可能產生他的謠言的事件，正度過著一般人的大學生活，不過避開的結果是陳冠野等人的失蹤。

活該。

彭毅洟多少帶著嘲笑的心態看待他們，可是嘲笑了幾天後便動身去尋找他們。人確實留在大樓裡，不是傻了就是病了，彭毅洟只負責將他們帶回去，後續就交給其他人處理，過程花了不少時間，事後整件事被系上到處流傳，好像不小心成為了鬼故事裡的英雄主角，彭毅洟不以為然，那對他來說一點也不重要，他也不是為了其他人的好評去把陳冠野找回來。

他只是想對得起自己的良心。

再說為了找鬼先生，彭毅洟早就去過那棟大樓了，雖然在裡面不小心迷路幾天，但還是有順利走出來，這裡的鬼確實特別陰邪，卻不知道為什麼只用小伎倆困住他，彷彿忌諱著其他存在，不敢真的傷害到他。

是鬼先生嗎？

彭毅洟抱持著期望走遍大樓，可惜仍然找不到鬼先生的身影，回去後高燒好幾天只能躺在床上，都是多虧他朋友的照顧才撿回小命。

說也奇怪，柯無瑋和田常芳這兩個人。

怎麼知道他高燒在家裡快死了？

彭毅澳後來察看手機才知道他們聯絡了他好幾次，他有幾天沒去學校呢？彭毅澳也不曉得。這次他一樣與他們成為朋友，以前鬼先生說過他們欺騙了他，彭毅澳沒什麼特別的感覺，再一次交好還是認為柯無瑋和田常芳都是好人，他也無意去戳破那張紙，只是覺得自己很幸運，還有能交代後事……嗯，交代後事的好朋友。

彭毅澳認為龍椁岩講得很有道理，去那麼危險的地方，總要讓人知道，免得真的出了什麼事，於是就把柯無瑋和田常芳約在常見的咖啡廳向他們簡單地說明。

……

「所以我會請假兩週，也可能更長。」

「不不不，什麼所以？你到底要去哪？」田常芳瞪大眼睛看向自己的友人質問，像是不敢相信如此荒唐的話是從友人的嘴裡說出來的，「你突然跑去找你系上的人沒跟我們說就算了，現在也好不容易平安無事地度過了期中，卻突然說要交代後事？」

「太扯了，我們不想聽。」柯無瑋接著說，一臉嚴肅，「誰想聽朋友交代後事？」

「我還沒有說完……」

「光是聽前面就要腦充血了！才不會讓你繼續說！」

「我是要去旅行啦、旅行！」彭毅澳拿出自己想好的說詞，但底氣不足，聲音也小小的：「去山上……修練之類的。」

「不要講屁話。」田常芳扶著自己的後頸，盡量控制住自己的脾氣，「去山上更不好，洪洪你又不是不知道會被纏上。」

「不要緊的，所有可能我都有想過了，謝謝你們為我擔心。」

柯無瑋和田常芳互看一眼，兩人都止不住擔憂，後者直問最根本的問題：「洪洪，你真的還好嗎？」

「我沒事，就是我可能會消失一陣子，手機沒辦法聯絡到我。」

「你到底要去哪？是去普通的山吧？」

「就一座深山。」

「所以說是哪座山？」

「嗯……一般人不會注意到的山。」

「你是要做什麼很危險的事情嗎？」

「真的沒事啦。」彭毅洪再次強調，然後笑著說：「總之，謝謝你們和我做朋友。」

一聽，柯無瑋和田常芳都急了。

「等等、你該不會要尋死吧？」

「不可以，人生還那麼長，有什麼事可以好好說。」

彭毅洪迅速擺手解釋：「怎麼可能！我像是那種人嗎！」

「像。」田常芳認真地應，「自從認識洪洪一來，一直覺得你在找某個東西。」

柯無瑋接著道：「好像不論有沒有找到，一眨眼就會消失。」

「你感覺很寂寞。」

「看起來誰都不在乎的樣子。」

「總讓人捏一把冷汗，好像誰都留不住你。」

「你似乎在等著誰。」

「你不怕鬼也是因為這個嗎？」

「你到處跟鬼說話，也是因為這個嗎？」

柯無瑋和田常芳一連串的問題轟炸著彭毅渪，彭毅渪沒想到他們把他看得那麼透徹，心想自己有把他們介紹給鬼先生真是對了，他微微一笑，開朗地向他們坦承：「我要去鬼山。」

「……什麼？」

彭毅渪跳過兩人傻愣的表情，繼續說：「不能和我阿嬤講喔。我要去找閻王大人，向祂許願，不過我還要再查鬼山的確切位置，只要找到了就會立刻出發。」

聞言，對面的人立刻沉默，他們看著彭毅渪，不知道是不是認為彭毅渪終於瘋了在說什麼鬼話，兩人好一會都沒有再次開口。彭毅渪能夠理解，一般人肯定不曉得他在說什麼，甚至可能會覺得他在說夢話，或者精神異常？這些彭毅渪都不在乎，他只是想和他的朋友說實話。

眼見彭毅澌還很悠哉地拿起咖啡喝，注意到他們的視線後還露出傻笑，田常芳真的很想把他敲醒，或者乾脆叫柯無瑋把他綁起來算了，省得彭毅澌又亂說話。

「……如果你在鬼山迷路了，將再也回不到人間。」

田常芳攤在椅背上警告，彭毅澌微愣，望向柯無瑋，柯無瑋也說：「尤其是澌澌，澌澌這種人去，可能怎麼死的都不知道。」

「你們怎麼會知道？」彭毅澌的臉上帶著純然的困惑，他想過各種答案，就是沒想到他們會這麼說，「鬼山不在現實的地圖上，一般人不會知道。」

「那澌澌是怎麼知道的？」

「……我爸告訴我的。」

「龍楟岩能夠安全返回是因為他是天選之人！」田常芳忍無可忍地說出實情，她甩開柯無瑋的阻止，又說：「澌澌你……雖然是天選之人的孩子，但終究不是天選之人。」

彭毅澌這下明白鬼先生說的欺瞞是什麼意思了。

原來他們什麼都知道。

彭毅澌愣愣地垂首，咖啡上的拉花已經糊成一片，周圍是咖啡廳內優雅的音樂以及其他人的說話聲，沒有人會注意他們這裡，他卻有種被監視的詭異感。

是鬼的視線。

祂們聽到了關鍵字，紛紛飄過來，活像愛聽八卦的大嬸們，時不時發出笑聲與淒厲的呼喊，彭毅洪轉過頭看向那群鬼怪，問：「你們看得到嗎？」

「……滾。」

田常芳隨手一揮，飄盪在咖啡廳內的鬼立即逃走，不過還殘留一些講不聽的，這時柯無瑋抬眼，他的手好像扯了什麼，彭毅洪聽到噹啷聲，鬼魂倏地被鐵鍊鎖住。彭毅洪感到震驚，突然覺得眼前的友人好像有點陌生。

「鬼山那裡藏有前往地府的祕密入口這點，你們也知道嗎？」

田常芳沒有正面回應，只是再次提醒：「很危險。」

柯無瑋也說：「你要想好，洪洪。」

「嗯，謝謝你們。」彭毅洪感謝他們的擔心，然後堅定地說道：「但我還是要去，我不過問你們，希望你們也不會——」

「我們。」

「帶你去。」

彭毅洪一頓，話還沒講完就差點被口水噎住，他茫然地看著陌生的友人，柯無瑋和田常芳則是一不做二不休，乾脆又一次一連串的轟炸。

「我們欺騙了你，洪洪。」

「我們並不是看不清楚，而是看得比洪洪更清楚。」

「我們是於夜間負責接引鬼魂的存在，是閻王大人的使者。」

「——黑白無常。」

「可以帶你前往你想要去的地方。」

「龍椁岩就是閻王大人派我們送回來的。」

彭毅漮這下又明白了一件事。

當初柯無瑋和田常芳看到鬼先生好像很害怕的原因。

不就是看到了上司的兒子嘛！

彭毅漮沒有想到答案就在這麼近的地方，他都做好要長期作戰的準備了，龍椁岩給的資訊很少，估計要花很多的時間去確認那張地圖的確切位置，地圖上的重點是兩座交疊的山，後面的山標示著鬼山，山下畫有一座廟，廟宇的屋簷特別尖，彭毅漮覺得這可能暗示著地點，本來要去尋找國內所有廟宇的建築特色，柯無瑋和田常芳卻說：「這是你家後山，漮漮。」

「……什麼？」

彭毅漮並不記得過去神明大人播放龍椁岩記憶的那段有看到自家的後山，因為是跳著播放重點，只看到龍椁岩與白貓來到一座高聳的黑色大門前，接下來就是隔著簾幕與閻王大人許願的畫面，彭毅漮不管回想幾次都找不到關於祕密入口的線索，更不可能聯想到龍椁岩畫的廟宇就是他家。

「這裡尖尖的部分，可能是想要暗示你跟貓有關。」

「……」

仔細看的話真的有點像貓耳朵，若沒有經過指點，誰有辦法想得到？問題是彭毅洪從小到大走過無數次那座後山，卻從來沒有發現那所謂的祕密入口，是因為他不是天選之人嗎？事實證明龍楟岩和陳煉川都能輕鬆找到，而他花費的好幾十年此刻就像個笑話。

不知道他該說幸運還是不幸運。

彭毅洪往好的方面想，至少他有朋友的幫助，可以省下很多時間。

柯無瑋和田常芳還特地解釋，跟彭毅洪交朋友是真心的。祂們於夜間負責引渡鬼魂入地府，白日則學習人界各式各樣的新東西，世代不同了，接引鬼魂的方式也要順應新的時代，比如現今面對哭鬧的小孩，拿出手機播放影片給他就對了，如此一來，引渡的工作也會變得更輕鬆，再說祂們也有業績壓力，每個地區的使者每個月都有必須引渡的上限，沒達成就會被換下去，畢竟上面的世界總比下面的世界有趣，一堆地府員工搶著來、找理由來，有的還帶著新世代的物品下去進行調整，做成地府專屬，因此無聊的地府才會有鬼先生說的情趣用品。

那麼祂們擅自帶彭毅洪下去可以嗎？

「當然是不行，活人去地府是絕對的禁忌。」

「所以才要從那條祕密入口進去，從那邊進出不會被追究，更何況不是每位使者都知道這項隱藏規則。」

彭毅洟聽完後不由得讚嘆：「那你們很厲害欸，白天要上課，晚上要工作，那你們是什麼時候寫報告？」

柯無瑋：「……」

田常芳：「……哈哈。」

祂們眼下淡淡的黑眼圈道盡一切。雖然他們是不需要睡眠的存在，但肉身還是有限制，太操勞的話還是會反應在身體上。彭毅洟點頭，表示理解，看來不論是使者還是人都會為熬夜寫也寫不完的報告煩心。

總之知道不會給祂們添麻煩後，彭毅洟想立刻動身，可以的話他先回家拿些東西再和祂們會合，祂們爽快地答應了，彭毅洟則頓了頓，忍不住問說：「你們不問我要許什麼願嗎？」

「難道會是世界趕快毀滅這種中二願望嗎？」

「不是！」

柯無瑋和田常芳交換眼神，後者又說：「不知道也沒關係，假如你有承擔代價的決心，不管我們知不知道、有沒有要阻止，都無法改變你不是嗎？」

「……嗯。」彭毅洟不好意思地承認，然後睜著大眼睛張開雙臂說：「那我可以抱抱感謝嗎？」

柯無瑋：「……」

田常芳：「……」

兩個人都給了彭毅洪一個大抱抱，同時決定和彭毅洪一起回家，彭毅洪想拿的只是彭莉曄給他的符咒，不知道路上會遇到什麼，拿越多在身上越好，起碼有保護效用，柯無瑋和田常芳也說他阿嬤的符咒做得很好，彭莉曄確實是有實力的人，聽到家人被誇獎，彭毅洪與有榮焉，想說以後再介紹阿嬤給祂們認識……彭毅洪想的是以後，而不是現在。

他們都聽到了敲門聲。

彭毅洪完全沒有想到，開門後看到的人會是彭莉曄。

「阿嬤？你怎麼會來？」

彭莉曄往房內望一眼，理所當然地反問：「來看看我的孫子，不行？」

「沒有不行……只是怎麼沒有提前說？」

彭毅洪對彭莉曄的態度自然軟下來，他側身讓出走道，彭莉曄主動向待在裡面柯無瑋和田常芳點頭打招呼，彭莉曄問：「你的朋友？」

「嗯。」

「我有話想跟洪洪說，你們可以迴避一下嗎？」

「好的阿嬤！」

兩人立刻站起來往外走，經過彭毅洪時拍了拍他的肩膀，彭毅洪跟不上此刻的發展，愣愣地望向往裡面走的彭莉曄問：「阿嬤，妳要跟我說什麼？」

彭莉曄又一次忽略彭毅澌的問題，她環顧彭毅澌的房間，發覺地上的包包，問：「在整理行李？要出門？」

「嗯嗯！」彭毅澌默默過去把背包的拉鍊拉上，抬頭笑著解釋：「要跟剛才的朋友一起出去玩。」

「去哪？」

「就去網美熱門景點……晃一晃拍個照吃美食這樣。」

彭莉曄居高臨下地注視著蹲在地上的彭毅澌，彭毅澌莫名心虛，努力乾笑，他實在是想不到阿嬤為什麼恰巧選在這個時機出現，也太突然了，難道是阿嬤察覺到他要做什麼嗎？

「澌澌，你應該沒有什麼事情瞞著我吧？」

彭莉曄的問題讓彭毅澌心很慌，他盡量維持住表情，一臉困惑地回應：「沒有啊？阿嬤怎麼這樣問我？這跟妳突然來訪有關係嗎？」

「才不突然，你為什麼不聽我的勸跑去那棟大樓了？」

原來是因為這個。

彭毅澌鬆了口氣，看來阿嬤只是擔心他所以跑了這一趟，他好好地向彭莉曄解釋來龍去脈，說是去把同學帶回來，說到最後，彭毅澌想起一件事，看著有腳的阿嬤笑道：「不過阿嬤，妳這次親自來耶。」

「什麼？」

彭毅洪搖頭，說著只有自己會懂的喃喃自語：「還好這次沒幹嘛，不然我真的又要去波蘭了。」

「你要去波蘭？」

「沒有啦，只是一種比喻。如妳所見我沒事，抱歉讓阿嬤擔心了。」

「就算是為了找回你的同學你也不該單獨去，自從你上大學後阿嬤的心裡一直很不安，還好我有請神明大人保護你——」

彭毅洪忽然感覺到腳邊有什麼毛茸茸的東西蹭過他，他看著那晃著三條尾巴的白貓回到彭莉曄的身邊，祂打了個呵欠，對彭毅洪喵了一聲。彭毅洪完全沒有察覺到神明大人的氣息，得知真相後難免有些失落。

「原來是神明大人……只是神明大人啊。」

「洪洪？」

彭毅洪聳肩，硬是扯出笑容問：「謝謝神明大人保佑。神明大人是什麼時候在我身邊的？我怎麼都不知道？」

「我有請神明大人隱藏氣息。」

「也是啦……我怎麼有辦法贏過神……」

彭毅洪越說越小聲，這句話包含著一絲絲的真心與對現狀的無力感。

他心中一直抱持微小的希望，說不定暗中保護他的就是鬼先生，鬼先生只不過是因為某種理由不能出現在他的面前。如今那微小的希望被無情地抹滅了，他不敢去想像鬼先生真的消失的世界，鬼先生曾經存在過的，他必須趕緊去許願把祂找回來證明。

一個希望熄滅了，還有另一個。

彭毅澳捏捏臉頰，提醒自己要保持好表情，不能再讓阿嬤煩憂。

「話說回來，阿嬤想說的就是這個嗎？」

「……」

「阿嬤？」

彭莉曄一屁股地坐在彭毅澳的床邊，她緊皺眉頭又嘆著氣，看到白貓也跳上來就抱過來腿上，白貓沒有掙扎，又打了個呵欠，然後瞇著眼睛開口：『妳不說的話，要由我來說嗎？』

「……我不會再麻煩您了，神明大人。」彭莉曄吸足氣，抬眼凝望彭毅澳，娓娓道來自己此次前來的用意：「澳澳，你到底在想什麼？不要以為阿嬤不知道你在跟鬼打聽什麼，你能問鬼的事情，阿嬤也能問，你忘了當初是誰教你這些的嗎？阿嬤也知道你看到你媽了，可是你什麼都不問也什麼都不說讓我很擔心……澳澳，我要說的是不管你要去哪裡，我都是來阻止的。」

的確。

彭毅澳本來就沒有十足的把握能夠瞞過彭莉曄，所以一找到線索才這麼著急，更何況他根本不知道神明大人在他的身邊，想必他要去哪彭莉曄可能都知道，加上彭莉曄都說得那麼白了，彭毅澳也只能承認部分。

「媽媽也來了，對嗎？」

此話一出，熟悉的身影穿過大門飄移到彭毅澳的眼前，她看起來非常侷促不安，以這種姿態出現在兒子的租屋處想必也是種煎熬。彭毅澳倒是坦然地面對她，說：「我去找龍椁岩了。」

「什麼？」

「我知道的比妳們想像的多。」彭毅澳不知道自己能講到哪個部分，每一句話都是試探：「……但我不知道該怎麼說明，能不能就信我一次？我必須去做、我承諾過的……一定要把祂找回來。」

「誰？」彭莉曄問，「澳澳你在說誰？」

彭毅澳無法正面回應，他退了一步，突然跪下，低首述說：「沒有祂，我就不會在這裡。這輩子我沒有和阿嬤和媽媽要求過什麼，就這麼一次，請讓我去。」

彭莉曄一看到彭毅澳跪下就猛地站起來，她覺得根本是無理取鬧，什麼事不能說？一家人之間要到這種地步？

「你是在拿你的命跟我開玩笑嗎？」彭莉曄是真的生氣，她怒道：「如果我一無所知地讓你去冒險，等著我的也是無法投胎的你嗎，澳澳？」

「不是、阿嬤——」

「你執意要去，那就踏過我的屍體再去，不然就好好說清楚。」

「怎麼可以這麼說！阿嬤！」

「你還知道要叫我阿嬤！為什麼不先問問我？阿嬤和神明大人就是負責在那裡鎮守鬼山！」

聞言，彭毅澳愕然地望向他的阿嬤。彭莉曄也不想說到這種地步的，可是再不說，感覺就要失去他的孫子了。

「阿嬤以前也做過蠢事，有勇無謀地亂闖，所以正在連同神明大人救了你和你媽的份一起償還。」

「那神明大人……」彭毅澳的腦袋極度混亂，「等等、神明大人不是貓冥王嗎？負責引渡畜牲的靈魂……」

「你怎麼會知道？」

「我說我知道的很多啊，但是阿嬤妳說的這個完全不知道……」

「閻王親自向神明大人下達了新的命令，這事只有我、神明大人和閻王知道，阿嬤的職責就是禁止任何人闖入鬼山。」

彭毅澳越聽越愣，「阿嬤妳認識閻王？」

「不熟。」

「所以是認識……！」

「認識閻王的是你阿公。你阿公世世代代都看守著鬼山，是他死後才換成我，但我能力不夠，才派神明大人和我一起。」彭莉曄說到這裡停下來，轉而問：「這都不是重點，重點是淟淟你要去鬼山做什麼？」

彭毅淟還在消化阿嬤所說的一切，愣愣地反問：「阿嬤知道嗎？」

「知道什麼？」

「鬼山存在的作用。」

「那裡是地府的垃圾場。很久以前你媽和那男人因為工作差事來過家裡，那時候他們還沒有在一起——」

「媽，這點就不用說了。」彭子萻插嘴說。

彭莉曄嘆息：「總之，我和你媽也好好談過了。」

「咦？」

「咦什麼？」

「阿嬤和媽媽？為什麼？彆扭的阿嬤和媽媽怎麼可能……！」

彭莉曄和彭子萻被孩子這麼說都覺得有點丟臉但又無法反駁，前者厚著臉皮應：「還為什麼，不都為了你。」

「什麼意思？所以阿嬤已經知道是龍梈岩救了我和媽媽嗎？」

「嗯。」彭莉曄平淡地繼續說：「我突然想到以前有人闖進鬼山兩次，第一次是那男人跟你媽來家裡的那時候，第二次我想也是龍梈岩，我猜想這應該與救你們有關……那麼，按照這樣推測，渼渼也是為了救誰要去鬼山嗎？」

看來彭莉曄不清楚『許願』那回事，可能是神明大人也沒說，但光靠猜測就能猜得那麼準確，彭毅渼不禁想說真不愧是他的阿嬤，也終於知道為什麼之前彭莉曄知道真相時能那麼快接受的原因了，她有想到這層關係，早有了心理準備。

「是。」都說到這裡了，彭毅渼乾脆承認。

「我不同意。」彭莉曄的想法依然沒有改變，「龍梈岩為了救你們變成現在那樣，那渼渼你呢？」

「可是！既然這樣——」彭毅渼試圖找出可以攻破的點，「阿嬤是以什麼身分阻止我？阿嬤已經不用償還神明大人了吧？有需要繼續當神明大人的僕役看守鬼山嗎？」

「不管怎麼說該還的還是要還，神明大人確實幫我保佑了你和子菪。神明大人也說還是想回去地府工作，所以我會繼續幫祂收集靈力，直到祂完全恢復……我都做了那麼久了，再做一陣子也無妨。」

「我不明白，神明大人欺騙了妳。」

「這中間的關係有點複雜，渼渼，我自有打算。再說了，是我能力不足讓龍梈岩鑽了漏洞，某方面來說也是我救了我自己的女兒和孫子。」彭莉曄自嘲，「假如是由洪洪來頂替我的位置應該就不會有這個問題了。」

眼見彭毅洪疑惑的樣子，彭莉曄繼續解釋：「這就是我沒有教你太多的原因。不論是像我們這種人還是鬼都會忍不住想靠近洪洪，強大又溫和的……祂們無法抗拒，所以你去鬼山更危險，遇到了什麼意外大概連屍體也找不回來，你要到那種下場嗎，洪洪？又要讓白髮人送黑髮人？」

「這是情緒勒索……」彭毅洪最終只能反駁這句。

「勒索就勒索，就算你找了外面的黑白無常來幫你也很危險，我無法信任祂們，都不知道祂們是以什麼心態接近你——」

「阿嬤！那是我朋友！」彭毅洪聽不下去，他知道阿嬤是在說氣話，但也不能這樣侮辱他的朋友，「是不是真心的我自己能看清楚。祂們也有警告我，可我還是選擇要去，我……我就是無法放棄，就算再來一次，我依然會選擇去鬼山，理由我同樣無法說。」

彭莉曄實在是很想撬開彭毅洪的腦袋，看他到底在想些什麼。

「洪——」

彭子著突然抬手制止了彭莉曄，示意彭莉曄好好聽彭毅洪要說什麼。

「雖然我這麼說你們可能也聽不懂……我寫了一本小說，必須要去完成它，不然永遠無法 Happy Ending，那太痛苦了，不論是對祂還是對我來說。」彭毅洪揪起自己胸口前的衣服，神色急切，目光灼灼，用盡全力去表達他的決意，「我確實無法保證是否能夠平安歸來，但要是不去試，我一輩子都不會原諒我自己。我不會去強求你們理解，或許你們也需要一點時間……我只是想讓你們知道，這次阻止我了，還有下次、下下次——直到你們願意讓我去為止。」

「……讓他去吧。」

如此輕描淡寫的一句緩和了此刻的氣氛。

彭毅澳不敢相信這句話出自於彭子萻，「媽……？」

彭莉曄也無法理解，「子萻，妳在說什麼鬼話？」

「妳也沒辦法一輩子關著澳澳。」彭子萻淡然地說，「澳澳如果真的在做對他來說很重要的事情，我們怎麼有辦法阻止？是嗎，澳澳？」

彭毅澳微愣，接著說：「我不會放棄的。」

彭子萻來到彭毅澳的面前，牽起他的手摸一摸，成為鬼的她已經感受不到孩子的溫度了，她是冰冷的，但是語言不一樣，語言依然可以帶有溫度。

「那澳澳答應我，要好好照顧好自己。」

「彭子萻！」

「不然要放澳澳痛苦下去嗎？」彭子萻反問不同意的彭莉曄，說出他們好好談過的結論：「我們討論過無數次的，澳澳為什麼看起來那麼孤獨痛苦？澳澳是不是不太像一般的小孩子？澳澳跟年齡相比，是不是顯得太成熟了？那不是裝作小大人的樣子……我們看不懂澳澳，可是在我們忙碌的時候，澳澳總是說沒有關係、我們疲憊的時候，澳澳總是會給我們一個擁抱，甚至於我們吵架的時候，澳澳都會設身處地地為我們彼此說好話，他從來沒有哭過，現在卻一副要哭的樣子，妳忍心？」

彭子莙將自己的孩子守在身後，字字口齒清晰，絲毫不像流蕩在人世多年的鬼，此時此刻她就是位母親，試著鼓勵孩子、讓孩子也能鼓起勇氣的笨拙母親。

「就讓他任性一回撒個嬌吧。」彭子莙回首對彭毅澳肯定地道：「去吧，想做什麼都去，不要讓自己有遺憾，如果你生來就為此事感到痛苦，那麼就去解決它。」

彭莉曄被說得毫無還嘴的餘地，她因而沉默，而彭毅澳從來沒想到站在他這邊的會是他的媽媽。

他不知道該怎麼說，只是迅速紅了眼眶問：「媽媽，妳都有在看著我嗎？」

「當然。」彭子莙伸手觸碰彭毅澳的臉，輕聲說：「我當然有一直看著我那過分成熟到令人心疼的傻孩子。」

彭毅澳勉強地扯出笑容回應他的媽媽，可是笑著笑著就哭了，他沒有忍住，淚水就這樣毫無預警地滴落，落在彭子莙的手上，彭毅澳又笑了一下，抹去媽媽手上的溼潤，又抹過臉頰，嘿嘿地笑，笑聲帶著哽咽，最後無助地躲在自己的手裡悶聲哭泣。

見狀，彭子莙和彭莉曄都感到不捨。

孩子連哭都那麼小心翼翼。

彭毅洪從得知真相到埋怨再到釋懷也只不過是一下子的時間，說長不長說短也不短。彭毅洪是真的認為他沒事了、已經釋懷了，可以好好面對媽媽和龍椁岩一起離開的事實，也想過在那之前要好好珍惜與家人相處的片刻，那是他一直以來都很努力去愛的家人，但是當愛被回應的時候，彭毅洪有那麼一點不知所措。

他以為自己隱瞞得很好，然而彭莉曄和彭子莙其實都有看在眼裡。

彭毅洪的委屈好像終於才在這一刻徹底了結，他一個人撐到現在真的好累，不敢想像鬼先生是怎麼撐過來的，他覺得自己好弱小、好糟糕，是不是因為他很沒用才繞了這麼大一圈？一路上的他沒有線索、沒有消息也沒有人可以依靠……有時候彭毅洪會想世界管理局到底算什麼可以如此拿捏他們的一切，他想要反擊，戰勝那該死的準則，和鬼先生一起成為自己人生故事裡的主角。

這次哭完，彭毅洪就會繼續向前了。

「……終於哭了？」彭莉曄上前按住彭毅洪的頭，看著他淚眼汪汪的眼神，放軟態度說：「阿嬤第一次看到你哭是在子莙的葬禮上，你也不是嚎啕大哭，只是靜靜地哭……讓我好害怕，好像一不留神，洪洪就要消失了。」

「阿嬤……」

「老人家怕寂寞，怕走了一個，現在又一個，但你媽說得也對，我不可能阻止你一輩子。」

彭莉曄拿孫子的眼淚沒轍，這是他的寶貝孫子，也是他女兒最寶貝的兒子，她都一把年紀了還要被死去的女兒唸才清醒，實在是沒臉見彭家的祖先。彭毅洪比起過去的自己真的是乖多了，乖到想讓人叫他叛逆點，此刻她卻想要把好不容易任性一回的孫子關起來，太不可理喻了，她現在應該做的是支持他，給予這無措的孩子指引的方向與力量。

「洪洪，你真的下定決心了嗎？無論如何，都要去鬼山？」

「嗯。」彭毅洪毫不猶豫地應。

彭莉曄嘆口氣，突然將在一旁舔毛的白貓抱起來說：「神明大人，我可以再拜託你一件事嗎？」

「喵。」

「請陪著洪洪一起去。」

白貓從彭莉曄的手中跳開，祂晃著尾巴坐下，沒任何表示，彭莉曄便接著道：「洪洪，去說服神明大人吧，神明大人比我還要清楚鬼山。」

彭毅洪看了眼置身事外的白貓，又看了眼彭莉曄問：「……可以嗎？」

「是我糊塗了。」彭莉曄和彭子君站在一起，沉穩地說道：「你媽說得對。阿嬤應該要盡可能地幫你，幫你解決你遇到的困難，而不是讓你逃避。」

彭毅洪給了她們一個擁抱，誠心誠意地道謝，然後跪坐在白貓的面前說：「神明大人，你如果願意幫我，我就成為你的僕役。」
瞇著眼睛的白貓這時終於睜開眼，祂細長的瞳孔突然放大，伸出肉掌搭在彭毅澌的膝蓋上，於大家的腦中發出聲音。
『成交。』
這下真的要出發了。
得到允諾的彭毅澌將待在外面的友人叫進來，雖然沒有多說關於白貓的背景，但一貓和兩人之間似乎能透過什麼感應到彼此的不同，於是對白貓加入這趟路程的決定也沒有異議。他們於明日一起前往彭毅澌的老家，路上彭莉曄就向柯無瑋和田常芳問了很多彭毅澌的事。
「澌澌還沒有女朋友？好，男朋友也可以……也沒有？」
「有人追澌澌吧？」
「有就好。」
「課業上阿嬤不擔心，不要被退學就好了，年輕人就該好好玩。」
「所以澌澌還是母胎單身……澌澌你應該各方面都沒有問題吧？」
火車上坐在彭莉曄旁邊的彭毅澌忍無可忍，千拜託萬拜託阿嬤坐好，不要再轉頭打擾他的朋友了，他還另外澄清他絕對沒有問題，阿嬤完全不用擔心！媽媽也不用以那種眼神看他！他各方面都沒有問題！真的！

「處男說什麼大話，有問題要記得看醫生，不用感到羞恥。」

「……好了啦阿嬤！」

彭毅澌要崩潰。

總不能說他以前閱雞無數，前面和後面早已開苞，之後跟鬼先生也玩得很開……彭毅澌有苦說不清，乾脆耳不聽為淨，閉上眼睡覺。

據說鬼山的入口也很隱密，只在某個時段打開，必須於凌晨三點走上山，凌晨四點抵達山頂，鬼山的入口在霧氣最濃的地方，一路上四處都會瀰漫著詭異的霧氣，一不留神就會迷失在山中被流蕩的鬼抓走，迷途羔羊就此一去不返，再也找不回來，故彭莉曄的職責就是在山下看守，禁止有人在那個時段上山。

現在她卻要親自目送她的孫子上山。

三人一貓只有彭毅澌揹著裝滿東西的後背包，裡面有阿嬤新做的符咒和指引燈，還有一些爬山的基本配備與一大堆吃的，彭莉曄準備得很多，為了不辜負阿嬤的心意，彭毅澌全部帶去。

「路上小心。」

「絕對不要離開神明大人的身邊。」

彭毅澌點頭，與彭莉曄和彭子莙好好道別後就抱著白貓上路了。當離開了彭莉曄的視野，柯無瑋和田常芳才終於鬆口氣。

「澳澳，你阿嬤——」

「很酷欸。」

彭毅澳聽到他們這麼說忍不住失笑，回以一個拇指表達讚齁。談笑間他們越過小溪流，早年此處還有登山步道，但不知道什麼時候被封鎖起來，越往裡面走，陰冷的氣息越重，崎嶇的路上還有倒下的樹木，眼前的視野只靠彭毅澳的手電筒照亮，說不需要手電筒的兩人在前方帶路，時不時也會回頭確認彭毅澳的存在。

「常芳、無瑋。」

「嗯？」

「雖然說過了，但還是謝謝你們願意幫我。」

「這沒什麼，只不過是幫朋友一個忙。」田常芳微笑說道，「澳澳你可能不知道……我們沒有其他朋友。」

「咦？」

「我們不需要朋友。」柯無瑋接著應，「但澳澳讓我們知道有朋友也不錯。」

「是啊，有人幫忙點名或搶課很不錯。」

「要是沒有澳澳，我們的報告一定會完蛋。」

彭毅澳聽著聽著，故意說：「所以你們是覺得我這個工具人挺好用？」

「不是那個意思！」

兩個人同時停下來齊聲反駁，彭毅洟笑了笑，說聲知道，他們也都清楚彭毅洟是在開玩笑，幾人之間的氣氛很好，彷彿只是和朋友出遊，不過從前方的路途開始，柯無瑋和田常芳說要集中注意，不會再和彭毅洟搭話，彭毅洟一定要緊緊跟上，或許是因為前面有傳說中的黑白無常，懷裡還有一名神明大人，彭毅洟沒特別感到不適，雖然周遭的視線很多，在黑暗中密密麻麻的一片，但沒有一個敢出來作怪，此區不是田常芳和柯無瑋負責的區域，所以他們也只是無視，每一隻都是業績，他們不想因多管閒事和此區的使者尬上。

凌晨的冷風吹動樹葉發出沙沙的聲響，偶爾穿插詭異的鳥叫，越往上走，感覺越加詭譎，再加上只有他一個人在喘氣，孤獨的呼吸聲讓彭毅洟再次意識到他身邊的人都不是人，他時常被突然響起的聲音嚇到，比如小石頭滾落或是踩到樹枝的聲音，彭毅洟抱緊神明大人，想跟祂說話轉移注意力。

「神明大人。」

「喵。」

「你不能從那個入口回地府嗎？」

白貓用前掌推開靠過來小聲講話的彭毅洟，以慣用的方式告訴彭毅洟：『靈力不夠，我已經不是死去靈魂的身分，沒有人會願意帶我回去，員工進入地府也需要一定的力量，否則只會魂飛魄散。』

「那要怎麼辦？」

『你成為我的僕役就可以，只要你誠心誠意地供奉我，願意為我獻上所有，僕役的力量就是屬於我的。』

「哇聽起來很像糟糕的慣老闆。」

「……喵。」

「想用可愛的喵喵聲來掩蓋你長期奴役我阿嬤的這件事嗎？」

『我有聆聽信徒的願望，從厲鬼手中守護了你。』

「這點我會抱持著感恩的心感謝你，但要誠心誠意地供奉你可能需要一點時間。」

『……我等夠久了，不差那麼一點時間，只希望你說到做到。』

「當然。」彭毅澌低聲重複：「我說到做到。」

時間已經來到了凌晨三點三十三分。

彭毅澌對黑暗的這裡很陌生，並不清楚他們已經走到了何處，整片烏漆麻黑，就算用手電筒照過去也都是草叢和樹，他隱約聽見鬼的說話聲，又有點像尖叫高喊，似乎是在抱怨黑白無常怎麼可以獨享那麼可口的人類，柯無瑋和田常芳依然無視祂們，手中卻已經拿著羽扇和鐵鍊，像是在警告再放肆就不會繼續沉默。

周圍的聲響漸漸變遠。

往上的山路變得更加陡急，霧氣也越濃厚，幾乎可以把一個人完全遮掩住，於是由田常芳牽著彭毅澌走，彭毅澌這才發覺田常芳的手特別冰冷，身影也變得飄忽不定。

「常芳？」

「不用擔心，只是肉身不太穩定。」田常芳停下腳步，回頭看了眼彭毅淟，問道：「你還好嗎？」

「我沒事，沒任何異常。」

「那就好。」柯無瑋也停下說道，加以解釋：「越接近鬼山的入口，魂魄與肉身之間的關係會更不穩定，但淟淟好像不受影響。」

白貓突然伸掌往彭毅淟的額頭扒一下，彭毅淟被打得一愣，只見白貓還舔了舔自己的肉掌，瞇著眼睛說：『你的靈魂很穩定，像是有兩人的分量卻出奇地相容。』

彭毅淟知道神明大人說的是什麼，他只點頭，裝模作樣地說原來是這樣。他們繼續向前走，於凌晨三點五十四分終於抵達山頂，因為濃霧根本分不清楚方向，為了以防萬一不再往前，幾人屏息等待，白貓抖著耳朵，在四點整時抬起頭向右方叫：「喵。」

模糊的身影在不遠處慢慢顯露出來。

是一座石像。

「入口在那裡，淟淟跟緊。」

「好！」

走近後彭毅淟才看清楚那尊石像，他不由得停下來，疑惑地問：「這尊石像是不是有點像神明大人？」

『是嗎？不過每天固定來確認入口的石像完好是我的職責，若是沒有這尊石像，鬼山的鬼就有可能闖到人界。』

「原來如此。」

彭毅澌眼尖地發現石像的右臉好像有一絲裂痕，從那裡感覺到一絲熟識的氣息，像是被吸引似的抬手摸上去，與此同時，裂痕發出聲響迅速地往下延伸，猛地啪一聲，石像碎了一地。

聽見聲音回頭看的柯無瑋和田常芳：「……」

無辜地抬起手的彭毅澌：「……」

瞳孔在變動的白貓：「……」

「那為什麼碎了！」

「不、不知道！我只是碰了一下！」

「無瑋你快看使者手冊有沒有寫這該怎麼辦……」

「怎麼可能有！話說回來這個石像是用來做什麼的？只是……認路用而已吧？」

「咦？神明大人是說——」

「喵嗚——」

白貓用力地推彭毅澌的臉，雖然沒有伸出爪子，但還是連扒好幾下，最終彭毅澌抱不住祂，祂才跳下來。白貓看起來一點也不緊張，反而在碎石旁伸懶腰，然後慢悠悠地再次跳上彭毅淟的懷抱，用眼神警告他不要多嘴。

彭毅淟以為自己闖禍了，可白貓的行為又好像不是那麼一回事，就在他要詢問神明大人時，整座山突然天搖地動，彭毅淟沒站穩，踉蹌在地，他緊急地呼喊神明大人，白貓卻一副大驚小怪的樣子，輕鬆地站到彭毅淟的肩上。

「淟淟！那隻貓是——」

「——大人！」

彭毅淟聽不清楚他們喊的話，劇烈的晃動讓他只能看到柯無瑋和田常芳震驚的臉，接著他們五體投地跪拜，跪拜什麼？彭毅淟感覺到肩上的重量消失，同時背後站了一個人，黑色的、長髮……彭毅淟倏地轉頭，卻只見陌生的臉龐和男人赤裸的身子。

「咦？」

突然出現的男人拽住彭毅淟的後領，粗魯地往前拖，彭毅淟死命掙扎，來路不明的男人和神明大人是什麼關係？神明大人呢？彭毅淟呼喊著柯無瑋和田常芳，兩人只是面有難色地搖著頭，至今還不敢完全抬頭，彷彿男人是什麼可怕的存在。

「喂，等等不要叫得太淒厲。」

「什麼？」

彭毅淟才剛回應就感覺到自己被拋了出去。

他看見男人居高臨下的臉，這才發覺那五官似乎有那麼一點點熟悉，但彭毅淟來不及細想，只知道自己被從山頂扔下來了，伸出的手什麼都抓不住，無力的他也什麼都做不了，所以他決定閉上眼狂叫特叫，最好叫到那男人心裡發寒、心生愧疚。

「啊啊啊啊——」

叫到一半，屁股落地。

映入眼簾的是神祕的暗紅色空間，天花板挑高，上面有著奇怪的污漬，越看越覺得是無數個人臉，彭毅澳立即移開視線。整個空間被巨大的白色簾幕切割，對側有個人影，彭毅澳待的這邊空無一物，只有角落的燭光在搖曳，背後則是有一個小門，這裡瀰漫著一股潮溼的木頭味，彭毅澳不敢隨意出聲，屏息著轉動眼珠，轉了一圈只發覺到牆角發霉的這種小事。

……到底發生什麼事？那個男人是誰？他又身在何處？

彭毅澳急得快瘋了。

如果是被鬼帶到了其他的異空間，感覺不會那麼毛骨悚然又奇特，這裡應該有更可怕的存在，彭毅澳並不認為是對面那一動也不動的人影，而是更要——

「喂。」

「啊啊——嗝。」

彭毅澳沒忍住，看到搭上他肩膀的人是剛才那男人後又嚇得打嗝，背後的小門開著，外面是陰暗的洞穴，從那襲來強烈的風吹得四處凌亂，簾幕也在晃動，這時對面的人影終於有了動作，他站起來，彭毅澒聽見彈指的聲音，門啪地一聲關上，空間裡的騷亂也就此停歇，男人突然笑了聲，跟著彈指，角落的火光倏地變得強勢，飛撲到白色的簾幕將一切燒毀。

彭毅澒愣愣地注視著逐漸顯露真面目的人影。

那是一張與隔壁的男人一模一樣的臉。

「看清楚了。」男人控制住彭毅澒的腦袋，沉聲怒控：「坐在閻王位置上的傢伙是假閻王，我才是真的。」

「……咦？」

故事突然往奇妙的地方發展了。

彭毅澒愣了又愣，實在是不知道該叫哪位爸。

「離開我的位置，冒牌貨。」

男人抬高下巴指示，對方神情淡漠，抬手往臉上一揮，瞬間換了個樣貌變成長髮的女性。彭毅澒愣怔，有種奇妙的熟悉感從靈魂深處慢慢浮現，他看不懂現在是演哪齣，也不明白自己怎麼會有奇怪的感覺，本來想先靜靜看戲，那女人卻向他們直直走來，眼神還直瞪著他。

「我無意跟閻王大人爭鬥，只是來看結果。」

「可笑。」真正的閻王嗤之以鼻，猛地抓住女人的脖頸，狠捏抬起，「竟敢玩弄我的記憶？地下世界是由我來管控，我才不管你們世界管理局什麼願望禁術的那套。」

管理員的神情平淡，完全沒將閻王的憤怒看在眼裡，「請放開，因為你不願意合作我們才做出這個決定，更何況如果他沒有出現，你就能以另一個方式一直陪著彭莉曄。」

「不准你用那張嘴喊她的名字！」

閻王大怒，狠抓著女人扔出去，只見她在空中翻個身俐落地著地，手碰了下被掐出紅印的脖頸，紅印立即消失。彭毅澳一聽到熟悉的名字，顧不上其他立刻插入兩人的大戰問：「等等、等等……跟我阿嬤有什麼關係？現在是怎樣？妳又是哪位？」

「我是這個世界的管理員，同時負責接管烏諾斯管理的世界，你可以稱呼我為丹蘿。」

彭毅澳想不到自己來找閻王卻見到了管理員，再加上剛才閻王說這傢伙是假閻王什麼的，合理推測先前接受陳煉川願望的人應該是她，忍不住上前質問：「搞什麼，那妳為什麼接受了陳煉川的願望？既然是管理員，更要按照規矩來吧？」

「我並不想被你這麼說。他來到我的面前許願，也願意付出同等的代價，這絕對是符合規矩的。」

「少來，這願望一定有不合理的地方！我看妳根本是存心想讓鬼先生消失——」

「我的所作所為都是為了維持管理局的規定。」丹蘿在看著彭毅澳的時候表情終於有了變化，她微微皺起眉，從那微妙的變化中讀出了她的困惑，「但我還是失敗了。我的失敗可能起自於對他的妥協，如今也無法挽回了。」

彭毅澳根本聽不懂她在說什麼，丹蘿卻逕自地繼續道：「我竟然還對世界管理局的判決產生質疑……我始終想不明白為什麼把你們兩個丟到同一個世界，這個世界還是你的故事。」

「什麼？」

「世界管理局有叛徒，估計一開始你也是被陷害才會犯錯……」

「停下，我不需要聽妳的猜測。」彭毅澳出聲制止，他才不要聽那些陰謀論，也不想要再被捲進去，「事到如今，妳說的那些都跟現在的我無關了。我現在是彭毅澳，只想找回我的鬼先生，打敗這世界的準則和鬼先生過著恩恩愛愛的生活。」

丹蘿皺眉的程度又加深，「我不能理解，是因為我不懂愛嗎？」

「哈？」

「烏諾斯為什麼能夠想起你？你為什麼也能夠想起他？因為你們相愛？」

「幹嘛啊……」彭毅澳被說得有點害羞，「既然妳都知道幹嘛還問？」

「有個人也跟我這樣說過，因為我不懂愛所以無法理解由愛引發的奇蹟。」丹蘿將疑問轉移到閻王身上，「你呢？看見心愛的女人與另一個男人結婚的心情是什麼？」

閻王一頓，怒回：「關妳屁事。」

「欸？閻王大人、喔等等——」彭毅澳的戀愛八卦雷達全速開啟，依照剛才的對話推論：「你心愛的女人該不會是我阿嬤？」

「……」

沉默就是答案，彭毅澳倒抽一口氣，真心讚嘆起自己的阿嬤。

「我阿嬤！真的！很酷欸！阿嬤說她年輕的時候也很會玩不是說假的！竟然和閻王大人搞過曖昧！還騙我說跟閻王大人不熟！所以閻王大人差點變成我阿公——咦，這樣我和鬼先生就是亂倫！好刺激！」

閻王：「……」

丹蘿：「……」

查覺到異樣的沉默，彭毅澳趕緊咳了聲，回歸原本的話題：「呃、所以說，妳現在打算怎樣？幹嘛突然自曝身分？」

「準則已經為你改變，我也無法再次重啟。」

「什、什麼時候的事？」

「從你想起世界管理局的那一刻，這個世界就認出你是真正的主人，管理員的身分已失效，你也許已經遺忘了，但這個故事確實是你寫的。」

不。

他沒有遺忘。

他只是現在才終於明白。

彭毅澳沒有意識到的事情，本能先替他做出了反應，每一次都會在筆記本內記錄下自己的故事與過去和現在發生的故事，彭毅淟好像能夠理解了，丹蘿對於世界管理局的疑問，世界管理局為什麼竊取他人的故事來創作世界，而不是自行創作？因為創作者是這個故事的主人，換句話說也是這個世界的主人，主人是有權利更改故事的走向，準則會因此變動，但只要主人不知道這回事，準則就始終不會變動。假如說每位寫手都成為了世界的主人，那麼管理局如何統一管控無數個副世界？既然如此，世界管理局將他丟到自己寫的故事裡又是什麼意思？這之中確實有很多可能性，丹蘿判斷有叛徒也是有理由的……不過比起那個，彭毅淟更在意其他的問題。

「既然準則為我改變……那我的媽媽為什麼還是死了？」

「彭子莙的壽命是由龍榟岩延續下去的，陽氣耗盡自然無法改變命運。」回應彭毅淟的人是閻王，他好聲好氣地點出重點：「要改，只能從龍榟岩救你的那個時候，但還在彭子莙肚子裡的你要怎麼改變？你要有主人的意識，世界才會認同你，所以你只能改變未來。」

「這樣啊……」彭毅淟嘆息，垂首重複說：「這樣啊，過去無法改變這點聽起來太有道理了吧……」

無端燃起的希望再度熄滅，彭毅淟很快接受事實，反正他來到此處是為了鬼先生，那麼他就該專注於找回鬼先生這件事上。

「所以我是有機會和鬼先生度過幸福快樂的日子。」

「前提是你能找回祂。」閻王無意潑冷水，只不過說出事實，祂冷眼望向丹蘿，「妳要滾了沒？看妳要去上報妳的管理局還是怎樣，隨便妳，快離開我的視線範圍。」

「我不會那麼做，我會拖延一點時間，直到我找出答案……並不是每位管理員都知道真神的存在，他們應對每位神都有不同的方法。」

出乎意料的答案。

顯然閻王並不相信她，冷聲斥責：「找什麼答案？可笑，世界管理局連自己的員工都欺瞞？答案就是你們是錯的，真神的叛亂已經開始蠢蠢欲動，世界管理局打著合作的名號又欺騙了多少真神？」

「……這點我會自行判斷，請不要再胡亂造謠，相對的，我把位置還給您，閻王大人。」

「哈，還給我？」閻王怒極反笑，「滾。」

「……」

丹蘿不再爭辯，默默地自行消失離開，彭毅洟欸一聲，愣愣地向閻王說：「她就直接走了欸，這樣好嗎？我有點跟不上現在的發展……」

閻王無視彭毅洟，走回屬於自己的位置。不知道是不是地府也現代化的關係，彭毅洟仔細查看才發現這根本是總裁的辦公室，唯獨那座椅看起來特別浮誇華麗，其他的擺設看起來都特別熟悉。

廣大的空間內只有辦公桌、沙發、桌子和角落的高燭台，還有一盆同樣浮誇華麗的玫瑰花盆，五顏六色都有。

「莉曄喜歡玫瑰花。」

「欸？」彭毅湕小心翼翼地跟上去問：「所以你跟我阿嬤到底有什麼關係？」

「不重要。」閻王重新坐上自己的座椅，漫不經心地問：「你剛才聽了那麼多現在只想問那種事？」

「那跟我無關了啊，我一點也不想知道。」彭毅湕不放棄，又問：「所以你還喜歡我阿嬤嗎？」

「……」

沉默就是回答。

彭毅湕對閻王頓時有了很深的親切感。

「我阿嬤真的很酷齁！」

「……酷。」

「不要難過，阿嬤最後選擇了阿公一定是因為人鬼殊途──」

「不是。」閻王撐著自己的頭靠在扶手上，視線朝向玫瑰花，「我想要和莉曄在一起所以決定不再和世界管理局合作，因為按照準則走，莉曄要與那男人結婚生下彭子莙，然後你才會誕生。冥冥之中都有註定，但那個時候莉曄和我是相愛的，我無法接受，後來就被他們封印記憶，成為了你們的神明大人，是我擅自消失在莉曄有限的歲月裡……如今多虧你打碎了他們的束縛，讓我恢復真身。說來真可笑，我一直都守護著束縛著我的東西。」

彭毅澳不知道要怎麼安慰閻王，據他所知，阿嬤和阿公相處得不錯，不過阿公也早早離開，不知道實情如何，因此也不好做評論，只好說跟自己有關的事：「我、我還是要澄清，我什麼都沒做，只是碰了一下石像。」

「因為你想見到我，真正的閻王，這個世界會慢慢如你所願。」閻王指向彭毅澳，勾了勾手，彭毅澳自動移到閻王的面前，閻王又重申一次：「孩子，你是可以改變未來的。」

「那鬼先生……！」

「但是任何付出代價的願望依然不可逆轉，即便是你或者是我還是那個管理員都無法更改陳煉川的願望。」

彭毅澳不相信，「我認為一定有其他辦法，你剛剛也說了，前提是我能找回鬼先生，有辦法找回來的，對嗎？」

閻王沒有正面回應，只是反問：「你認為消失的定義是什麼？」

「就是、不見？陳煉川說我的鬼先生會消失，只留下真正的鬼先生，可是我不管怎麼找，都找不到留下來的鬼先生。」

「那是因為你的鬼先生和真正的鬼先生已經融合在一起了，就像你就是彭毅澳，願望進行的時候無法區分，消失的只有一半，找回另一半就好，所以才說唯有心志堅定的人，才可以施行禁術。這是個半吊子的願望，有太多的破綻，就算你不許願也能破解……我還沒說完，哭什麼？」

「啊。」彭毅洪慌忙地擦拭臉上的淚水，終於，他想。他真的好害怕從閻王的口中聽到壞消息，鬼先生是真的找得回來，彭毅洪鬆口氣，也忍不住腿軟，「那麼丹蘿為什麼還是實現了陳煉川的願望？就算陳煉川找到了這裡，向丹蘿許願，她還是可以拒絕他不是嗎？」

「誰知道，厚著臉皮說自己遵守規矩的傢伙……我看你說的是對的，她存心找碴，想看你的鬼先生都消失了，要怎麼引發奇蹟，哈，越想越氣。」閻王來到彭毅洪的面前，蹲坐在地，凝望著彭毅洪好一陣子後，萎靡地以手埋住臉：「煩死了，我一點也不想原諒她，可如果我去跟世界管理局吵的話，你的情況估計也會很不妙，你不妙，莉曄又會難過……」

彭毅洪再次嗅到戀愛八卦的味道，感嘆：「你真的喜歡我阿嬤耶，謝謝你喔。」

「別吵。」閻王的聲音聽起來真的很懊惱：「那女人竟然披著我的臉命令莉曄替那男人守住鬼山……混蛋。」

「還有機會啦，阿嬤看起來一點也不像六十幾歲。」彭毅洪安慰。

「是啊，像以前一樣酷辣。」

「呃、好。」彭毅洪這就尷尬了，「我不想聽別人意淫我阿嬤。」

「臭小鬼懂什麼，我竟然要幫情敵的孫子……」

「我會幫你跟我阿嬤說好話的。」
閻王抬眼，說：「行，成交。」
哇祂真的喜歡阿嬤。彭毅洪又在心裡感嘆。
「聽好了，既不能投胎又受傷的破碎靈魂都會放在鬼山，那些魂魄沒有任何回收的價值，祂們只能在那裡等待被虛無鬼吞噬。」閻王開始認真解釋，祂輕點地板，從那浮現出鬼山的樣貌，一般人眼裡看不到任何東西，在彭毅洪的眼裡卻充滿了各式各樣詭異形狀的黑影，閻王指著那說：「就是那些，你必須自己去找你的鬼先生，我沒辦法幫你，那對我來說都是一樣的，是無用的東西。」
彭毅洪抗議：「祂是你兒子耶。」
閻王沒理會他，繼續說：「我不清楚只剩一半的鬼先生是什麼情形，很有可能祂已經認不得你了。」
彭毅洪聽得心一顫，急問：「只剩下一半的靈魂會怎麼樣？除了不認得我之外。」
「基本上是更不穩定，他沒辦法像以前那樣保護你，甚至會成為其他鬼魂欺負的對象，在人界也無法維持肉身。另外，再次提醒，鬼山裡面全都是靈魂不完全的孤魂野鬼，所以更加殘暴，你這種人去無疑是飛蛾撲火，我無法保證你的人身安全，基於原則，我不會對那裡的鬼出手，你要知道，我對於你，已經仁至義盡。」
「嗯，知道了，謝謝閻王大人。」彭毅洪頓了頓，拿阿嬤出來擋：「可是如果我出事了阿嬤會很傷心耶？」

「……」

「我如果帶著鬼先生平安回來的話……你想怎麼追回阿嬤？我無條件幫你。」

「不需——」

「對了，阿嬤之前有一段時間和某個叔叔走滿近的，我記得那個叔叔離過婚，不過也是很自然的事情，單身的男女自然地走一起……畢竟我阿公也過世很久了嘛。」

閻王不屑地反擊：「難道我會輸給來路不明的平凡男人？」

彭毅洪淡淡地回懟：「阿嬤最後也選擇平凡的男人嫁了啊。」

「……他並不平凡。」

彭毅洪又嗅到八卦的味道：「喔喔！看來是段很激烈的三角戀——」

「行了，幫我說好話就行。」閻王的指尖輕觸彭毅洪的眉尖，那兒發出淡淡的光輝，祂說：「這能暫時保護你，最多十分鐘。我要你答應我，千萬不要把關於世界管理局的事情告訴莉曄，沒必要把莉曄牽扯起來，我自己的失誤我會自己挽回。」

彭毅洪感覺到一股強烈的冷氣鑽進體內，他情不自禁地發顫，抖著承諾：「當然，我自己也不想被牽扯進去。不過，我也要閻王大人答應我，如果阿嬤願意重新接受你，你真的會好好對待我阿嬤吧？」

「不要說廢話。」

彭毅澂厚著臉皮再問：「那我可以再提一個要求嗎？」

「說說看。」

「鬼先生只剩下一半的話，你能不能幫我把我的份給他？」

「愚蠢。」閻王皺眉，譴責年輕人的衝動：「做不到的，再怎麼說你也是個活人。以前是鬼先生足夠強大可以抵銷你過多的陽氣，現在不行了，如今你的陽氣只會傷到祂。」

「那你收養我為兒子吧。」

「……什麼？」

「以後我成為鬼先生的存在，換我來保護鬼先生。」

「不要得寸進尺。」閻王站起來回到自己的位置上，冷眼瞥著彭毅澂說：「我是什麼身分，你是什麼身分？不要以為仗著你是莉曄的孫子就可以胡作非為，我不可能收養一個活人，死人可以考慮，但每個人一出生下來就訂好了陽壽，即使我是王也不能輕易更動。」

「可是我的陽壽就是被龍椁岩延續下去的。」

「不一樣，他付出代價換取願望，一般人類也可以靠自殺來改變自己的陽壽，你難道要自殺？在莉曄死之前你不准死。」

「我不會那麼做。」彭毅澂暫時想不到該怎麼辦，打算先從其他問題尋找靈感：「是說，那鬼先生的媽媽呢？不可能是我阿嬤吧。」

「也是我。」

「欸……？」

「我需要值得信任的人手幫忙處理地府的事情。」

「所以、咦、你自己生……？」

「收起你那噁心的猜測。」閻王臭著臉命令，祂咋舌，說出鬼先生的來歷真相：「簡單來說，是我的分身，我根本沒有兒子，是祂給自己的設定，據我所知，祂突然有一天有了自我意識後就從地府逃走了，還徹底改了樣貌，那個就是你的鬼先生。」

說不震驚是假的。

彭毅澳只是想，他果然還不夠了解鬼先生。

他的故事裡並沒有寫關於鬼先生的背景，鬼先生也從來沒有向他提過，因為祂一直傾心傾力地為彭毅澳付出，只有在有必要的時候會說自己的事，彭毅澳有點沮喪，跟鬼先生相比，他真的是毫無作為，連現在尋找鬼先生都要依靠別人的幫助。

可是，幸運也是實力的一種吧。

他的朋友剛好是黑白無常。

他的神明大人剛好是真正的閻王。

他的阿嬤剛好是閻王大人的摯愛。

最剛好的是，他是這個故事的作者、是這個世界的主人，不論世界管理局的陰謀為何，一切都造就了他現在的勝利。

彭毅澳確實能夠戰勝準則。

剩下的只要把鬼先生找回來就好了。

「孩子，總有一天，世界管理局還是會察覺到這裡的異樣。」閻王語重心長地道，祂彈指，在角落的小門啪地一聲打開，「很快每個世界的真神都會醒過來，所以在混亂來臨之前，帶回你的愛人好好過日子吧。從那裡出去就會到達鬼山了。」

彭毅澳了解祂的意思。

雖然說他不想要牽扯其中，但他已經在這其中。說實話他也覺得很怪，太多問題浮現而出，也許未來的某一天，他總要面對。

鬼先生曾經說過，他們因錯相遇。

那麼就由他來守住這個錯誤吧。

「閻王大人。」彭毅澳回頭看了眼門外，揚起笑容說：「這是我的故事、我的世界、我和鬼先生的錯誤……就算是世界管理局，我也不會再讓他們奪走。」

閻王微愣，隨即哈哈大笑：「很好，莉曄的孫子起碼要有這種氣魄！」

「我沒有在說大話喔！是真的那麼認為！我現在已經知道了，這一次遇到的所有難關一定是世界給我的考驗，我必須堅定我是這個世界的創作者的念頭，它才會站在我的這邊，我相信它一定會幫我的！就像現在，跟你賭我三小時之內就把鬼先生帶回來！」

「喔？」

「要是我賭贏了，鬼先生空缺的另外一半，就由閻王大人來補上，可以吧？」

閻王饒有興致，哼笑著應：「可以。」

「那我出發啦！」

彭毅洟自信滿滿，他就像是梗圖裡的壯碩柴犬，踏著自信的步伐往外走，然後就被門外的強風吹得渾身凌亂。然而當他想回頭的時候，卻發現小門已經被關起來了。門上還貼了張便利貼，上面由紅血寫著：開始計時。

……

彭毅洟撕碎那張便利貼，再次踏出絕不認輸的步伐，前方不遠處有光，洞穴外應該就是鬼山，彭毅洟不自覺地握緊背包的肩帶，他越是往前走，沿途上在岩壁上不受強風影響的火光便跟著熄滅，像是閻王的指引也像是閻王的催促，彭毅洟很快就走出洞穴。

外面就是普通的山路。

天空是灰的，周圍一樣瀰漫著濃厚的霧氣，黑影隱藏在霧中蠢蠢欲動，彭毅洟可以從霧氣中看到一張一張人臉，隨著他的出現，圍繞在此處的聲音也越來越大聲。淒厲的尖叫混著興奮的低語，祂們渴望著活生生的人類，可又礙於閻王的保護不敢隨意上前。老實說彭毅洟沒什麼計畫，正憑藉著閻王大人給予的十分鐘到處亂走並且隨意地大喊呼喚鬼先生。

「鬼先生！鬼先生──！你有在嗎？在的話回覆我一下好不好？」

「我來接你了喔——」

「烏諾斯！」

「你的甜心寶貝來了！」

彭毅洟的聲音引來了更多鬼，他拿出包裡的符咒綁在四肢和額頭上，如果有鬼衝上來他就拿符咒對付祂們，但要注意湊上來的鬼是不是鬼先生，祂們僅是帶有張人臉的濃稠黑影，根本無法維持人形，祂們哭喊、尖叫、嘲笑，很明顯是無法溝通的存在。

這裡擁有無數個那樣的存在。

彭毅洟似乎還能夠看見散落在草叢裡的人頭與四肢，零碎的鬼與零碎的人體湊在一起，分不清楚誰是誰的，甚至會互相爭奪吞噬，彭毅洟比起害怕，更多是難過的情緒。

鬼先生也變成了那樣嗎？

鬼先生會不會也被吞噬了呢？又或者，被閻王大人說的虛無鬼吃掉了。

彭毅洟停下呼喊，他定下心思考，是否要再賭一把。按照以前，他一個人在這種地方一定停在原地不敢動彈，彭毅洟比任何人都還要敏感，一點鬼哭聲都能影響到他的情緒，彷彿能夠感同身受，為無法挽回的逝去悲傷，因此他才希望能以自己的方式好好地送走祂們。

如果是爽著離開的話，就不會有什麼怨言了吧。

彭毅洟為自己的黑歷史感慨，現在想來，他也只是不夠堅定罷了。

溫柔過頭並不是件好事。

對什麼都溫柔，那是不是也能被溫柔以待？

是啊，他一直都妄想著會有鬼先生那樣的存在。無條件地對他好，甚至不會被其他人搶走，多好，只有他一個人看得到、能夠佔有的存在……暈慘了，怎麼醒？

就像他們還是搭檔的那個時候，管理員與寫手除了工作以外不會有任何交集，可是啊，鬼先生曾經也接住過彭毅淟。他記得的，愛上自己搭檔的那一瞬間——踩空了，迎來的並不是冷硬的地板，而是一個結實可靠的擁抱。

管理員接住了自己的寫手，彼此沒有任何對話，只有溫柔的接觸。

彭毅淟從那個時候就暈了。

恍然間，彭毅淟好像聽到了鬼先生溫柔呼喊淟淟的嗓音。

十分鐘的額度很快就要沒了，彭毅淟卻意外冷靜，他認為這裡沒有鬼先生，彭毅淟就是有這樣的自信，鬼先生絕對不會放任這群鬼覬覦他，所以他要繼續賭。

彭莉曄沒有教他的東西，他也能融會貫通的，因為他是天選之人的孩子。符咒總有消耗完的那一刻，他不能因為周遭的鬼而耽誤了去找鬼先生的時間，三小時是足夠的，他算的時間還包含著他和鬼先生重逢的激烈愛愛呢。

他知道要怎麼控制靈力。

可是區區溫和的靈力，在狂顛的祂們眼中並不算什麼。

因此他要以強盛的陽氣加上阿嬤的加強符咒與之硬碰硬，雖然會傷神，但彭毅澌已經顧不了那麼多了，這是最快的辦法，此刻最重要、最重要的就只有鬼先生。

彭毅澌呼出一口氣。

天選之人的陽氣是非常強盛的，甚至於難以控制。

這就是為什麼當初陳煉川需要特製的手套來控制自己。彭毅澌從來沒有想過要傷害誰，如今也已經能平淡地面對鬼的嚎哭。

祂們說，好疼。

祂們哭，不公平。

祂們怨、祂們悲、祂們恨。

「對不起喔，我創造的世界是這個樣子。」彭毅澌抓住纏上來的黑影，上面的人臉漸漸融化，以哭泣的臉龐化為光點徹底消失，「願你們安息。」

隨著溫柔的低語與點點光芒的出現，彭毅澌周圍的鬼竟然停止躁動，即使閻王的庇護早已消失，祂們也不再上前飛蛾撲火。既然祂們沒有攻擊的意願，彭毅澌也停下來，試著搭話：「你們知道虛無鬼在哪裡嗎？」

「……」

「……」

「……」

果然沒辦法說話。

彭毅洪困擾地撓臉，他想，如果鬼先生不在這裡，那麼應該是被虛無鬼吃掉了，但是虛無鬼的真身是怎樣他也沒有向閻王問清楚，不如說，他不敢知道被虛無鬼吞噬後會怎麼樣……就在他煩惱的時候，一股聲音從遠處慢慢靠近，那是呼喚他的聲響。

「──洪洪！」

彭毅洪回頭，只見地面上的小水灘浮現出兩張熟悉的臉，彭毅洪靠過去驚呼：「無瑋、常芳！」

「太好了你沒事吧？我和無瑋急死了！鬼山又突然不能進去，只能靠這種方法找你。」

「沒事，我現在就在鬼山裡面。」來自朋友的消息讓彭毅洪下意識地鬆口氣，接著趕緊問：「來不及跟你們解釋了，你們知道怎麼找虛無鬼嗎？」

「你要做什麼？」柯無瑋擠身佔據水面，嚴肅地警告：「虛無鬼可是──」

「我知道祂很危險，閻王大人有警告過我了。啊對了，祂對我挺親切的你們也不用擔心。」

田常芳倏地把柯無瑋推開，一臉驚訝地問：「閻王大人怎麼會──」

「之後再跟你們說，還有勁爆的八卦喔！」彭毅洪微笑，沉穩地說道：「等我回去，我們再一起去學校附近的咖啡廳閒聊吧。」

田常芳和柯無瑋一愣，彭毅渙給人的感覺好像不太一樣了，讓人不自覺地相信那閒聊的日子肯定不久後就會來臨，於是兩人互看一眼，便開始說起找到虛無鬼的辦法。

「聽好了，我們只說一次喔。」

「嗯嗯！」

「要是你出了什麼事，我們絕對不會放過你。」

「嗯嗯！」

「首先，你要聚集一堆鬼。」

彭毅渙轉頭環顧四周：「嗯現在我周圍就很多。」

「……還要丟掉你身上的所有符咒。」

「咦？」

「虛無鬼很膽小，祂看不到，所以感覺到危險就不會出現。」

「這樣祂就會出現了？」

「會，因為祂也是個貪吃鬼。」

「那我知道了！謝謝！」

「渙渙，一定要注意安全。」

彭毅渙向他們比出大拇指，想表示自己絕對沒有問題，兩人見狀，也回以大拇指，彼此的聯繫告此一段落。總之，彭毅渙先翻出背包裡剩餘的符咒，全數撕碎後扔到一旁的草叢，同時他也重新將陽氣轉為溫和的靈力，那些鬼因而再次躁動，祂們爭先恐後地衝上去，黑影纏上彭毅澌的四肢，彭毅澌忍住不適，差點又攻擊祂們。鬼的哭聲彷彿直接在耳邊響起，他還聽到了來自祂們的求救。

救救祂們，祂們也想要安息，不想要再思考了、好痛苦好痛苦。

「抱歉。」

彭毅澌只是道歉。

因為他把祂們當作引來虛無鬼的誘餌。

此刻的彭毅澌已經無法動彈，黑影已經將他完全包圍，彭毅澌持續穩住心神忍耐，有種靈魂要被抽走的噁心感，祂們一面哭又一面蠻橫地壓上來。不曉得過了多久，也許才五秒，彭毅澌就忍不住乾嘔出來，緊接著，迎來的是地面的震動。

彭毅澌根本來不及反應，只看見龐大又透明的無頭巨人在祂的眼前跪趴下來，還伸手抓住試圖逃跑的黑影，祂張開肚子上的裂嘴，裡面全是臟器在遊蕩，那一瞬間，彭毅澌控制不住自己的恐懼，這種東西也算鬼嗎？他腦袋一片空白，卻沒有逃跑的力氣，在被吃進去之前，他想，他要跟鬼先生離婚。

……離婚了再結一次，他又想。

彭毅澌在墜落。

不知道要落到哪去。

他砸進一灘黑水，神奇的是他毫髮無傷，彭毅漁撐起身子，看了眼在指縫中流走的黑水，驀地又吐了一次。這是被消化的靈魂黑影，如祂們所願，已經不用思考了，也不能思考。彭毅漁環顧四周，根本看不清周邊長什麼樣子，背包也不見蹤影，現在僅存的道具就只有當初以防萬一塞在口袋裡的指引燈和口香糖。

口香糖？

彭毅漁看著那一片口香糖不由得失笑，畢竟找到鬼先生一定會先來個法式舌吻吧，更何況現在他還吐過，這怎麼可以，彭毅漁立即拆了包裝開始咀嚼口香糖，越嚼越覺得搞笑，然後就振作起來了。

「哇現在該怎麼辦……鬼先生你在這裡嗎？我可是豪賭呢……你一定在這的，我要去找你了、再等我一下喔。」彭毅漁邊說邊站起來點亮指引燈，燈一亮，黑水像是有了反應產生淡淡的水波，蔓延到遠方，彭毅漁持續高喊：「鬼先生！鬼先生！」

彭毅漁藉由著指引燈的亮度遠望，可惜看不到盡頭，指引燈也沒有發揮它的作用，因為它也不知道該往哪指引，這裡是一片死寂，完全沒有出路，彭毅漁只好先試著往前走，並且繼續呼喊。

「鬼先生！你有聽到嗎——烏諾斯！我有好多事情想跟你說！」

「你一定要聽聽……他們說這個世界是我最一開始寫的故事……你看過的，你不是說過只要是我寫的你都能馬上看出來嗎？」

「話說回來啊……仔細想了想，我這個故事、好像還沒完結耶？奇怪……沒有完結的故事也能成為一個完整的世界嗎？」

「啊不管了、咦、等等……怎麼感覺有點累？」

彭毅澌越說越喘，他困惑地停下來，才發覺自己的手腳變黑了。他一愣，暈眩感隨即襲來，腿軟在地，這裡的混濁之氣默默地影響著他這位活人，彭毅澌放慢呼吸，指引燈突然一明一滅，底下的死水冒出泡沫，祂們變回濃稠的黑影，往上攀爬彭毅澌的肌膚，目的在於要吞噬他。

他也要被溶解在虛無鬼的體內，成為虛無鬼的一部分嗎？

彭毅澌的力氣慘遭混濁的氣息奪走，一下子的時間他就抬不起手臂了，只能以體內的陽氣去抵抗侵入進來的穢氣。雖然有點不合時宜，但身為作家的彭毅澌卻笑出來，他知道要該怎麼做。

主角在危急時刻，必使出嘴遁。

而且要找的人一定是在最緊要關頭才出來，他如此相信著。

「鬼先生，我跟你說喔……這一次我守身如玉，還是處男，不管前面還是後面都是，等著你幫我開苞，每次自慰也都想著鬼先生。」

「我也想過了，如果你真的不在了，那等我送走了媽媽和阿嬤，我就去找你。這樣我三十歲會不會成為魔法師啊？」

「鬼先生，你還記得我們初次見面那次嗎？不是現在，是在世界管理局的那個時候，老實說我們剛見面我就喜歡上你了，跟你的外型無關，管理員如果沒有角色的設定根本看不清楚臉，所以我對你告白的時候，你很困惑對吧？」

「後來知道你為了我去試著理解故事裡的所說的愛，覺得你真的好笨好可愛又好溫柔，我果然沒有愛錯人……唔？」

黑影侵略的方式變了。

祂們變得黏膩，化為黑色觸手往他衣服底下鑽，有些甚至從腳踝上爬上大腿根部磨蹭，彭毅洟身體一僵，奮力驅趕祂們，邊趕邊繼續說：「唔、什……鬼先生、其實你是我的第二個搭檔，第一個完全不理我，你是第一個我跌倒時會接住我的人。」

「嗯唔、就說了我是容陷愛……我寫的故事裡彭毅洟就是我的原身，陳煉川是我的前搭檔，鬼先生是我的現任搭檔，當然中間的故事有加油添醋……現在想來，我根本沒寫到結局啊，這個故事根本還沒有完成……哈啊、不可以……！」

祂們敵不過彭毅洟身上的陽氣，因而適時退開，然後趁機集中一個點進攻，祂們選擇了彭毅洟的胸部，往敏感的乳尖襲擊，又是吸又是繞圈揉的，彭毅洟一個不小心軟下身子，黑影發瘋似的撲上去，束縛住彭毅洟的雙手並將人舉起來，更多的黑影觸手纏上彭毅洟的身體，到處揉蹭摩擦。彭毅洟看過很多本子，但一點也不想要成為抹布本子的主角。

「鬼、鬼先生！我想說的是鬼先生誤會了！陳煉川從來不是我的男主角！因為我內心想的就是個男二上位的故事！我說完了！你快出來啊！」彭毅淟驚覺陽氣好像已經對付不了祂們，甚至查覺到祂們隨意地脫掉了他的褲子，正往還沒有人探索過的地方邁進，彭毅淟又急又慌地大喊：「不要不要不要！你們這些骯髒的觸手不要亂摸我！只有鬼先生的黑影觸手可以對我那樣這樣又那樣！鬼先生，我還要再和你的分身玩３Ｐ，不對，４Ｐ啊——」

嗯。

剎那間，萬籟俱寂。

黑影不再竄動，底下的黑水也平靜下來，彭毅淟感覺到熟悉的冰冷貼近，可下一秒黑影侵略的方式變得更加激進，連黑水也開始浮泡，宛如沸騰似的不斷竄動，彭毅淟卻沒有掙扎的想法了。

「鬼先生……？」

不可原諒。

原來我不是你的第一個搭檔。

不可原諒不可原諒不可原諒不可原諒不可原諒不可原諒不可原諒不可原諒——

詭異的嗓音鼓動著彭毅淟的耳膜，但那是彭毅淟想念已久的聲音，失而復得的狂喜使他臉紅，看吧看吧看吧鬼先生真的來了！他渴望著更多不是夢中或幻象的真實聲音。這時無數的黑影像是被什麼吸引似的往彭毅洪的身後聚集，一抹人影慢慢地成形，漆黑的手從後牽制住彭毅洪的下顎，力道粗魯，彭毅洪有些疼，束縛著他的黑影也拽得越來越緊。

如果第一個對你很好的話，在這裡的是不是就是他和你？

你是我的唯一，我卻不是你的唯一。

「什、鬼先生是我的唯一呀……」彭毅洪放軟了聲音撒嬌，只要一想到那是鬼先生，他就完全不排斥觸手玩法了，甚至很興奮，即使他根本看不清楚鬼先生的樣貌，彭毅洪依然為此心動，迷戀地蹭著黑影笑說：「你看，我大老遠來到這裡，還從這些混濁的靈魂中喚醒了你，讓你找到我……我的鬼先生，快來疼愛我……我好想你，嘿嘿，就說吧、我有信心、我成功了……鬼先生可是我最棒的恐怖情鬼……嗯、現在是要來 Angry Sex 嗎、唔。」

黑影掐住了彭毅洪的脖子。

我的。

洪洪、洪洪、洪洪洪洪洪洪——

不可原諒不可原諒不可原諒。

是我一個人的、我的搭檔、我第一個愛上的人、只能看著我——

黑影觸手迅速地遍佈彭毅洪的全身。

他被吊在半空中，任由那些觸手觸碰他的私處，祂們纏上彭毅洪半軟的陰莖，像是了解彭毅漁的敏感帶直攻前端的小孔蹭，甚至有想要鑽進去的跡象，後面的屁股倒是已經被一根粗長的觸手插入，彭毅漁感覺到疼，疼完後又有點爽，他已經沒辦法說話了，黑影正在親吻著他，厚大的舌面鑽入口腔，鬼先生的人形樣貌似乎在慢慢顯露出來，從祂身上蔓延出的黑影觸手也越來越多，每一隻觸手都在為接下來久違的性事做準備。

觸手的頂端還能化為無數的小觸肢，它前往吸吮彭毅漁的乳尖，一吸一扯地把彭毅漁的乳頭吸得又翹又尖，變得更好撥弄刺激它，酥麻感讓彭毅漁下意識地夾緊腿，卻馬上被觸手扯開，鼓脹的囊袋與勃起的陰莖也被黑影勒著，祂們沒有打算放過彭毅漁，刻意堵著孔不讓他射精，可又一直瘋狂刺激著後穴裡面，觸肢插動得厲害，一開始就找到前列腺不斷地壓，像是折磨又像是獎勵，獎勵彭毅漁這一次沒讓其他人碰過這裡。

「我、唔……想念著鬼先生的時候、也是會自己玩後面……」

彭毅漁刻意澄清，不然他從疼到爽的時間太短了，一般人是不會那麼快熟悉後面的擴張，他怕有誤會趕緊說清楚，鬼先生聽聞，親了親彭毅漁的耳後並發出輕笑，那聲笑惹得彭毅漁渾身一顫，這確實是他懷念的、喜愛的……他真的等了好久好久，幾乎是一邊哭一邊達到高潮，觸手終於放過他，爽快地讓他射精，接著無數的觸手也湊上彭毅漁的臉頰為他拂去淚水。

彭毅漁忍不住越哭越凶，卻不好意思把自己的委屈講出來，畢竟比起鬼先生，他只不過是第一次重來，而他又如此沒用，讓鬼先生變成了這個樣子。鬼先生宛如了解彭毅漁的想法，什麼都沒說，只是親吻，將自己的愛與狂顛傳達給彭毅澳。

狂猛又瘋癲的愛。

觸手也纏上鬼先生的陰莖，連同濃稠的黑一同進入彭毅澳，祂讓彭毅澳哭得更凶，但表情與眼神不一樣了，祂知道那是祂的寶貝沉溺於快感的神情，以後入的姿勢肏到底並不難，鬼先生從後攬住彭毅澳的胸乳和腰腹，摁入懷裡開肏，猛力的頂弄彷彿還能感覺到下腹的微微凸起，彭毅澳的哭吟在空間裡迴盪，本來就看不太清楚的前方變得更加模糊，致命的快感遍及全身的神經直衝腦門，腦海裡早已糊成一片，被好舒服、好棒、好喜歡的念頭填滿，這副身體好像也記得鬼先生、記得鬼先生給予的愉悅刺激。

「澳澳、澳澳……」

「親愛的，我還沒有原諒你。」

鬼先生的低語是一個宣言。

彭毅澳迷茫地張嘴接受另一個親吻，後知後覺才發現他背後和前面都有一個鬼先生，祂們與黑影觸手一起包夾彭毅澳，他的腿被抬起來，後面的鬼先生拔出陰莖，換前面的鬼先生插進來，祂們又是互相輪流，一根退出另一根就頂進，兩隻鬼都沒有保留，在彭毅澳的身體上掐出痕跡，也在裡面留下精液，胡亂的抽插持續下去，承受不住的彭毅澳又高潮了，觸手卻還在吸他的陰莖、按摩他的軟囊，試圖讓他產出更多精液，祂們把彭毅澳的精液都舔走了，一點也不留，可是彭毅澳已經在過程中被兩隻鬼肏射了很多次，已經精疲力盡。

喜歡是喜歡。

但鬼先生沒有體力限制這點，總讓彭毅澳苦惱。

他又是尖叫又是呻吟，接著又是失神，凶殘的性愛幾乎要將彭毅澳榨乾，他覺得自己要昏過去了，卻又捨不得，就怕閉上眼後鬼先生只是他的幻覺，只好在兩隻鬼的親吻空隙間不斷地盡情告白。

「鬼先生、鬼先生、不要走……好喜歡、最愛你了……」

「好想你好想你、我們再也不要分開了……啊、嗯……我保證……」

「鬼先生是我的男主角、永遠是我的搭檔……」

「嗯、等等……不可以、哈啊……兩個一起、不行……我知道、不是幻覺了，不可以不可以——」

「唔咕、鬼先生的好大、最棒……」

彭毅澳的雙手已經被觸手放開，他能夠抱住他的鬼先生不斷表達愛與喜歡，鬼先生本來還不想那麼快原諒他的，可寶貝實在是太惹人憐愛，只好放過他，以緩慢的抽插來慢慢結束這一切。

背後的鬼先生消失了。

鬼先生擁著彭毅澳吻去他的淚水，以溫柔的目光看著他，嘴角也噙著彭毅澳熟悉的微笑，彭毅澳好像在這時才終於看見鬼先生拾回原本的樣貌，鬼先生的眼裡似乎也浮出一層水霧，彭毅漁不由得鼻酸，哽咽道歉：「對不起、我來晚了……如果我更早一點意識到這是我的故事——」

「不晚，謝謝你找回了我。」鬼先生輕聲說道，「漁漁，我們的故事一直都是由你開始，是你讓我想起了你。」

鬼先生親吻在彭毅漁的眼簾上，笑看彭毅漁哭花的臉。

「不用怕，這是我們的勝利，我們能夠一起回去。」

「因為有你，『我』才會存在，漁漁。」

「——讓我給你看看屬於鬼先生的故事吧。」

彭毅漁停止掉淚，他眨了眨眼，疲憊與放鬆的心情讓他的眼皮漸漸闔上，手卻緊抱著鬼先生不放開。他想，不是，因為有鬼先生，才有現在的他、因為當時的管理員接住他，容陷愛才寫出這個故事，一時間彭毅漁不曉得要怎麼說明……他的思緒越飄越遠，在失去意識之前，彭毅漁看到了、故事的開始與結尾——

／

故事的最初確實是由彭毅漁與大學生陳煉川重逢作為開端，陳煉川為了爭取與彭毅漁相處的機會找了藉口希望他幫忙解決學校裡的靈異事件，他們一起解決學校裡的冤魂，相處過後彼此間不再那麼尷尬，陳煉川才說他的師父是龍楟岩，也就是彭毅淟的爸爸這件事。

後來彭毅淟也發現自己的媽媽死去多年後竟還留在人間，接下來的發展如同每一次的經歷，彭毅淟為龍楟岩和彭子莙的離去哭泣，他認為自己是沒有人要的孩子……陳煉川只能靜靜地陪伴著他，彭毅淟靠時間淡忘疼痛，害怕孤單的他漸漸地和陳煉川走在一起，就在這個時候，鬼先生出場了。

祂真的是彭毅淟的書迷。

身為閻王的分身，祂的工作是地府書館的館員，負責整理成千上萬的生死紀錄簿與一般藏書，地府的娛樂很少，有時候使者們就會將人界的書籍帶回來收藏，祂空閒時就會閱讀，某一天，祂剛好閱讀到了彭毅淟的書。

祂覺得有趣。

祂認為這文筆有點熟悉。

祂好奇這位作者長什麼樣子。

於是擅自翹班，來到人界就為了看一眼彭毅淟……不只一眼，祂天天跟蹤彭毅淟，多看一眼，就多了一點好奇心，為什麼這個人類身上的陽氣有些特殊？原來書裡的內容是親身經歷？明明是開朗的人，為什麼有時候卻感覺有點悲傷？跟那個天選之人待在一起的時候看起來意外拘謹，為什麼？那不是愛人嗎？是愛人的話……為什麼還會跟鬼做愛？

鬼先生觀察了好幾天，推論出一個結果。
天選之人不知道彭毅澌會和鬼做愛。
彭毅澌是害怕被陳煉川知道嗎？鬼先生無法抑制對彭毅澌的好奇心，某一次直接跑到彭毅澌的租屋處偷窺，然後就被發現了。
「那個、在天花板上飄的……鬼先生？」
「你已經跟蹤我好一段時間了吧？」
「你是有什麼事嗎？」
鬼先生面對彭毅澌的搭話，一時不知道該說些什麼，反倒是彭毅澌啊了一聲，勾了勾手讓鬼先生下來，靠過去問：「要做愛嗎？」
「咦不是嗎？你不是來做愛投胎的……這位鬼先生你的樣子我完全可以喔！」
鬼先生瞪大眼睛。
鬼先生的腦中大混亂。
「你、愛人怎麼辦……？」
「愛人？啊、你該不會說是陳煉川？」彭毅澌尷尬地撓臉，似乎是在跟自己的良心掙扎，「他還是孩子啊……我們還沒有到那種地步啦，也不知道他有沒有那個意思……總之，我沒有做虧心事你放心。」
「……那你為什麼願意做這種事？和鬼、做愛？」

「這樣就不會痛苦離去啦，你爽我也爽，不好嗎？好啦，今晚我也覺得挺寂寞的，來做嘛……哇我這個發言好像渣男，可是我跟陳煉川真的還沒怎樣，我是有點心動啦畢竟我是容陷愛，但我們相差了六歲……！唔啊不管了，還是說，你沒有想做？」

「要做。」

鬼先生衝動地摟過彭毅澳，祂對他的好奇心已經停不下來，事後彭毅澳叫停祂也不停，彭毅澳也很困惑做完後鬼先生怎麼沒有去投胎，祂才編了個謊言，說自己是閻王的兒子。

莫名不想讓彭毅澳知道祂只是某個人的分身。

原來做愛是這麼舒服的事情，祂也是第一次知道，同時，祂也有了慾望。

祂想要了解關於彭毅澳的一切。

既然陳煉川不是他的愛人，那祂有機會嗎？

彭毅澳和陳煉川沒做的事都跟祂做了，沒道理沒有機會。

祂要試著去爭取。

彭毅澳說想要回老家一趟，祂就跟著去，就算同行人有陳煉川祂也不退縮，陳煉川一看到祂就充滿敵意，差點在車站展開人鬼大戰，是彭毅澳阻止才沒有釀成大禍。

為了避免鬼先生和彭莉曄見面造成老人家大怒，彭毅澳趁彭莉曄剛好不在家時把鬼先生關在房間裡面，雖然藏不久，但他和陳煉川可以拖延一點時間，陳煉川在彭毅澳的請託之下也只好幫忙，於是就只剩下鬼先生在彭毅澳的房間裡面了。
祂首先往上鎖的抽屜進攻。
發現藏在最裡面的筆記本，下意識地翻開來看。
不知道過了多久，彭毅澳的房間採光很好，陽光灑落在文字上面，鬼先生或許是覺得刺眼而掉下淚水，爾後祂聽到聲音，回過頭便看見打開門的彭毅澳。
「鬼先生……？」
祂上前擁抱了他，無論旁邊的陳煉川如何吵鬧，祂都沒有放開。
這是祂第一次想起一切的契機。
然而，這個世界的第一次重啟也是因為祂想起了世界管理局。
祂不該沒想好計畫就前去找這個世界的管理員，也沒想到管理員就是當初替代祂的丹蘿，連談判的機會都沒有，丹蘿直接重來，讓祂再次遺忘這一切。
不過能想起一次，一定也能再來一次。
因為鬼先生就是會被彭毅澳吸引，不管是哪個鬼先生。
祂就這樣重來了好幾次，鬼先生始終堅持著，一個放棄了，還有一個，最終合而為一，鬼先生持續與管理員周旋，終於有那麼一次，丹蘿願意聽祂說話，不如說，是忍無可忍。
「你這個異端煩不煩！以為重啟很簡單嗎！」
「那妳這一次能先好好坐下來聽我說話了？」

「……」

「妳不覺得奇怪嗎？為什麼我和澳澳會被貶到同一個世界？世界管理局對我們的審判會不會太急？這個世界甚至是澳澳寫的故事。」

「什麼？」

「是澳澳還是世界管理局的寫手時，寫的故事。」

「代表他也是異端，身為寫手怎麼可以自己創造——」

「為什麼不可以？管理員不能有自己的思考與情緒嗎？」

「我不會聽取異端的胡言亂語，更何況我的寫手跟你的不一樣，不可能出差錯。」

「不是妳和妳的寫手的問題，是管理局——算了，那我問你，妳脫離現在這個角色，還能有自己的思維嗎？我有喔，從澳澳跟我說喜歡的那一刻起，我就開始思考了，什麼是喜歡。」

丹蘿一頓，爾後固執地應：「……世界管理局不可能有差錯。」

「妳到底有沒有在用腦思考？」鬼先生感到無語，忍不住譴責自己的前同事：「可以不要那麼死腦筋嗎？」

「……我會思考，我能思考。」丹蘿反駁：「我還是認為世界管理局是絕對，你是異端，需要剷除。」

鬼先生嘆息，無奈地問：「所以妳打算一直跟我玩再來一次？」

「不，下一次你再想起來，我不會再馬上重啟了。」丹蘿篤定地道：「就算你能想起來也沒用，你贏不過準則，永遠無法從男主角的手中搶走彭翙洪。」

鬼先生挑眉：「我搞爛過一次準則，再一次也行。」

「你可以試試，你能想起來，你的搭檔未必。」

不，洪洪的本能記得。

不然祂也不會因為看到那本筆記本想起一切了。

這是由洪洪引發的奇蹟。

鬼先生默默地心想，不過不打算和丹蘿多說，只是道：「那也沒關係，我要的是現在的洪洪。」

「你如果違反其他規矩，我依然會重來。」

「一點都不能通融？」

「一點也不能。」

「知道了，現在，重啟吧。」鬼先生微微一笑，「我可能會麻煩妳好幾次，做好心理準備吧。」

丹蘿皺眉，不懂對方為什麼那麼有自信，只見鬼先生臉上帶著令人生氣的笑意，在世界重啟之前，道出最後一句：「為我見證吧，丹蘿。是我先認輸，還是奇蹟再一次發生——」

是的。

祂其實早就做好了心理準備，再重來好幾次的準備以及絕不認輸的決心。

鬼先生試圖干擾龍椁岩和彭子莙的命運，因為那是對彭毅洪來說很重要的事情，其次才是解決陳煉川。祂不希望開朗的彭毅洪在心中留下那永遠癒合不了的疼，希望彭毅洪永遠燦爛開心，不會再暗自哭泣。鬼先生打算先幫助龍椁岩，從中保護彭子莙不受小鬼的欺負，龍椁岩就不會擅自離開彭子莙，如此一來，龍椁岩也不會知道有關許願的事情，後續的事情就不會發生……理想很美好，現實是鬼先生的干擾造成了彭子莙和彭毅洪皆死亡的結果。

祂明明偷偷更改了生死簿，卻還是沒能改變他們的命運。

於是丹蘿再次重啟。

鬼先生再試著往其他的地方下手，可惜每一次都還是失敗，一切都按照著世界的準則發展，每經歷一次重啟，鬼先生想起彭毅洪的時間就會縮短，祂試過在彭毅洪的各個時段出現引導他，再給予他滿滿的愛，可是總是能被丹蘿抓到把柄，接著又被殘忍地重啟。

祂不知道究竟重來了幾次，有時候記憶會變得混亂，導致祂又犯了可笑的過錯，比如說忽略了陳煉川就是祂的疏忽，所以祂才迎來了這種下場。

祂在一片虛無裡甦醒，什麼都不記得了。

腦中只盤旋著一個名字——彭毅洪。

那是誰？祂不知道，只是隨著殘存的本能於鬼山裡飄盪，連人形都維持不了，只是一片黑影。黑影吞噬了另一片黑影，受傷的靈魂聚在一起，鬼先生混在裡面堅持著自我意識，雖然祂不曉得那是什麼，但總覺得祂必須堅持下去，直到某個人來找祂。

他承諾過的。

那麼祂也不能讓他失望。

即使被虛無鬼吞噬，祂也沒有失去自我，只是在漆黑裡等待。有許多聲音慫恿著祂放棄，沒日沒夜地持續，若是在這裡放棄，停止思考，虛無鬼就會將祂們消化，從此消失在這個世界上，成為虛無鬼的一部分。

如果放棄了，就不會那麼難受了。

密密麻麻的黑影穿透祂的身體，每一處都在疼，像是無數尖銳的針在扎祂，二十四小時從不間斷……這裡也沒有時間的概念，祂只是堅持著，然後沒有放棄。

如果沒有放棄，一定會有很美好的東西在等著祂。

祂莫名有這種念頭。

所以祂真的等到了。

在一片黑暗中，燈亮起的瞬間。

所有的黑影都被吸引過去，那是強大又溫和的存在，沒有人能夠抗拒，發瘋似的想要纏上去，祂們不斷地上前，即將攻進彭毅洟的時候，祂立即支配周遭的黑影，阻止其他黑影纏上祂等待已久的寶貝。

祂等得真的太久太久了。

不能怪祂情緒失控。

看吧。

只要持續堅持著，就會有美好的事情發生。

有看到嗎？可惡的世界管理局。

是他們的奇蹟先發生了喔。

這次，依然是他們贏了。

那麼故事的結尾、當然就是鬼先生和他的寶貝過著幸福快樂的日子囉。

……

嗯。

當然。

他一定會給鬼先生幸福——彭毅澌想。醒來的時候眼角的淚水被冰涼的手抹去，彭毅澌在熟悉的懷抱裡睜開眼睛，第一時間伸手緊緊抱住鬼先生，久久都沒有說話。他彷彿能夠同步感受到鬼先生成為黑影的孤寂、冰冷與疼痛，那實在是太過煎熬，可鬼先生撐住了，然後回到他的身邊。

「鬼先生，接下來我一定、一定一定會讓你過著幸福又快樂的日子……」彭毅澌不只心裡想還哽咽地再次許下承諾，補充又道：「包含下半身的性福！」

鬼先生莞爾，拍了拍彭毅澳，親吻他的耳後輕聲應：「嗯，我一直這麼相信著並且等著你。」

「——好了沒？」

第三者的聲音讓準備給鬼先生一個吻的彭毅澳嚇了一跳，這才發現他們已經不在虛無鬼的體內了，眼前是熟悉的暗紅色空間，閻王坐在自己的王座上居高臨下地看著他們，彭毅澳咦一聲，沒想到自己只是意識脫離了一下就離開那種鬼地方。

「我們怎麼會……」

閻王起身慢慢地走向他們倆，替鬼先生解釋：「虛無鬼是由無數個破碎的靈魂組成，而你的鬼先生把虛無鬼的部分吃掉了，然後帶著你逃出鬼山回到這裡。」

「什麼！鬼先生，你還好嗎？怎麼亂吃！會拉肚子的！有沒有覺得哪裡怪怪的？」

「嗯……」鬼先生想了一下，瞇眼笑問：「現在只想瘋狂愛你算不正常嗎？」

「不算！」心動的彭毅澳大聲說，「因為我也想瘋狂愛你！」

見那黏黏膩膩的一人一鬼，閻王扶額，不斷想這是彭莉嘩的孫子必須要有耐心，祂極度不情願地抓住鬼先生的手說：「胡來，再這樣下去你會失去理智。我把破碎的靈魂抽出來，你空出來的那一半由我來補上，好好待著。」

鬼先生微愣，下意識地想抽出手卻又到一半停下，祂對於現在的閻王感到陌生，又或者是記憶混亂了，情不自禁地喊出：「爸……！」

「誰是你爸！」閻王倏地甩開鬼先生的手，皺著眉再次提醒自己這是莉曄孫子的寶貝愛人，只好拉回祂的手幫祂淨化出混濁的碎魂，「我只是遵守賭局。從彭毅澂找到鬼先生再回到這裡總共花了兩個小時又五十八分，確實在三個小時以內，算你們贏了。」

彭毅澂伸出食指和中指比耶：「嘿！我就說我會贏了吧！這時間還有算我和鬼先生重逢後的激烈愛愛——」

「不想知道。」閻王覺得這是自己最後的耐心，真不曉得平常莉曄是怎麼應付這古靈精怪的臭小孩，祂專心於處理鬼先生體內的狀況，到最後鬆開手，看向與祂截然不同的分身，不由得感嘆：「我說你，雖然是從我這邊分出去的，但……真令人刮目相看。我坐在這個位置看過各種荒唐之事，卻是第一次看到被虛無鬼吞噬後還能維持住意識並且順利回來的鬼。」

鬼先生愣神地望向自己的手，那種意識被模糊不清的黑霧蓋住的混沌感轉瞬間消失了，有種回到全盛期的餘裕，祂笑了笑，回道：「嗯、要解釋的話只能說是因為愛。」

「哈、真的是瘋子。」閻王帶著一絲遺憾又一次喟嘆：「我就沒辦法做到你這種地步。」

「沒事！」彭毅澂比出大拇指道：「現在一起當瘋子啊，閻王大人！」

「……也行。」閻王笑回：「反正世界不知道什麼時候毀滅。」

「不要說那麼不吉祥的話啦！」
「等會就送你們回去，莉曄一定很擔心你們。」
「喔喔，感謝閻王大人！順便看看阿嬤嗎？」
「不，送你們是順便。」
「齁齁——」
彭毅淟想調侃的話只到嘴邊，他感覺到鬼先生在輕輕拉他，彭毅淟這才說明：「啊鬼先生應該還不知道？我阿嬤年輕的時候和閻王大人談過戀愛喔。」
鬼先生停頓，猛地望向閻王，閻王理直氣壯地環著胸，覺得自己沒必要與鬼先生解釋便沒開口，這下換鬼先生感嘆：「我確實不知道……地府內發生了什麼事其實我都不清楚，當時我只在乎我的工作內容和淟淟。」
「本來就誰都不知道。」閻王炫耀似的道：「那時候我常趁大家不注意的時候偷溜出去和莉曄見面。」
「每晚嗎？」
「每晚。」
「哎呦好浪漫喔。」彭毅淟的八卦之心再度開啟：「那有發生什麼事嗎？」
「色小鬼，我們談的是純愛。我以為我們有很長的時間，所以……」閻王的眼神立即暗下來，接著轉移話題說：「好了，帶你們回去，一樣從那個通道走就可以了。」

由閻王帶頭打開那道小門，這個通道似乎可以依照閻王的意願改變目的地。鬼先生抱起腰還有些軟的彭毅渙跟上，照亮通道的火光一樣在他們經過時跟著熄滅，回頭就是深不見底的漆黑，像是在警告來者不可回頭，彭毅渙默默地移開目光，轉向走在前方的閻王，他拉著鬼先生問：「這樣直接走真的可以嗎？」

「可以的。」鬼先生安慰事後才感到不安的彭毅渙，帶著淡淡的笑容道：「我還想說閻王大人怎麼會對我們這麼親切，原來是和阿嬤有這層關係。」

「我知道的時候超震驚的！阿嬤說年輕的時候很會玩不是說假的耶！不過我能來到這裡也都是靠各種關係啦……」

「嗯，這部分我有聽閻王大人說了，啊、我以前還威脅過神明大人。」

「哎，大人不會計較那麼多吧？」

彭毅渙這句話講得特別大聲，閻王沉默，一會後答：「真要計較的話，計較不完，沒那個必要。」

「對啊，要說的話，阿嬤也很常抱著神明大人親來親去吸來吸去，而且都偷偷來……喔對，阿嬤還會讓神明大人附身耶？這樣是不是——」

閻王倏地停下，回過頭警告：「關於我和神明大人的關係怎麼樣？」

彭毅渙即答：「不能和阿嬤說！」

「那世界管理局的事？」

「絕對不會跟我的家人說！」

得到滿意的答案，閻王才繼續往前走，皮一下的彭毅澂鬆口氣，對鬼先生嘿嘿笑，改說起其他事情：「其實我也還沒想好要怎麼跟阿嬤和媽媽解釋你，又不能跟他們說真相。」

「說我們生米煮成熟飯了？」

「哇阿嬤要氣死。」

閻王又回頭警告：「不准惹莉曄生氣。」

「是的！」彭毅澂大聲應答，然後小聲地和鬼先生說：「嗯、沒關係，我會把我們的愛情故事再包裝得聳動一點，這點我最會了。」

「那就拜託你了，我最棒的小作家。」

鬼先生微微一笑，親暱地磨蹭彭毅澂的髮絲。離開地府的路上讓祂想起了第一次離開這裡的場景，也像現在這樣，背後是一片漆黑，迎向祂的則是明亮的光，地府有很多個通往上面的祕密通道，鬼先生還深刻地記得當時的情緒，為擅自離開工作崗位感到不安，又為脫離規則的刺激感到雀躍，而祂會踏出那一步也是因為彭毅澂，祂的一切永遠都是彭毅澂來開啟，不論是身為管理員還是鬼先生的時候。

此時他們停下腳步。

彭毅澂見閻王遲遲沒有動作便開口詢問：「閻王大人你在緊張嗎？因為久違地要以真身見阿嬤了？沒事啦！阿嬤會看在我的份上先跟你道謝的！我罩你！」

閻王一時之間不知道那孩子究竟是膽子大很欠揍還是開朗貼心，不過他也因為彭毅淟沒那麼緊張了。面前又是一道門，一打開或許就能見到彭莉曄，閻王深吸口氣，直接轉開門把打開，映入眼簾的即是彭毅淟老家的神明廳以及正在拿香拜拜的彭莉曄。

彭莉曄愣住，由她的角度來看一行人是從裡面的房間打開門出現，在一旁的彭子菪也愣住，閻王則是擋在門口盯著彭莉曄失神：「莉曄……」

「閻？」彭莉曄困惑地道出許久未喊出口的名稱，仔細一瞧，那熟悉的呆毛與眉眼從閻王肩膀後探出，彭莉曄和彭子菪立刻衝過去呼喊：「淟淟！」

鬼先生以肩膀撞開佇在原地的閻王，來到擔心彭毅淟的一人一鬼前放下彭毅淟，彭毅淟給她們一個重逢的擁抱，彭莉曄接著問：「你還好嗎？你有沒有怎樣？天啊神明保佑……有平安回來就好……還是說身體有沒有覺得哪裡特別重還是不舒服？」

「有問題一定要說出來！你已經進去三天了。我們也不知道怎麼聯絡你的朋友，真的很擔心你，毅淟……」

「媽、阿嬤，我沒事，你們放心，抱歉讓妳們久等了。」彭毅淟趁機介紹鬼先生，摟著他的臂膀大咳一聲，道：「那個、跟你們介紹一下，這就是我要找的對象……祂叫鬼先生，是我的愛人，我們的關係要從很久以前說起……嗯，總之很複雜。」

鬼先生頂著彭莉曄和彭子菪的死亡威脅目光面不改色，微笑應對：「媽、阿嬤，你們好，不好意思給你們家的淟淟添麻煩了。」

彭莉曄：「……」

彭子䓿：「……」

母女倆似乎短時間內沒辦法接受。

氣氛一度凝結，彭毅澳屏息等待，好一會才等到彭莉曄先開口問：「你去了那麼危險的地方就是為了找這隻鬼回來？找的對象真不是人？」

「嗯。」

彭莉曄頭痛地把問題丟給女兒：「子䓿，妳說說妳兒子。」

彭子䓿的嘴角輕輕一扯，只是道：「想把牽著我兒子的鬼告到家破人亡。」

鬼先生對於他們的殺人目光依然是不痛不癢，很有禮貌地應對：「我會努力讓妳們承認我的。我以我的靈魂保證，絕對不會傷害到澳澳，會一輩子守護他。」

彭莉曄和彭子䓿看著眼前有禮又紳士的帥氣男人，又看了眼明顯陷入戀愛的彭毅澳，一人一鬼皆頭疼地扶住額頭或是按住後頸，她們都知道現在說什麼彭毅澳想必都聽不進去，畢竟她們曾經也為愛瘋狂過啊，都懂的。

「算了，目前平安回來就好。」彭莉曄嘆著氣說道，她望向自己的孫子又說：「當初我們不問是因為相信你，澳澳，但我以過來人的經驗跟你說，現在只是一時盲目衝動了，以後還是會發現人和鬼終究沒辦法在一起。」

「怎麼不能了？」

閻王終於找到時機插話，彭莉嘩一頓，轉頭瞧了眼站在一旁的閻王，看到祂與過去完全沒有變化的面容，默默地移開視線，「事到如今，別來插嘴。我沒想過要找你幫忙，不過想必我的孫子受你照顧了，謝謝。」

「不客氣，應該的，想必妳也很疼妳的孫子。」

「……」

「……」

任誰都看得出來他們之間的氣氛不一樣，唯一狀況外的彭子菪便被彭毅溾拉過去講悄悄話。

「媽媽，祂是閻王大人。」

彭子菪一臉吃驚。

「閻王大人和阿嬤似乎談過一場虐戀，阿嬤不想讓我們知道還騙我說她跟閻王大人不熟。」

彭子菪張大了嘴巴。

於是和鬼先生與彭毅溾一起成為吃瓜群眾。

閻王往前踏出一步，垂首望著他思念已久的女人，「我知道我現在說什麼都沒用，擅自離開妳也是事實，但我——」

彭莉嘩沒有特別想聽，也覺得不必要聽便打斷祂的話問：「你過得還好嗎？」

「什麼？」

「上次要我守住鬼山的……」彭莉曄這才抬眼，直視著閻王的雙眼問：「是你嗎？」

閻王瞬間愣住，她說的是管理員假扮祂的時候嗎？莉曄認出了那不是祂嗎？這可以說嗎？面對如此心愛的女人，閻王的嘴也變笨了，思緒亂成一團，祂的嘴撇撇闔闔就是沒說出一個答案，彭莉曄見狀，也沒強求，淡淡地說：「行了，如果不能說就不要說，我自己判斷。我想說的是我們的緣分早已結束，還有，我結婚了，如你所見是一個老阿嬤了。」

「不。」閻王終於把聲音擠出來，反駁道：「妳在我眼裡依然美麗帥氣。」

「我已經過了聽甜言蜜語會心動的年紀。」

閻王輕笑，「妳怎麼會在一個閻王面前提年紀？」

「臉上還有數不清的皺紋了。」

「如果妳介意，我的外貌也可以改變。」閻王又靠近彭莉曄一步，勾起唇，以好聽的嗓音道：「我倒是認為緣分不是那麼容易就能結束，就像是妳的孫子找到了我，然後我帶他回來再和妳相遇。」

「不。」彭莉曄伸手擋住祂，重新拉開彼此的距離，眼神示意自己手上的戒指，「我說，我結婚了，也早已愛上別人，有女兒也有孫子，別太油膩了，閻。」

「哇竟然直接說閻王大人油膩，不愧是阿嬤。」

「媽向來都有話直說。」

顯然彭毅澳和彭子萏的悄悄話閻王和彭莉曄都聽得到，他們又一度沉默，閻王知道要挽回彭莉曄的心意是要打長久戰，也有可能彭莉曄直到死都不會再次接受祂，但祂還是想要和彭莉曄好好地進行一場對話，起碼不是現在，不是這個時機，因此祂適時地撤退。

「知道了，今天先這樣，我會再回來找妳的。」

閻王說完後就準備轉身離開，彭莉曄看著那道背影，話脫口而出：「你最後一次也是這樣說。」

閻王倏地停下腳步，「那我不走了。」

彭莉曄驚覺自己失言，擺手說：「我說錯話了，快走。」

「不走。」

「……我還有事要跟我家的孫子談。」

彭毅澳舉手說出自己的意見：「沒關係你們繼續。」

彭莉曄改找女兒：「子萏……」

彭子萏也擺擺手，說：「沒關係你們繼續。」

「……」彭莉曄的頭更痛了，女兒和孫子都沒站在她這邊，她更不可能找一直微笑看著一切的鬼先生，只好再向閻王說：「年輕的時候可能真的還有遺憾，但現在沒有了，閻王大人，你不必再來找我。」

「嗯，我每天都會來找妳。」閻王裝傻，在真的離開之前，又補一句：「現在要回去收拾妳孫子惹出來的殘局。」

彭毅洪感嘆：「哇這招高招。」

彭子碧附和：「嗯媽最討厭欠別人人情。」

彭莉曄怒道：「別以為我聽不到！」

「莉曄，給我一個敘舊的機會。」閻王趁機增加攻勢，以無害的帥氣臉龐說：「和久別重逢的老朋友談談可以吧？」

「……之後再說。」

彭莉曄終究還是妥協了，閻王也是高高興興地回去地府，吃瓜的一人和兩鬼莫名要承受彭莉曄的怒氣，正在長輩的面前跪坐挨訓，鬼先生試圖起來反駁保護彭毅洪，又被彭莉曄拿的藤鞭給打回去。

「等等、阿嬤妳不要害羞啦！阿公去世那麼久了，再找第二春也可以啊。」

「你阿公已經不知道是我的第幾春了。」

「知道阿嬤年輕的時候很會玩啦……！」

彭子碧也忍不住說一句：「媽，妳要去尋找妳的幸福也可以喔。」

「妳這個不孝女還敢說！」彭莉曄大怒，「妳爸要是知道了肯定又氣死一次！」

「爸都走那麼久了……媽找個伴我也比較安心。」

「再怎麼找也不會找閻王！」

「緣分來了怎麼擋都擋不住的啦阿嬤。」

「洪洪我看你又皮癢了是不是？」彭莉曄揮了揮手中的藤鞭，眼看鬼先生再次擋在彭毅洪的面前，她也沒真的下手，改問：「是說，神明大人呢？」

「啊、神明大人回到祂該回的地方了。」

「那──」

「換誰來守住鬼山，閻王大人應該會再親自跟阿嬤談吧？喔對，我也有請閻王大人幫我跟我的朋友說我平安無事。各位，知道這是什麼意思嗎？」彭毅洪激動地揪起臉，晃著手無聲吶喊，爾後開心地大喊：「一切都迎向了最好的結局！哈哈！」

「洪洪。」鬼先生拉住彭毅洪，貼住他的背後小聲地說：「神明大人不在的話，龍榑岩的靈魂大概是會交回給閻王大人，因為依照願望來說，靈魂是給神明大人，而如今神明大人就是閻王大人。」

「啊。」彭毅洪跟著推理：「閻王大人應該不需要龍榑岩的靈魂，更不可能需要媽媽的，媽媽還是阿嬤的女兒，閻王大人更不可能傷害媽媽……如此一來龍榑岩和媽媽不會變成誰的力量消失了，他們可以順利投胎……這之間也沒有什麼不可逆的問題，哇、哇──！鬼先生！結局真的改變了！」

鬼先生笑著應：「是，我們大獲全勝。」

「又在講什麼悄悄話？」

彭莉曄看不慣彭毅淟和鬼先生這麼親近的樣子，本來想要再好好說一番，彭毅淟卻突然跳起來，同時拉住彭子莙，此刻彭毅淟抱住他的家人垂著首沒有說話。

「淟淟？」

「唔哇！」彭毅淟沒忍住，大聲哭出來：「成功了！媽媽、阿嬤……！我和鬼先生做到了！」

彭莉曄和彭子莙都一頭霧水，可孩子突然嚎啕大哭，她們也沒辦法繼續譴責。

「毅淟，怎麼哭成這樣？」

「哭成這樣我也不會同意你帶那隻鬼回來。」

「齁阿嬤！鬼先生是、是閻王大人的同事啦！嗚、和一般的鬼不一樣！」

「就算這樣——」

「那阿嬤和閻王大人也在一起就好啦，以後一家人一起在地府團圓。」

「說什麼不吉利的話！」

「嘿嘿、嘿嘿……」彭毅淟喜極而泣，由衷地感嘆：「我成為了彭毅淟真好、真好……」

後來鬼先生也加入這個擁抱。

不過馬上被兩位彭家女士給狠狠推開。被彭家女士守在身後的彭毅淟笑了笑聳聳肩，鬼先生無奈地也笑了。

沒關係，祂想。

只是需要時間。

他們也是花了數不清的時間越過了無數個難關來到這一刻。

對鬼先生來說，祂的彭毅淟不再哭泣，祂也能回到這裡拾回祂最心愛的寶貝。

對彭毅淟來說，他的戀情圓滿、家人們也都能如自己所願迎向最好的結局。即使能夠改變未來，彭毅淟也沒想過要拆散彭子莙和龍楟岩，如果能和愛人一起走，想必一定是最完美且最幸福的結尾……或著再來一次？是不是其實有辦法可以改變過去？這些念頭只在彭毅淟的腦中一閃而過，因為他認為沒那個必要了，也不想再去碰觸願望那種東西。

彭毅淟想要好好地度過這一次的人生，毫無遺憾地送走媽媽和爸爸，再看看阿嬤會不會重新接受閻王，最後他變成老爺爺再和鬼先生一起走。老實說是這個世界的主人又怎樣，彭毅淟能夠改變準則和鬼先生在一起就足夠了，畢竟接下來的日子還是要過啊。彭毅淟還要回去完成學業、與柯無瑋和田常芳一起在咖啡廳聊天、再和鬼先生瘋狂愛愛、還要去看龍楟岩、往後還要送龍楟岩和彭子莙離開、請閻王大人好好照顧他的爸媽……總而言之，未來的日子可忙的哩，誰管世界管理局有什麼陰謀，之後若是真有什麼——見招拆招吧。

如今平平凡凡地和鬼先生恩恩愛愛度過每一天最重要，誰都無法再拆散他和鬼先生。

彭毅淟真心地這麼想。他和鬼先生相視而笑，趁彭莉曄和彭子莙沒注意的瞬間擁吻，這就是他們幸福又快樂的結局，那麼結局後呢？

一樣是度過幸福又快樂的日子啊。

至於閻王大人究竟有沒有成功追回彭莉曄，那又是另外一個故事了……

尾聲

五年後。

彭毅渶受邀參加了屬於自己的簽書會。

這些年來他也寫了不少故事，彭毅渶將自己與鬼先生、與家人的經歷寫成一系列的小說，當然有些不能說的地方自然以其他的方式帶過，據說主角與離世的父母道別的場面賺人熱淚，大家也為主角與男主角之間的感情動容，出版後廣受好評。

第一次有簽書會的彭毅渶十分緊張，好在編輯同意鬼先生以保全的身分陪同，而鬼先生也只是帶著口罩站在一旁，適時地安撫緊張的彭毅渶，這個畫面對前來的讀者來說特別養眼，彭毅渶也是事後才知道他和鬼先生的組合在網路上爆紅。

在那之前，他更在意的是，他看見陳煉川了。只不過他們並沒有相認，正確來說，他們也不相識，陳煉川只是在給彭毅渶簽書的過程中說：「噢老師，我看完您的故事後淚流滿面。我由衷地希望您過得幸福，所以看到結局的時候真的哭得很慘，不知道為什麼就把老師帶入了。」

「這樣啊⋯⋯」

彭毅渶簽完後抬起頭望向陳煉川，準則失效後，陳煉川應該也不再被準則干擾與控制了，但他也不確定準則是什麼時候算真正地失效，而這期間已經不再是天選之人的陳煉川又是怎麼過，彭毅渶有想過是不是該去關心，可想到都是陳煉川亂許願鬼先生才要經歷那些苦痛，他又不想去管了，如今看著陳煉川，突然覺得沒被準則控制的陳煉川順眼很多，狀態看起來也很好，於是微笑說道：「謝謝你。」

「說這個會不會有點奇怪？」陳煉川害羞地撓撓臉頰，拿回書後又大聲道：「總之、我很喜歡您寫的故事，謝謝老師！」

「也謝謝你喜歡。」彭毅澌叫住準備離開的陳煉川，道：「對了，你也要幸福喔。」

陳煉川一愣，笑著揮了揮手，也說：「是的，多虧您，我戰勝了。」

「──什麼？」

彭毅澌沒聽清楚，想再詢問的時候便被身後的鬼先生控制住臉轉回去，祂巧妙地擋住陳煉川的身影，低聲說：「澌澌，不能偏心，說太多話了。」

鬼先生的動作莫名引起尖叫聲，彭毅澌失笑，知道是他的鬼先生吃醋了。

「是、是。」

彭毅澌緊接著為下一名讀者簽名，途中那位讀者也趁著難得的機會搭話詢問。

「請、請問……劇中的主角最終選擇男二是為什麼呢？我一直以為他會跟男一在一起……劇情卻突然來個轉折，不是說不好！很好看！只是有點……」

「嗯，男一也沒有差到那裡去啦，就──」

「就？」

彭毅澌瞅向鬼先生，揚起嘴角，鬼先生也挑眉等待他的回覆。

「因為男二又大又有錢呀！」

彭毅澂向自己的讀者比著讚真心誠意地這麼說。

……好。

後來那位讀者確實是被說服了。

Chapter 03、彭毅澂和鬼先生的幸福快樂結局〈完〉

後日談一

對了、還有性福快樂的後續

重新歸來的鬼先生一無所有，從又大又有錢變成只剩下大了。

雖然身為鬼的鬼先生本來就不需要什麼花費，以前所有的財產也都是為了彭毅澂才做事先準備，但彭毅澂並沒有放過可以耍帥的機會，站出來表示這次就由他來養鬼先生，接著霸道地把鬼先生推到牆邊，抓住祂的下顎笑嘻嘻地說不接受拒絕。

鬼先生低頭注視著彭毅澂，微微一笑。

要被澂澂可愛死。

幸福地快死掉了，喔不，祂本來就死了，呵呵。

如今他們已經回到彭毅澂的租屋處，享受一人一鬼的甜蜜日常。多虧彭毅澂的編故事技能以及生動的說故事技巧讓彭莉曄與彭子萶對他們的戀情稍微寬容了點，他將與鬼先生的相遇、分開與重逢撇除世界管理局重新編過，說是小時候就與鬼先生相識，鬼先生是彭莉曄與彭子萶不在時陪伴他的存在，用意在勾起她們的愧疚。分開的階段彭毅澂以真心道出自身經歷的痛苦與無措，過程說得特別感人肺腑，深深戳進各自擁有不簡單戀情的彭家女士心底，她們甚至針對彭毅澂揑造出來的大反派厲鬼，質問那個厲鬼是怎麼回事，竟然那麼狠心地拆散祂們，還嘴硬說不是同意鬼先生和澂澂在一起，只是用那種做法太過分了。

彭毅澂沒有提起陳煉川，是以另外一種說法示意鬼先生被撕碎靈魂丟到鬼山，最終彭毅澂也找到線索指向鬼山，所以才提出要去鬼山的要求，而好心的閻王大人幫他們對付厲鬼，故事的結尾就是她們看到的那樣，解決完厲鬼的閻王大人親自帶他們回來。

彭毅洪認為自己真是機智到不行，他還幫閻王大人加分了呢，回頭再請鬼先生與閻王大人串通即可。儘管她們對於彭毅洪和鬼在一起的這件事依然牴觸，但對鬼先生的敵意也不再那麼深厚，如此一來，真的只要靠時間了。

鬼先生也決定展現自己可靠的一面，讓未來的阿嬤大人和岳母大人能夠安心地將彭毅洪交給祂。這很簡單，祂做過無數次的——賺錢、置產、保障彭毅洪的下半輩子衣食無憂，再以岳母大人熟知的法律來佐證，把一切都記在彭毅洪的名下，合約裡也沒有任何對彭毅洪不利的條款，這樣就算鬼先生變心，彭毅洪仍然可以擁有鬼先生的所有財產。

現在這個世代，真的是愛昏頭了才會這樣做。

那鬼先生又是怎麼在短時間內賺大錢？

祂貸了一筆錢，接著錢滾錢，登登登，還錢的同時錢也進來了。

所以當彭毅洪看到鬼先生手機裡的那串數字時愣了又愣，完全無法明白中間發生什麼事情，鬼先生揉揉彭毅洪的腦袋，笑說：「我經歷那麼多次，當然有記住哪隻股票會漲，接下來就是買地買房，買回我們的家。」

彭毅洪目瞪口呆。

好的，他都還沒發揮呢，鬼先生瞬間就變回又大又有錢了。

於是鬼先生再次西裝筆挺地帶著律師到醫院提親，同一時間，彭莉曄、彭子萿以及龍楟岩都在場，鬼先生找的律師還是彭子菪和龍楟岩的資深老前輩，才剛清醒的龍楟岩立即昏了回去，彭莉曄說自己是老人家看不懂字，老前輩便為她細心說明，彭莉曄頭超痛，又不好意思趕走人家，爾後小聲問彭子菪怎麼樣，彭子菪也是說這份合約沒有任何問題，所有條款都只對彭毅淍有利。

彭子菪還請彭莉曄詢問老前輩怎麼會接鬼先生的委託，不是年紀大了準備退休了嗎？

老前輩笑得和藹，道：「這位先生很有誠意。」

彭莉曄知道自己可能有點失禮，但還是開口問道：「敢問多有誠意？」

老前輩轉頭以眼神詢問鬼先生的意見，鬼先生笑咪咪地請他務必說出祂多有誠意，老前輩呵呵一笑，向彭莉曄比出了一個數字。

彭莉曄和彭子菪瞬間明白了這誠意的分量。

鬼先生有禮地再補充：「我希望是找你們能夠信任的對象，所以靠一點關係請到這位前輩的幫助。我知道在你們的心底深處還是認為我不是淍淍最好的對象，但我必須說，淍淍是我的一切，我的永恆，我的摯愛，我一定會一輩子對他好的，可口說無憑，在有限的時間內，我想獻出最大的誠意，我想，所有的海誓山盟對你們來說都毫無根據，沒辦法相信，因此我以最有效力的白紙黑字來證明。」

不管怎樣，她們都會比彭毅淍還要早走，不論是已經走一半的彭子菪，還是已經邁入晚年的彭莉曄……就算現在她們能反對，也沒辦法反到彭毅澂的後半輩子，到那個時候鬼先生和彭毅澂會怎麼樣她們都無法知道了，倒不如現在就確定好。

常說有錢不是萬能，但沒錢也是萬萬不能，對小老百姓來說吃好睡好穿好，偶爾有點娛樂再加上老年有所保障就夠了，現在彭毅澂的保障就在這裡，理性看待，她們實在是想不出拒絕的理由。彭莉曄不知道能不能相信沒相處過的老前輩，可自己的女兒說的話怎麼可能不信，剛好彭子碁怎麼看都只覺得合約非常不合理，以鬼先生的角度來說。

母女倆本來還有點擔心彭毅澂陷太深怎麼辦，陷越深的人越容易受傷，結果看起來暈到不行的根本是鬼先生，祂還笑得一臉燦爛想把自己的家當全部交給彭毅澂，頗有暈船工具人的感覺，怎麼看吃虧的都是鬼先生，加上他們也是排除萬難才終於能夠在一起……再反對的話，似乎不太好，然而鬼終究是陰晴不定的生物，人界的白字黑字對鬼真的有效力嗎？

鬼先生連這點也想到了。

祂拿出另外一份合約，效力是由閻王大人判定，由擁有靈力的彭莉曄簽字即可，內容是如果鬼先生意圖傷害彭毅澂，那麼祂願意接受魂飛魄散的懲罰，中間還有附註床上行為不算……這些彭莉曄是沒看那麼仔細，總之是交給律師女兒處理，覺得沒問題後再由彭莉曄簽字。

如果彭毅澂在現場，會罵鬼先生根本不用做到這種地步，可是鬼先生是看準時機先斬後奏，趁著彭毅澂去上課時來訪，等課堂結束彭毅澂才會過來，鬼先生笑著說等一下會請彭毅澂當著大家的面簽下人界的合約，而地府的合約是祂和彭家女士之間的祕密。

做到這種地步，說鬼先生是愛情盲徒也不為過，要是彭毅澂是個心狠手辣的騙子，鬼先生真的會被騙到一無所有，甚至慘至魂飛魄散。

「對了，等會澂澂來，或許會覺得沒必要做到這樣，再麻煩兩位對我表現得再抗拒一點，說不這樣做您們無法安心。」

彭莉嘩與彭子萂互看一眼，沉默幾秒，彭莉嘩作為代表同意，某方面來說，她們也是比以往更認同了鬼先生。後來前來的彭毅澂真的如他們所願，為了得到阿嬤和母親的認可簽下合約。

彭毅澂其實沒想那麼多，他很佩服鬼先生能在那麼短的時間內再次部屬成功，看來他註定要成為鬼先生的小白臉，既沒有推拒也沒有感到心虛，啊他的另一半就這麼優秀嘛、啊鬼先生就那麼愛他咩，能享受就盡情享受，矯情什麼，大大方方地接受還比較酷，能讓家人們安心也更重要。

反正他們的一切都是屬於彼此的。

明明是這麼想，彭毅澂卻無法抒發堵在心裡的那股氣，與鬼先生回家後異常沉默，發覺到彭毅澂情緒的鬼先生立即湊上去，將第五次開冰箱發愣的彭毅澂抱起來，帶到沙發上問：「怎麼了？你不高興？以後我們的澂澂只要開心寫小說就好了，不用擔心錢的問題，就像之前一樣……不好嗎？」

「我也是這麼想的。」彭毅澳自然地坐在鬼先生的腿上，他嘟起嘴巴，還在思考自己感到不舒服的點，講話因而有些含糊：「唔、可以只做自己喜歡的事情是很好，但好像不用做到這樣？這一切的前提是不相信鬼先生吧？我相信鬼先生啊，知道現在愛情和麵包，麵包比較重要啦，可是如果沒有鬼先生，我也不要麵包啊。」

「呵……」鬼先生聽完後悶在彭毅澳的肩窩輕笑，祂啾一口彭毅澳噘起來的可愛小嘴，「澳澳，你真好，你在為我打抱不平？」

彭毅澳想了想，恍然大悟：「對！你說像以前一樣，確實，可我的心態不一樣了，我覺得我們之間不需要用白紙黑字來分那麼清楚，你的是我的，我的也是你的啊……嗯這發言好戀愛腦，啊不管啦！總是鬼先生在付出，即使是我，也會有點不好意思啦……」

「說這話就見外了，你和我之間有什麼不好意思？」鬼先生輕輕撫上彭毅澳的後頸揉捏，頗有掌控的意味，似乎沒聽到滿意的答案就不會放開，「這是為了得到阿嬤和你母親的認同，這樣她們才能安心，畢竟對她們來說我就是來路不明的鬼。」

「哪、哪有！我有解釋你是閻王大人的同事。」

「閻王大人以前不也離開了彭莉曄女士嗎？」

「那是不可抗力……」

「彭莉曄女士並不曉得。」

「是啦，阿嬤一直以來都是以經驗談在勸我……不過，我也不想把你的付出視為理所當然。」彭毅洟勾起唇角，伸出指尖磨蹭鬼先生的胸膛，「你可以說說看你想要什麼？」

鬼先生又發出低笑聲，祂冰涼的指腹磨蹭著彭毅洟的頸部肌膚，啞著音反問：「你想，你要給我什麼？」

「唔、我？但因為我已經是你的了，所以除了我，鬼先生有想要其他什麼東西嗎？」

「不好意思，沒有呢？」

「鬼先生應該要再貪心一點的。」彭毅洟主動解開鬼先生衣服上的扣子，手伸進去貼上，試圖將自己的溫暖分送給祂，「你不說，我幫你說……哼哼，我有看到喔，前幾天，你從地府帶了很酷的東西回來對不對？是不是你以前說過的……可以掌握你的靈魂的特製項圈？」

鬼先生癱在沙發裡扯出滿意的笑容，祂鬆開彭毅洟的脖頸，改掐住他的腰在自己的褲檔上磨蹭，大方承認：「是，我想要你玩弄我到發瘋，行嗎，洟洟？回來後的性愛都有點倉促，你又因為課業忙碌，捨不得折騰你。明天是假日，想慢慢做、慢慢與你溫存。」

「好。」彭毅洟感覺到頂著他的凸起蠢蠢欲動，他笑了，湊上去親吻道：「包你滿意。」

他們從客廳一路親到了臥室。

鬼先生親自把藏在床頭櫃的項圈拿出來放在彭毅洟的手上，那是黑色的皮製項圈，中間鑲有一般大小的鐵鍊，彭毅洪興致勃勃地為鬼先生戴上，可當握住那冰冷的鐵鍊時驀地一抖，鬼先生體內的寒氣透過鐵鍊侵入彭毅洪的身體，只要他輕輕一扯，就能感覺到靈魂的分量，又或者用力一捏，就能聽到鬼先生的低吟。

「嗯、洪洪，小力點……靈魂是很敏感的。」

彭毅洪嚥下口水，看見鬼先生解開褲頭，掏出硬挺的陰莖，明明連碰都還沒碰，前端就流出汁液，彭毅洪有點想舔，於是拿起鐵鍊一邊舔吻一邊摩擦，鬼先生倏地一僵，仰起頭失笑，翹高的陰莖脹紅又脹大，上面的青筋越顯猙獰，性器有種比以往翹得更高、脹得更大的感覺，彭毅洪立刻察覺到是項圈的效用。

「鬼先生、還好嗎？」

「呼、哈……洪洪真厲害，無師自通……這就好像全身都被洪洪的嘴唇親吻，又好像被洪洪的手包覆摩擦，洪洪能懂嗎？來自靈魂深處的顫慄快感……」

鬼先生的眼神看起來已經不太正常。

祂褪去溫和有禮的形象，偏偏英氣的長相與精壯的體格依然完美，此時的鬼先生有一點像沉迷於性愛的斯文敗類，讓彭毅洪差點口水直流，恨不得馬上撲過去將這迷人的男鬼吃抹乾淨。

不過最後到底是誰會被拆吃入腹，還不曉得呢。

昨天也才剛做，只是做完彭毅洪就睡著了，後續的清理交給鬼先生。因此彭毅洪的擴張做得很簡單，他擠出一堆潤滑液在鐵鍊以及自己的屁股上，柔軟的小穴輕易地吞去彭毅洪的一根手指，另外一隻手將鐵鍊繞在一起，隨心所欲地控制拉扯的輕重，每一拉每一扯都能帶給鬼先生滅頂似的刺激，靈魂被拿捏著，來自彭毅洪的溫和陽氣與鬼先生的冷冽寒氣互相碰撞，帶給鬼先生酥麻的疼感，令人上癮，陰莖連碰都沒碰就直噴而出，接著再次勃發，直挺挺地向著彭毅洪。

「洪洪、洪洪……洪洪……」

鬼先生的嘴角淌著唾液，祂混亂又蠻橫地抓住彭毅洪的腳踝將人拉下來，擴張到一半的彭毅洪發出小尖叫，再次扯住鐵鍊，喝止鬼先生的行為。

「嗯、不可以……要再等、我還想試試別的……我們要慢慢玩啊鬼先生……」

「哈、呃……殘忍的、洪洪……想要洪洪、哈哈，真的、要發瘋了呢……不愧是地府銷售第一……」

彭毅洪真的愛死了鬼先生意亂情迷又像野獸粗喘的樣子。

別說是陰氣了，彭毅洪只感受到滿滿的雄氣，那在滴汁的陰莖插進來一定特別爽，鬼先生的腰會停不下來，又插又射地持續挺動，直直撞到他的前列腺猛力摩擦，彭毅洪光是想像就快要不行了，即時停下擴張，拔出手指後換上鐵鍊塞進去。

「洪洪……！」

「唔呃、嘿……有想過這樣玩嗎？」

鬼先生的靈魂發麻，陰莖又射出許多精液。

祂覺得自己要失去自我了，就像是鬼山時那樣的失控，靈魂差點化為黑影蔓延開來，將眼前可口的人兒撕咬吞噬。祂撐在彭毅澳的身上，目光迷離，眼底濃稠的黑化不開，祂那瘋狂的歡愉帶著對暴力的渴望，是鬼魂藏在深處的本能，撕裂、尖叫、失控、鮮血、肢解……鬼先生是永遠不會那樣傷害彭毅澳的，因此迅速地將那些情感沉澱下來，然後化為一抹淡淡的微笑。

「呵。」

「親愛的。」

「我要幹死你。」

鬼先生說粗話好迷人……！

彭毅澳在那一瞬間有種自己可能真的會死的錯覺。

此刻拉住鐵鍊已經沒有遏止的效果了，鬼先生把彭毅澳屁股裡的鐵鍊抽出來，那一刻一人一鬼都發出了呻吟，彭毅澳覺得那是鬼先生龐大的靈魂分量在頂弄他，鬼先生則是認為他的靈魂都能感受到被包裹的刺激，彷彿是放大數千倍的快感在靈魂的每一處衝撞，靈魂能夠起雞皮疙瘩嗎？鬼先生不知道，只知道祂不會輕易放過彭毅澳。

祂一口氣插入全部。

壓折著彭毅澳的雙腿開脅，如同彭毅澳的想像，鬼先生邊插邊射地抽動，絲毫沒有因為射精而疲軟冷靜下來，祂還狠心地壓住彭毅漗的下腹，讓彭毅漗好好體會祂幹得多深，薄薄肚皮似乎真的因為鬼先生粗魯的抽插動作而有微微的起伏，彭毅漗沒多久就被肏射，一張嘴要喘息、要呻吟、要呼吸還要親親，忙得不得了，下面的小嘴也要應付鬼先生凶猛的陰莖，彭毅漗是很享受這種粗暴的性愛的，雖然不曉得能堅持多久。

依照往常的經驗，通常三輪以後就會開始求饒。

可是這一次，第二輪還沒結束彭毅漗就想求饒了。

後入的姿勢比預期的還要久，彭毅漗癱在枕頭上，後知後覺地發現鬼先生在他的脖子上戴上項圈，祂手上一扯，底下用力一插，彭毅漗直接爽昏，十秒過後才回神。他是明白鬼先生如此混亂暴躁的原因了，靈魂被掌握的感覺像是無數的神經被挑起，根根竄過致命的快感，沒有可以逃避的地方，也沒有可以休息的片刻，狂顛的愉悅一層一層地加疊，彷彿在刺激的死亡邊緣拉扯，靈魂被捏緊又被控制，鬼先生有意玩弄著鐵鍊中空的洞，那種靈魂被穿透的感受難以形容，就像靈魂被鬼先生的手指和嘴巴侵犯，事實上他的下半身也還在被侵犯著，雙重快感讓彭毅漗真的覺得快死了。

「唔、咕呃……鬼先生、你說……幹死我、不是……嗯、說假的耶……啊！我已經、沒了……哈啊……項圈、不要了……太猛……」

斷斷續續的話語實在是說不清楚，彭毅漗的淚水與唾液都沾溼了枕頭，鬼先生為了避免彭毅漗悶在枕頭裡不能呼吸便將他拉起來，祂知道漗漗喜歡邊被頂邊被玩乳頭，手指開始揉捏彭毅澳硬挺的乳粒，時而向外輕輕扯，腰胯倒是停下來，頂在深處不動，以低沉的嗓音引誘彭毅澳。

「真的不要了？」鬼先生拉著鐵鍊，解開項圈的動作特別慢，「明明澳澳的下面還在挽留我，咬得那麼緊……」

彭毅澳迷迷糊糊地按住鬼先生的手。

他回頭看，只見鬼先生仍是微笑，再問一次：「要摘嗎？剛剛都是澳澳的肉身達到高潮，不想試試靈魂高潮是怎麼樣的感覺嗎？」

什麼……？

有比現在還要更猛的體驗嗎？

彭毅澳是對舒服無法抗拒的類型，他只掙扎一秒便決定繼續沉淪，反正鬼先生不會害他，由鬼先生來剎車就行了，所以他主動晃起屁股，自己前後搖擺用起鬼先生的陰莖，沒力了就倒下，用手趴開自己的洞口撒嬌：「嗯、那我要……其實、心情挺好的……就是覺得快死了有點害怕……」

「不用怕。」鬼先生貪婪地注視著流著精液的小穴，收縮的媚肉在催促祂，祂一手抱著彭毅澳的左腿插回去，一手捏緊鐵鍊摩娑，目露痴狂地道：「全部都交給我，澳澳。」

燈突然熄了。

在一片黑暗之中，彭毅澳感覺到有什麼東西纏上他的全身以及靈魂，噹啷的鐵鍊聲變得詭異，隨即被肉體撞擊的聲音掩蓋，他身體的每一處都被撫摸著，連被陰莖插著的後穴也被觸碰按摩，還試圖與巨大的陰莖爭奪，同時靈魂也被抓住了，肉身與靈魂的快感並非同步，而是一次又一次的加層，那瘋了似的刺激疊得越來越高，比剛才的每一次都要來得狂猛。在視覺關閉的情況下，聽覺變得更加靈敏，彭毅洪聽見鬼先生無可自拔的低吟，祂不斷地稱讚洪洪好棒、祂好爽好喜歡、祂又要射在裡面了……各種聲音的裡頭還混著自己的胡言亂語，這一切都像是瘋了，彭毅洪不停痙攣，也分不清楚是靈魂還是肉身的抽搐，只是一會喊著要休息、一會又喊著我還要好喜歡，最後慌張地呼喊要噴了、要尿了……剎那間，聲音戛然而止，彭毅洪的高潮是無聲的，伴隨著止不下來的顫抖。

此時上頭的燈倏地亮起。

彭毅洪第一時間見到自己的腹上有一灘水，連鬼先生的臉上都被噴得都是，平時祂蒼白的肌膚竟然染上興奮的潮紅，鬼先生伸出舌頭輕舔唇角，咧嘴而笑：「感謝招待。」

彭毅洪甚至還沒有射完。

性器斷斷續續地在噴，發麻的靈魂也還沒有回神。鬼先生憐愛地抱緊他、親吻他，壓低的身子試圖把陰莖再擠進去一點，祂也還在射，在彭毅洪的裡面射滿滿的，陰莖根本不用抽出淫液就被擠濺出來，鬼先生又是邊插邊射，彭毅洪緩過來時也是在呻吟。

「嗯、嗯……鬼先生、爽到真的要死掉……靈魂高潮、太猛……哈啊、射好多……要、懷孕了……」

「呵、漁漁要懷我的小鬼嗎？」鬼先生啞然失笑，祂親吻著彭毅漁的臉頰讚嘆：「過於舒服，身體和靈魂……都像是要壞掉了。」

「哈嗯、那就……一起壞……」

彭毅漁以僅存的力氣擁住鬼先生，鬼先生呵呵笑：「我可愛的寶貝，我永遠無法拒絕你……」

「那、我要休息……不能、再繼續……」

「嗯，看來我要拒絕你了。」

「鬼先生……！」

「我很高興。」鬼先生是真的用盡全力在擁抱彭毅漁，祂縮在彭毅漁的頸窩，低聲說道：「現在也像在夢裡，漁漁。有時候，我依然會想——我是真的回來了嗎？不用再經歷輪迴了嗎？真的可以和漁漁度過這種幸福又快樂的日子嗎？最重要的、我親愛的漁漁、是真的不會再哭了嗎？」

彭毅漁的心頓時揪成一團。

究竟是經歷了多少次，才沒有辦法相信當下的平靜與幸福呢？

「……人家現在是爽哭的。」彭毅漁捏捏鬼先生的耳朵，低頭磨蹭，嗓音帶啞：「鬼先生完全不用擔心，只要你有這種想法就來抱我、吻我，我會讓你知道這是現實，不是夢。我說過，我會給你幸福又快樂的日子，包含鬼先生下半身的性福……現在鬼先生不性福嗎？」

「性福。」鬼先生即答，「漶漶比我想像中的還要會玩，很性福。」

「我包容度滿高的，跟鬼先生什麼玩法都能接受。只要你想要、只要我做得到，我也永遠不會拒絕你、會盡力去達成。」彭毅漶轉頭凝望著鬼先生濃黑的眼眸，一如往常，他很喜歡，決意去守護占有，不惜任何代價，「所以貪心一點吧，想要什麼都說出來，就像接下來我要享受我的人生，你也要享受你的鬼生。我跟你保證，絕對沒有人能妨礙我們的，往後若是有也不用怕，因為我們擁有彼此，可以一起想辦法……嗯、等！」

鬼先生的聳動突然變得激烈。

似乎是要把最後一滴精液擠出來給彭毅漶才甘願停下。

「漶漶好帥、最喜歡你……我愛你……永遠永遠、不論是過去還是未來……」

鬼先生的告白讓彭毅漶心想算了，做完再說，他要夾爆這可愛鬼讓祂好好爽爽，然後便軟綿綿地張開腿接納，他不知道為什麼剛才都那樣這樣了，鬼先生怎麼還能插得這麼凶這麼猛，彭毅漶已經射不出來，只剩下身體有反應。

「鬼、鬼先生……嗯、你知道……這時候我會怎麼寫嗎？如果是男性可以生孕、的設定……子宮、降下來接受……你的精液、之類的……啊、啊！」

「可以喔。」鬼先生笑說，再大開大闔地抽插數回後將精液一股一股地射給彭毅漶，一邊揉著他的肚子說：「其實不分男女都可以懷上小鬼，鬼的詛咒就是這麼一回事喔。」

彭毅澳張了張嘴，欲言又止，稍稍推開鬼先生道：「唔、那個……嗯、有點可怕……」

「怕什麼？」鬼先生燦笑，「我們可是贏過準則的存在呢，還有什麼好怕？」

「……唔唔，請給我一點時間做心理準備。」

「開玩笑的。」

「咦哪個部分？」

「現在不會讓澳澳懷上。」

「是這個部分嗎！啊、鬼先生的抽出來了……」

鬼先生呼出一口氣，手指想堵住流出精液的洞口，反正等會清洗的時候也都要挖出來，祂邊看邊漫不經心地說：「我忽然想到我要什麼了。」

「唔、嗯……繼續嗎？」彭毅澳輕推著鬼先生亂摸的手，「有點不可以餒……」

「不是這個。」

「那你說說看唄！在我快睡著以前……」

「我想要看更多更多你寫的故事。」

「當然可以！」

「想和你一起出去玩。」

「好。」

「想和你冥婚。」

「這是一定要的。」

「再一起度蜜月。」

「好好好！」

「這次你畢業我想要作為代表獻花。」

「啊、上次是阿嬤鄭。」

「我其實期待好久了，可是又不能拒絕阿嬤，阿嬤就這麼自動地站過去……」

「唉呦乖乖，這次絕對只收你遞過來的花。」

「說好了。」

說完後一人一鬼也都笑了。

他們再一次相視擁吻，貼在一起展開笑顏。

他們都知道的。

結局後的故事依然會繼續發展，而接下來的後續也是靠他們親手創造。祂是從不懂愛是什麼的管理員變成了懂得去愛的鬼先生，此時此刻祂的情感比任何人都還要充沛，祂也學會撒嬌、學會任性、學會表達情緒的各種方式……這是好事，是很好的事。

一切都往好的方向發展了，難道還會比以往更糟的事發生嗎？

那也無妨。

鬼先生不怎麼害怕了。

如同祂會不斷尋找彭毅洪，彭毅洪也會這麼做——本來故事都要有高潮迭起嘛，只要齊心協力，奇蹟總會發生的，在每個故事裡……由愛與執著誕生的奇蹟。

就像鬼先生還是管理員的那個時候，祂初次見到屬於自己的搭檔，在眨眼間，看不見的面容逐漸清晰，爾後又變得模糊，祂瞬間意識到，自己看到的是搭檔的靈魂。

一閃而過的純粹撼動了祂的心。

那是白淨純潔的靈魂、是在對祂笑的傻臉。

祂的心因而莫名地開始跳動。

於是祂回過頭，接住那差點跌倒的小笨蛋。

Fin.

後日談二 無名小卒

殺了祂。

除掉祂這個世界才會恢復正常。

你才是主角。

殺了祂，你就能擁有你該有的一切。

除掉祂、殺了祂、除掉祂——

啪的一聲，陳煉川用力地關掉鬧鐘。

可惜詭異的聲音依然在腦中轟轟作響，使得他一早醒來就頭痛欲裂，他習慣性地抹臉，呆坐在床上，直到聽見樓下媽媽的呼喊才從床上離開前去洗漱，然後從書桌的櫃子上拿出一顆止痛藥吞下。

他的一天開始了。

日復一日，與那聲音展開新的一天。

大概是從小學吧，陳煉川能夠聽見別人聽不到的聲音。他不曉得那是哪來的聲音，一開始和媽媽說，媽媽總是不以為意，以為是小朋友在玩，或是為了求關注而說的謊，可是當次數越來越頻繁，陳煉川的媽媽終於正視這個問題。

因此小學的陳煉川時常出入醫院與廟宇。

西醫、中醫、求神拜佛甚至於請師父收驚都嘗試了，陳煉川依然沒有好轉。他的頭痛與幻聽是二十四小時從不間斷，即使如此，隨著年齡的增長，陳煉川也漸漸習慣了。

事實上，他是強迫自己習慣、漠視。

不這麼做的話，他的爸媽會陪他一起瘋的。

找了無數方法卻都沒辦法解決孩子問題的爸爸與媽媽比以往還要更常吵架，加上心思敏感的媽媽也快要負荷不了，某一天便忍無可忍地抓著陳煉川質問：「小孩子不要亂說謊！醫生幫你檢查都沒有任何問題，媽媽和爸爸該做的都做了，為什麼總是這樣？明明沒有聲音啊！為了你我辭了工作、搬離老家，犧牲了這麼多，但你回報我的卻是這些嗎？求你了，煉川……快點說你聽沒有聽見奇怪的聲音！頭也不痛了……快說啊！」

陳煉川愣愣地看著歇斯底里的媽媽被爸爸帶走。爸爸努力跟他說沒事，請他先回房間，媽媽只是太累了情緒一時失控，讓他不用在意。

是。

回到房間獨處的陳煉川沒有特別在意。

因為他沒有說謊。

這次沒有。

他知道說謊的代價。

他知道。

更何況這次不是他的錯。

陳煉川趴在窗台邊看著外面的藍天，對他來說此刻的天空看起來太乾淨了，他珍惜這樣的天空，畢竟以前的天空好像不是長這樣。

比起幻聽和頭痛，很久以前的他，似乎對其他未知的東西更加排斥。

多久以前？身為小學生的陳煉川也不知道。

那是有時候夢裡的場景。

鮮血、尖叫、屍塊、嘲笑、故意裸露在外的臟器、惡意閃現嚇人的鬼魂、沒有人能夠理解的寂寞……除了一個人。

然而他對那個人做了無法挽回的兩次過錯、是人都無法原諒的滔天大罪。詳細的內容陳煉川並不記得，只記得事情的嚴重性以及自己完完全全地失去了為那個人抹去淚水的資格。

所以他隨著聲音去了公園卻沒有任何應有的邂逅。

所以他沒有向那莫名其妙的聲音認輸。

所以他默默地獨自奮鬥。

想著未來的某一天，能夠挺直背脊向那個人說，他戰勝了，還有，對不起、謝謝你、祝你幸福。

不曉得那一天什麼時候到來。

是他的爸媽先放棄他，還是那一天先到來呢？

沒有人能夠知道。

他的治療持續到了國中。

就算陳煉川親口說沒事了、聽不見怪聲了……他的爸爸還是堅持帶他固定回診。

什麼診？

身心科。

陳煉川覺得自己的問題並非藥物就可以簡單解決，也認為自己是正常的，去身心科更有損青春期少年的自尊，但是他抵不過爸爸，有時候還會做到住院觀察這種程度，久而久之變得越來越寡言，以沉默來對抗父母。

直到他在醫院的大廳裡看見某個既陌生又熟悉的背影，事情才有了轉變。

詭異的聲音倏地變得尖銳刺耳，它在吶喊、催促，以莫名其妙的主角之名。

主角必須與他相認！他將成為你的師父！本該成為你的貴人！是你與另一位主角深入的契機！

本該是。

本該——

「啊啊啊啊！啊啊！」

陳煉川不顧一切地嘶吼拒絕，嚇壞了在一旁跟著的媽媽。

「煉、煉川？煉川你怎麼了？跟媽媽說你是不是又聽到了什麼？醫生、醫生……！」

陳煉川掩耳抱頭，為了蓋過腦中的聲音在人來人往的大廳大吼，他被媽媽擁入懷裡，還聽見了媽媽的哭聲以及爸爸的呼喊，這裡有很多的腳步聲，也有很多人的視線，但那一切都被爸爸與媽媽擋住了，他在混亂中突然意識到、這好像是他第一次那麼認真地注視著爸媽的神情。

他們在保護他。

替他掩住耳朵、蓋住臉龐，阻擋任何想要一探究竟的目光。

曾經的陳煉川以為自己已經看淡了生死，畢竟他從小就看得到鬼怪，所以始終無法感同身受——那個人對於家人逝去的難過，他是能夠理解一開始的不捨，但是真的會悲痛那麼久嗎？久到像是永遠開心不起來了，可是啊，人終有一死，不是嗎？

無可避免的死亡只能依靠時間來療傷。

是否因為抱有這種想法，他才會淪落到這種下場？

因為他不懂得珍惜理所當然的付出。

不過這也是他咎由自取。

當時他認為所有人都不了解他，包含他的父母，只有那個人能夠了解擁有陰陽眼的痛苦與孤單，因此對那人感到愧歉，進而執著，然後迷失。

就這麼忽略了一直伴隨在身邊的家人。

過去也是這樣的。

媽媽相信他的謊言，義無反顧地帶他搬家。

那麼現在呢？還相信他嗎？

「我想要回家。」

「我沒有生病。」

「爸爸媽媽為什麼不相信我了？」

當陳煉川茫然又無助地這麼問時，陳煉川的父母都愣住了，隨即撇開所有人帶著自家的兒子直奔停車場開車回家。一家三口到家後卻互相沉默，媽媽對著陳煉川欲言又止，以眼神示意自己的老公，接收到老婆意思的男人瞬間也特別無措，可是孩子的媽已經自動迴避，留下父子倆在客廳。好不容易聽到兒子的發言，爸爸也只好硬著頭皮上。

「陳煉川。」

「我們沒有不相信你。」

陳煉川縮在沙發的角落，身上披著的是媽媽給他的毯子，他捏著毯子埋怨：「可是，我說我沒事了，我不想再去看醫生……」

「心病難醫，醫生說要時間。」爸爸坐在對面的沙發，認真地回應陳煉川：「但，是你沒有相信我們，煉川。」

聞言，陳煉川緩慢地抬起頭，只見爸爸臉色侷促，像是在斟酌怎麼把父母的心說出來比較好，最終決定正面對決，久違地來一場父子之間的真心談話。

「你還記得以前你媽失控吼你的那一次嗎？」

陳煉川點頭。

「錯不在你，你媽確實不應該那樣，她每天都很後悔，但我們也是每天看著你，煉川。說實話，你看起來根本沒有好轉，我們……也不知道這麼做到底是不是對的，要是就這樣放任你，會不會又後悔？」爸爸並不擅長這樣的對話，語氣卻比任何一次都還要誠懇：「所以，你願意相信我們再開口說說看你聽到什麼、看到什麼嗎？」

陳煉川的表情終於有了變化。

家裡的採光明亮，他望向了光、望向了窗外的藍天，他知道家裡的一切擺設或是任何東西的方位都是為了他，爸媽請過風水師也請過驅魔師……但不論什麼大師，都沒辦法解決他的問題。

他想，他只能一個人去面對他的問題。

但這一次，他看到了另外一條路，一條一直存在、可他都沒有發覺的大道。

「醫院裡本來應該很吵，我無法想去就去，現在卻沒有任何東西會干擾我阻撓我或是把我帶到其他詭異的地方，如今只有一道聲音在腦中吵，這樣不知道是好事還是壞事。」

陳煉川緩緩放鬆長久以來緊繃的身體，娓娓道來自己的經歷。

「我做了很多夢，不知道是真是假的夢，睡著比醒著痛苦，所以才沒有吃醫生開的安眠藥。爸，我對別人做了一些無法挽回的錯事，但又覺得比起更多更吵雜的聲音，這樣單一的聲音更好，雖然現在會頭痛、會心悸、會噁心，可是我願意承擔，因為這是我必須戰勝的，我不該還沒嘗試就隨波逐流，更不該為了撇除自己的痛苦而加害別人……」

陳煉川看向他的爸爸，自嘲地笑了一聲，混著對自己的迷茫與不安。

「聽不懂對吧？連我都不知道自己在講什麼了……這對你們來說就是有病、該醫……總讓你們擔心，我也感到抱歉，但是可不可以不要去醫院？可不可以不要住院？可不可以讓我正常地去學校？我想要交朋友，不想管聲音在說什麼，想要依照自己的心意隨心所欲地過……」

陳煉川說完了。

他等了許久，才等到爸爸的回覆。

「煉川。」

「你知道什麼叫做中二病嗎？」

……嗯？

陳煉川面無表情地看向努力想要解釋的爸爸。

「就是青春期的孩子——嗯，對不起，你知道我是在開玩笑緩和氣氛吧？」

「……」

「我確實聽不懂，但我相信我們的兒子在跟我們不知道的東西奮鬥。」爸爸以輕鬆的語氣回應陳煉川，他繼續說：「因為你媽的爸爸，就是你外公……也是如此。你媽起初是完全不相信的，甚至任何宗教都不信，可以說是無神論者，不過為了你，什麼神都去拜了，也和斷絕關係的爸爸詢問你的事情，爸卻說，這是你的過錯，你必須自己承擔，外人無法幫你。你也知道你媽的個性，她不相信，還說願意替你承擔你的坎。」

陳煉川倏地坐直，爸爸立即又道：「別擔心，我有阻止她，你媽有點過保護了，就是對你的關心總說不出口，怕又說錯話。」

「所以我不是特例嗎？」陳煉川愣愣地問，「原來不是只有我一個……其實我們家也有、是嗎？」

那是過去的他一直以來都很困惑的問題。

為什麼只有他看得到？

這種孤寂感加深他的執念，他不想給爸媽添麻煩、更不想被其他人貼上奇怪的標籤，可是就是這樣奇怪的自己害他的爸媽與他一起痛苦，因此他假裝沒事，以前也是如此。說謊的孩子圓不了謊，當彭莉曄前來解開他和彭毅澳之間的誤會後，陳煉川才坦承自己看得到，那之後也是經歷各式各樣的治療與驅鬼儀式，受不了的陳煉川只好再假裝看不到，無論爸媽怎麼問，他都說已經看不到了、不用擔心，然後逃避來自家人的關心。

從來沒有像現在這樣選擇說出口。

陳煉川做出了與以往不同的決定。

他必須向前走，就算被現實揍回去還是要往前，此刻才發現他的爸媽其實一直在他的身後支撐著他。原來他們都曉得，也都願意相信，只是陳煉川一次又一次地拒絕給予他們理解的機會。

「沒有跟你說的原因……是因為你外公現在住在精神病院裡，他有時候很正常、有時候，嗯，瘋瘋癲癲的，你媽不想讓你知道，因為外公一直想要見你。」

「為什麼？」

「……他說你以前是天選之人，但現在不是了，現在煩擾你的是其他東西，是你避不掉的劫。」

「爸，那對我來說不是重點。」陳煉川執著地問：「我不是這個家唯一一個奇怪的人嗎？」

爸爸聽聞，改變態度，一臉嚴肅地應：「陳煉川，你不是，不准你這樣說。」

「但是我會成為你們的累贅，最後，也會成為外公那樣的存在被你們拋棄……」

「陳煉川！看著我！」爸爸用力抓住陳煉川的肩膀，強迫他打起精神，「怎麼會有那種想法？你剛剛不是說你想要戰勝什麼東西嗎？那是假的？」

陳煉川含著眼淚搖頭。

「你媽也不是因為這個和你外公斷絕關係。是你外公重男輕女很嚴重，總之發生了一些事才變成這樣，目前有他最親愛的長子照顧就夠了，其餘的你媽不用管……爸也只對你這個孫子有興趣而已，我只是基於禮貌喊他爸，反正就是豬狗不如的——」

爸爸被陳煉川身後的媽媽直接推開。

她紅著眼眶出現在陳煉川的眼前，並佔據爸爸原先的位置，說：「好了，謝謝你幫我罵我爸，但這些煉川不用聽。」

「陳煉川。」媽媽握緊陳煉川的手，直視著兒子的雙眼，「你從來不是什麼奇怪的人，你是陳煉川，是我們的兒子。媽媽我一直都感到很抱歉，我說的那些話不是真心的，但說過的話就像潑出去的水……我只是希望你能吃好睡好，這麼小的孩子怎麼會有那麼重的黑眼圈呢？我無法理解你的痛苦，不代表不會相信你的痛苦，我是想說……」

「我希望你們能夠長命百歲。」

陳煉川突然掉著眼淚這麼說。

「煉川？」

「謝謝爸爸、謝謝媽媽……」

他抬起手，第一次在長大後擁抱他的父母。

他能夠理解了。

那個人想要向大人撒嬌的心情。

陳煉川並不奇怪，也不特殊，他就只是一般人，是一個從未成長的孩子，既不是任何人的累贅也不會被任何人拋棄。

他可能一直都想要聽到這些話。

人不管多大了，偶爾都會想回家享受被照顧的感覺，雖然對某些來人說，距離產生美感，離家越遠越好，可是陳煉川不是那樣，他想回家，卻不敢回家。

此刻他在家了。

爸爸與媽媽的擁抱替他阻擋了所有奇怪的聲音。

彷彿發出滋滋聲的電視頻道逐漸歸於平靜。

滋滋——

滋——

滋。

……

熄滅了、消失了。

剛好同一時間，在主角們的努力下，一切歸還自由的意志、自由的戀愛、自由的平穩。

陳煉川想，他並不是主角。

他只是某個人的兒子、某個無名小卒……幸福又快樂的奇蹟結局就留給真正的主角吧，而他的幸福，接下來就由自己去爭取、迎接新的邂逅。

他早已看清他贏不了另一個主角的事實，將曾經真正動過情的心意留在過去。

只要路過就好。

在他們盛大美好的故事之中。
於是在幾年過後，他深吸一口氣。
以最好的狀態，前去那個人的簽書會。

Fin.

後日談三 彭莉曄的故事

❤有BG要素

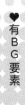

我有一個青梅竹馬，叫做宋在柳，小我一歲，習慣叫他阿柳。

我們從小感情就不錯，因為我們剛好同樣有陰陽眼，不過他的個性害羞木訥，容易被鬼欺負，我就不是了，誰要是敢欺負我，我必定加倍奉還，而對付鬼的招數也是向阿柳家的長輩學的。

阿柳家似乎世世代代都守著什麼關於鬼的重要東西，年紀還小的我不太清楚，長輩們也沒有向小朋友多說，我只是覺得那些招數很帥，又能保護自己和阿柳才每天跟著長輩們學習請教。

對我來說，阿柳就是個時常跟在我後面的可愛弟弟，誰會對弟弟有男女之情？更何況我覺得我長得比阿柳還要帥氣，阿柳甚至是在我國小時穿制服裙子才發覺我是女生，哈，有夠失禮，當然把他揍了一頓，但我歷屆的男朋友和女朋友都忌諱著阿柳的存在，我問理由，他們卻講不出來，只說是直覺，於是我又回頭看阿柳戰戰兢兢的表情，心想他們大概對阿柳有很大的誤解。

阿柳國中的時候還比我矮，是在高中時才漸漸地超越我一點，但還是比同齡的男性嬌小，看，這弱小又怕鬼的孩子是能做什麼壞事？同時我也很擔心，這樣的阿柳怎麼繼承家業？

阿柳總是哭說受不了，被鬼環繞的日子。

我也是。

可是還能怎麼辦？

做不到解決根源，只能學會坦然面對了吧？總不能把自己的眼睛戳瞎。

我們常在小時候的秘密基地聊天談心，那在接近後山的入口，小溪流尾端被草叢遮擋的一片小空地，然而這麼想的我，有時候也會趁阿柳不在的時候偷偷來這哭。

沒有人能夠習慣鬼的騷擾。

我不喜歡穿裙子。

因為那會讓鬼有機可趁，當冰冷的手順著大腿根部纏上來時，不論當時交往的是男朋友還是女朋友，我總會跑去和人溫存，人的體溫能夠讓我忘記那雞皮疙瘩的感受。

我本來就不是會被規則束縛的人。

所以根本不在乎婚前守貞的傳統想法，打砲有什麼好丟臉的，誰不是透過爸媽打砲生下來？雖然這方面我算是開放，但還是對阿柳保密，畢竟沒有人會和家人談論這種事。

那個男人就不一樣了。

第一次見到那個男人，我第一個念頭是——真他媽帥。

他出現在我和阿柳的秘密基地，不曉得他是什麼人，或者根本不是人，在他的身上感覺到奇妙的氣息，似人非人、似鬼非鬼，很可惜的是他的第一句話竟然是：「女人？」

傻眼。

女人？

請問是在演什麼霸道總裁的搞笑劇嗎？什麼年代了還會有人女人女人女人的這樣叫？

女人，妳成功引起我的注意了。

女人，妳是在玩火。

女人，妳竟敢反抗我？

總之，超好笑。

我拒絕與他溝通，瀟灑地轉身離開，卻被他抓住。想要反擊，被這男人粗魯地反制壓在樹上，馬上意識到我敵不過他，力量與技巧懸殊，恐懼在我心中蔓延，早知道今天不穿裙子了，當我這麼想的時候，他忽然鬆開我，低聲道歉。

「抱歉，我只是想確認。」

「妳真的是女人？」

「從沒看過長得如此帥氣的女性，但這麼一看，又很美。」

「所以才會被這些色鬼纏上嗎？」

他的手往我的肩膀處揮一揮，神奇的是身體突然變得輕鬆，我雖然能夠驅逐鬼，鬼的氣息卻很難散去，雖然他講的話很油，但他的顏值夠高，又幫我揮去討人厭的氣息……好吧，分數加回來。

說實話是有被這神秘的帥氣男人吸引。

可能我們對彼此都挺有興趣的，所以和平地坐下來聊天，他不太說自己的事，卻很會引導話題，我一個不小心就把我的各項情報都交代出去，為了以防萬一，一直在觀察他，所幸幾晚下來我們就只是聊聊天，他還會送我回家，看到這一幕的阿柳就爆炸了。

他說祂是閻王大人。

哇。

嗯。

更酷了呢？

閻王也很酷地承認，說我不用因為這樣而有負擔，像平時那樣相處即可。

沒問題。

年輕的我就是這麼及時行樂。不聽阿柳的勸，直接陷入與閻王大人的曖昧裡，阿柳很怕我被騙，說閻王只是無聊想玩玩人類，怎麼可能真的對人類上心——

「你朋友說得也對。」

閻王沒有反駁阿柳的指控。

「我是閻王，看盡世間繁華、看過人生百態，也和不少女人男人玩過，妳並非是我看過最美的女性，但我沉寂許久的心確實為妳跳動。」閻王輕撫我耳邊的髮絲，黑色的眼眸直勾勾地向著我，彷彿沒有任何隱瞞，「我欣賞妳是真的，回去後總能想起和妳相處的每一分每一秒。緣分這種事情很奇妙，即便我是閻王也無法管控緣分，那是月老先生的工作，老實說妳的緣分不在我這裡，但我總要試試，畢竟我只是忙裡偷閒來上面透透氣，結果就被妳發現了。」
祂真的很會。
哪個少女有辦法拒絕這麼令人動心的告白？
我沒有表現出我的心動，假裝淡然地反駁：「是你突然出現，這裡是我常來的地方……」
「那不就是我和妳的緣分嗎？」
「油嘴滑舌……不要臉，我可是現役女高中生，不知道幾歲的閻王大人？」
閻王笑了，向我露出單純的笑容。
「我相信妳以後一定會成為很酷的老婆婆。」
「到那個時候，我依然會被妳吸引吧。」
……
心要被小鹿撞死了。
我能感受到祂的真心。
而我也把心交了出去。
天真地以為，真的能和傳說中的閻王大人兩情相悅並迎來幸福又快樂的結局。
祂卻在某一天無聲無息地消失了。
在我們約好要訂下終身的那天留我一個人等待。

等了一天、兩天、三天……一個月、兩個月、一年……都沒有見到祂的蹤影，我試過各種辦法要找祂，可是一般人怎麼見到閻王呢？我們之間只有不成文的約定，每個晚上在那片空地見面，後來想一想，真的是夠天真浪漫。

怎麼會天真地以為，看盡世間繁華、看過人生百態的閻王會對我付出真心？另外一方面，我又遺忘不了祂每晚注視著我的目光，真誠迷人，如果這是閻王的演技，那我也是甘拜下風，只能怪自己蠢。

又蠢又痛。

很痛。

痛到我不想要再付出真心。

高中畢業後我便離開了那個地方，到外面的花花世界闖蕩，等回過神來，我和阿柳上床了。

……？

這中間好像少說了很多。

以前阿柳就是不斷勸我不要被閻王糾纏得太深，人鬼殊途，更何況是閻王那種等級的鬼，那些勸告我也當耳邊風，可當我真的在這段戀情中受傷後，他則是一句話都不說地陪伴我，沒有數落、沒有馬後炮，只是一如既往地伴在我身邊，就連我要離開家鄉，他也是二話不說地不顧家人的阻撓和我一起走。

不知道從什麼時候開始，可愛的弟弟變成很會照顧人的體貼男性，跟他說不必要做到這種程度，他則笑笑地說，不現在去外面闖闖，什麼時候能闖？闖完了他再回家繼承家業也不遲。

聽起來很有道理。

然後我們在外面同居了，長達五年相安無事。某一天卻喝酒誤事，天雷勾動地火，阿柳像個男人把我抱起來帶到床上，我這時才意識到阿柳的肩膀真寬。

事情就是這樣。

不該發生的都發生了，該發生的也發生了。

有一段時間與阿柳維持著肉體關係，直到我發現我的那個在該來的時間沒來。

……

好像是有一次沒有戴套。

那時太激烈了，也是我同意他……嗯。

我立即前去購買驗孕棒，映入眼簾的是兩條線，於是我呆坐在馬桶上很久很久才出來，這時候的我才二十三歲，有一點不知所措，但其實更害怕另外一個人的反應。假日時阿柳都會坐在客廳看書，我走過去，把驗孕棒丟到他的面前，假裝淡然地問：「怎麼辦？」

阿柳起先困惑地看著我，可看到桌上的驗孕棒時猛地離開沙發，看著有兩條線的驗孕棒嘴角正在抽動，他摀住臉，難掩激動的情緒，小心翼翼地問：「……我、我現在是不是不能表現得太高興？」

阿柳幹嘛？

幹嘛一副要當爸爸很高興的樣子？

阿柳似乎看我的臉色不對，又站起來著急地表態：「我我我——是我的錯，對不起，我當時不該在裡面、可是……莉曄太可愛了、又很色……妳說妳想要……！喜歡的人這麼說怎麼忍住？我、我想要負責，讓我負責好不好？但如果妳不願意，我們再一起去看醫生，看醫生怎麼說……」

阿柳淚眼汪汪、滿臉通紅，讓人很難想像現在這縮著肩膀的男人在夜晚有多麼凶猛。

這下明白我以前的男朋友和女朋友為什麼都忌諱阿柳了，連閻王也敵視阿柳，說過要我不要小看阿柳，再怎麼親的人，也是男人啊，更何況阿柳的感情向著誰，誰都看得出來。

是啊，這扮豬吃老虎的傢伙。

我是想說阿柳對我也沒怎樣，所以從來沒特別排斥阿柳。

不如說，糟糕的我有點在利用阿柳的溫柔來填滿失戀後的空虛。

這一填，就填了好幾年。

心裡早就都是阿柳了。

跟他過一輩子，我想我也願意。

——沉寂許久的心確實為妳跳動。

我忽然想起閻王說過的話，看著眼前侷促不安的阿柳，心的確在加速跳動，阿柳陪伴著我的畫面一幀一幀地在腦中浮現，並不是無魚蝦也好，而是阿柳真的很好，很好很好。

「你長得也不差。」我故意沒有正面回應，而是捏著阿柳的臉頰笑說：「我們的孩子應該也會挺好看的。」

「好看好看！」阿柳亮著眼睛大聲說，他拉下我的手緊緊握住，「所以、所以……妳願意留下他嗎？」

「嗯，我們回老家結婚吧。」

阿柳一聽到我這麼說，眼淚像動畫似地噴出來，掉著淚啜泣問：「可以嗎？真的可以嗎？和我這種人結婚？妳不是還在等——」

「早就不等了。」我看著那淚水失笑，一邊幫他擦一邊說：「我沒有想著祂卻和你在一起的狗血興趣。當初決定和你做也不是因為難過，純粹是被你吸引了，你又不是不知道，我怎麼會因為一瓶啤酒就醉？是你害羞地紅著臉，卻充滿男子氣概向我進攻的樣子深得我心。」

我壓低聲音在他耳邊暗示，阿柳雖然不哭了但突然開始打嗝，整張臉像是顆熟透的蘋果。

「我、我我我真的喜歡妳、喜歡妳好久好久了……從小時候開始、我一定會對妳好一輩子，一定一定……謝謝妳也選擇了我……」

阿柳又哭得唏哩嘩啦。

我將他擁入懷裡，也將真心託付給他。

然而宋在柳也是個騙子。

說好一輩子。

卻在子莙十四歲的那年因為癌症走了。

我不知道。

不知道該怎麼振作。

那段日子時常住在醫院，子莙也請其他長輩幫忙照顧，以為阿柳的病情一定會好轉，卻在某個早晨陷入病危，他已經閉上雙眼再也起不來了，能看得見他的淚水緩緩地滑落，我們的開始是年幼的我牽緊哭泣的阿柳，而我們的結束，也是由我來牽緊阿柳。

在最後放開他的手時，我忍不住大哭了起來。

渾渾噩噩地辦完喪事，與子莙一起回到久違的家，已經沒有阿柳的家。

阿柳卻在家裡的每一個角落留下他最後的體貼。

冰箱、洗手台、洗衣機、吸塵器、浴室、櫥櫃裡的零食、衣櫃、子莙的書桌……幾乎家裡的每一處，都貼有阿柳親手寫下的便利貼。

「熟食和生食要記得分開放喔，不然容易滋生細菌！」

「洗手台如果又嚴重堵住，記得聯絡 09××××××××這個號碼請人來修！」

「衣服如果太多，記得分開洗，不然洗不乾淨。」

「甜食不可以吃太多，上了年紀要控制飲食，少油少鹽少鈉。」

「記得吸塵器不要半夜使用，鄰居會抗議。」

「我最親愛的女兒，這個書桌會晃，不要再用紙來墊，爸爸給妳零用錢拿去換。」

「爸爸沒有動妳的衣服，只是衣櫃門有點鬆了，我才打開來修理喔。」

「不要讓妳媽知道我又偷放了零用錢在衣櫃的小抽屜裡。」

「我最愛最愛的老婆和女兒，知道妳們臉皮薄，所以為妳們準備了我們一家人的相冊，當妳們想我時就打開這來看看我吧。」

「會難過是當然的，但不用一直為我難過，每天一定都要吃滿三餐，多運動，好好照顧自己。」

「老婆，替我好好照顧子菪。」

「女兒，一定要聽妳媽的話。」

「我永遠愛妳們。」

我和子菪像尋寶似地收齊了阿柳的紙條，我們又哭又笑，接著抱在一起哭，哭累了就一起躺在客廳上睡覺，我不知道怎麼振作，看著我的女兒哭紅的眼睛，知道了振作的辦法，不用阿柳提醒，我也會好好照顧我的女兒的，可是，我又失敗了，竟然讓子菪先一步到另外一個世界。

起初看著被帥哥迷走的女兒，我心想——一時糊塗，能夠理解，但後續就無法理解，為了拋棄他的男人不去投胎？後來，我才又知道女兒和她老公之間的故事，然後我又看著帶鬼回來的孫子，感到頭痛地想——好了，自作孽，這根本是我年輕時的樣子。

我依然不相信鬼先生能夠給我的孫子幸福。

只是，願意相信漢漢的堅持與他的選擇。

倒是閻王的回來不在我的預測範圍。

在代替阿柳繼承守護鬼山的這個職責時，我就見到了以為再也看不到的臉孔，可在那熟悉的臉孔上看不到我認識的閻王。

祂是閻王，又不是閻王，我是這麼認為的，但也沒特別在乎真相，我的戀情早在那個時候結束了，而我的心，也隨著阿柳走了。

喜歡和愛是兩回事。

我是喜歡過閻王，可是我愛的人是阿柳。

所以我不會接受閻王，即使祂的消失有其他理由。

時間過得很快，女婿的身體即將迎來終點，到時候子莙會和他一起走，這下是真的結束了，子莙會真的離開，我失去了女兒，漢漢失去了爸爸和媽媽，難過是當然的，但也只能接受事實，因為這是子莙想要的結束。

我是在當天才知道是由閻王帶走祂們。

淍淍好像早就知道了，還再三囑咐閻王好好照顧他的爸爸和媽媽。我想，不論是子䇳還是淍淍都認為我會和閻王複合吧，他們不知道我已經拒絕過閻王。

閻說，那就當朋友。

行。

朋友。

朋友不該大半夜地闖進我家吧？

「妳在喝酒？」

「……小酌。」我放下啤酒，對夜闖老人家房間的男性很不滿，「再怎麼說，你也不該擅自跑來女性的房間，雖然我是阿嬤了，但該有的尊重還是要有。」

「我是來跟妳說……妳女兒和女婿去了他們該去的地方了。」

原來是這樣。

我站起來，向閻王大人彎腰致謝：「感謝閻王大人的相助。」

「妳我之間有必要如此嗎？」

「以您的身分來說，公私分明比較好。」

「妳和朋友之間也算得那麼清楚？」

房間裡沒有開燈，閻王站在暗處，靠在窗邊的我看不清楚祂的表情，「閻王大人，接下來的五分鐘請恕我失禮。」

「喔？」

「糾纏的男人並不帥氣。」我毫不留情地說，「我說過，你沒有機會了。我的心已經住進另外一個人，雖然他永遠不會回來了，但會一直都在。」

閻王向前一步，月光一半落在祂的身上，將祂明確地切成明暗兩個部分，祂扯著苦笑問：「我呢？」

「你早已離開。」

「可是我現在回來了啊。」

「回不去了，閻。」

「這對我來說，不公平。」

「人和人之間的感情沒有什麼公不公平，我想人和鬼也是。」我認真地瞅向閻王，表明態度，「我真的很感謝你幫助我的家人，但你想要的，我恐怕沒辦法給你，此生都沒辦法。」

閻王低聲反問：「我想要什麼？」

「你想要挽回過去的美好。」我直講重點，「你停留在那，可我已經快抵達終點。你突然消失的那一個月，我還堅信著你會回來，可一年、兩年、三年過去，我也認清事實，你不會再出現在我的眼前了，你總不能要我守著一個不知道會不會回來的鬼。」

「這的確是我的錯，但是——」

「沒有但是，我也不需要知道你消失的理由，別看我這樣，結婚後我可是一位盡責的人妻，以為我會和他過一輩子，沒想到他比我早先走了，連我的女兒也是，我失去太多，很累了，閻。」

時間並沒有治癒阿柳離開我的傷痛。

或許沒有阿柳，我也走不出閻王消失的痛。

「阿柳很好，好到我現在仍然會想起他的笑顏。閻，聽著，我死後不會有遺憾，不要試圖挽留我。」

我把話說得很絕。

截斷了任何可能性。

閻好一陣子後才再次開口：「那妳的下一輩子，我還會有機會嗎？」

我爽快地喝完手中的啤酒，聳肩回應：「看你表現。」

在閻離開之前，我扔了一瓶啤酒給祂，祂苦笑著接受，又問空閒之餘能不能來找我？我回最好不要，我很忙，只有假日有空，祂又笑了，接著才真正地離開。

這棟房子內只剩下我一個人了。

起初有我和阿柳，再來多了子菪，阿柳走後，子菪也因為求學離開，等到子菪帶著淟淟回來也是好幾年後的事情，我的孫子是我們家的福星，他是世界上最乖的孫子，我知道他捨不得我一個人，如今也很常回來，帶著他的鬼先生。

家裡會因為那樣變得吵鬧。

但終究會歸於寧靜。

年紀大了，容易感慨。

我想，這就是我的結局了。

此生是真的沒有遺憾。

希望我走的時候，澳澳不會太難過。

我看，在快死的時候也在家裡留一堆紙條讓澳澳哭一下，讓他知道阿嬤的用心。

如果，如果啊。

真的還有下一輩子，就換我去追求阿柳。

可是我也不知道下一輩子會發生什麼事情，下輩子的緣分又歸於何處？

不曉得。

可能會像澳澳常說的，那又是另外一個故事。

唉呀，啤酒喝完了。

我關上窗戶，掀開床上的被子躺下來。

習慣性地拉開床頭櫃看阿柳留下的紙條還有沒有放在我的小箱子裡，我死後要與我陪葬的小箱子。

希望夢裡會有我的老公和我的女兒。

不過睡到一半，不小心靈魂出竅，跑到了澳澳這。

這個時間，澳澳想必在跟他的鬼先生親熱吧。

呵呵。

我等不及看到我的孫子露出一副要去波蘭的驚恐尷尬臉了。

Fin.

後記

您好安安這裡是淇夏！不論是初次見面還是再次相見都很高興也很感謝看到這裡的各位！鬼先生和澳澳的故事就此告一段落啦，幸福又快樂的結局就是我的套路，中間不管多難過但結尾一定要是HE的堅持派在這裡。另外容我頒發此作的MVP——阿嬤！（彭莉嘩……）

阿嬤真的很酷耶阿嬤超酷！如果你也有喜歡酷酷的阿嬤那就太好了！就是因為有這麼酷的阿嬤才有那麼可愛又好笑的澳澳，澳澳真的寫得很開心就很放飛自我，有看過我的系列作的話應該就會知道我的套路就是命中註定、一見鍾情等這種成分，唉呦鬼先生和澳澳的前世就已訂下緣分兩情相悅，要說是前世嗎其實也不算是（呀）關於世界管理局的謎題也會藉由之後的故事慢慢揭曉。總之本作有放一些彩蛋，看過我的上上一本《穿越成男配的我為了活下去只好裝GAY了》會知道，但不知道也沒關係，反正這是屬於澳澳和鬼先生的故事。

唉呦現在寫後記也是好緊張，希望大家看完後會覺得很有趣很甜蜜很好笑！或者抱抱你的媽媽和阿嬤（？）除了鬼先生和澳澳，本篇也環繞著家人的話題講，雖然沒辦法概括所有家庭的狀況，但有時候好好地談一談真的很重要，然後回家多看看阿嬤！（結論怎麼會是這個）

再來感謝平時細心幫忙我的編輯！感謝繪製可愛澳澳和帥氣鬼先生的 Sashimi 老師！也很感謝有在追連載給我留言的讀者們！當然也不忘感謝陪我趕稿光是躺著就給我很大治

癒的貓！我家的貓！（？）好好笑身為貓奴的我致力於每本故事裡都有貓貓的戲分，下次的故事預計也有貓，期待下次再見啦！

2023／05／17 淇夏

高寶書版集團
gobooks.com.tw

FH077
可是祂又大又有錢耶

作　　者　淇夏
繪　　者　Sashimi
編　　輯　賴芯葳
封面設計　Victoria
排　　版　彭立瑋
企　　劃　方慧娟

發 行 人　朱凱蕾
出　　版　朧月書版股份有限公司
　　　　　Hazy Moon Publishing Co., Ltd
地　　址　臺北市內湖區洲子街88號3樓
網　　址　www.gobooks.com.tw
電　　話　(02) 27992788
電　　郵　readers@gobooks.com.tw（讀者服務部）
傳　　真　出版部　(02) 27990909　行銷部 (02) 27993088
郵政劃撥　19394552
戶　　名　朧月書版股份有限公司
發　　行　朧月書版股份有限公司 / Print in Taiwan
初版日期　2023年8月

國家圖書館出版品預行編目(CIP)資料

可是祂又大又有錢耶 / 淇夏著.-- 初版. -- 臺北市：朧月書版股份有限公司出版：英屬維京群島商高寶國際有限公司臺灣分公司發行, 2023.08-
面；　公分. --

ISBN 978-626-7201-97-8 (平裝)

863.57　　111008142